U0083250

人民共和國文化與文學叢書

二　編

李　怡 主編

第 5 冊

叩問1958：中國新民歌研究

孫 擁 軍 著

花木蘭文化出版社

國家圖書館出版品預行編目資料

叩問 1958：中國新民歌研究／孫擁軍 著 -- 初版 -- 新北市：花木蘭文化出版社，2015〔民 104〕

目 2+212 面；19×26 公分

（人民共和國文化與文學叢書 二編；第 5 冊）

ISBN 978-986-404-217-3（精裝）

1. 歌謠 2. 民間文學 3. 文學評論

820.8 104011320

ISBN- 978-986-404-217-3

人民共和國文化與文學叢書
二 編 第 五 冊

ISBN：978-986-404-217-3

叩問 1958：中國新民歌研究

作　　者 孫擁軍
主　　編 李 怡
企　　劃 北京師範大學民國歷史文化與文學研究中心
　　　　 四川大學現代中國文化與文學研究中心
總 編 輯 杜潔祥
副總編輯 楊嘉樂
編　　輯 許郁翎
印　　刷 普羅文化出版廣告事業
出　　版 花木蘭文化出版社
社　　長 高小娟
聯絡地址 235 新北市中和區中安街七二號十三樓
　　　　 電話：02-2923-1455／傳眞：02-2923-1452
網　　址 http://www.huamulan.tw 信箱 hml 810518@gmail.com
初　　版 2015 年9 月
全書字數 178581 字
定　　價 二編16 冊（精裝）台幣28,000 元

叩問1958：中國新民歌研究

孫擁軍　著

作者簡介

孫擁軍，男，河南夏邑人。文學博士，副教授，碩士研究生導師。主要從事中國現當代文學與現代文化、現當代作家與作品研究。現任教於河南理工大學文法學院。已在《文藝理論與批評》、《魯迅研究月刊》、《海南師範大學學報》、《瀋陽師範大學學報》等刊物上表學術論文 30 餘篇。

提　　要

1958 年的新民歌運動，在中國詩歌發展史上，是一個較爲複雜的文學現象，是一次內涵極其豐富的詩歌狂飆突進運動，同時也是當代學者們在研究中國當代文學、中國新詩時，無法迴避的一個存在，畢竟對中國當代文學、中國新詩的發展都產生了一定的影響。本書試從 1958 年新民歌的創作、生產以及傳播機制的角度，開展對新民歌的作者群體，創作方法，創作形式，傳播方式，傳播途徑及其在創作和傳播過程中，對當時的社會生活、民眾心理、中國新詩等帶來的影響進行史料性研究，並在實事求是分析的基礎上，站在中國當代文學、中國新詩發展的視角，去客觀地分析、評價這場波及全國範圍的新民歌運動，揭示出文學虛假繁榮掩蓋下的歷史眞實，還原歷史、呈現文學眞貌，探索出新民歌運動發生的政治、經濟、文化淵源，並對其做出客觀、公正的評價，以廓清新民歌發生、發展的前因後果。同時，爲將來的文學史、詩歌史研究者提供借鑒，給予其在文學史的書寫中應有的位置，挖掘出其在文學史、詩歌史以及在當今的學術研究中的價值和意義，豐富和完善對這一課題的研究。

世界知識、地方知識
與人民共和國文學研究

李　怡

無論我們如何估價近 30 年來的中國文學研究成果，都不得不承認這樣一個事實，即當代中國文學研究的發展演變與我們整個知識系統的轉化演進有著密切的聯繫，這種聯繫不僅勾畫了迄今爲止我們文學研究的學術走向，而且也將爲未來的學術前行提供新的思路。

回顧近 30 年來的中國文學研究的知識背景，我們注意到存在一個由「世界知識」與「地方知識」前後流動又交互作用過程。考察分析「知識」系統的這些變動，特別是我們對「知識系統」的認識和依賴方式，將能折射出我們學術發展過程中的值得注意的重要問題，促使我們作出新的自我反省。

一

在對人民共和國文學的研究之中，「世界」的知識框架是在新時期的改革開放中搭建起來的。「世界」被假定爲一個合理的知識系統的表徵，而「我們」中國固有的闡釋方式是充滿謬誤的，不合理的。新時期當代中國文學的研究是以對「世界」知識的不斷充實和完善爲自己的基本依託的，這樣的一個學術過程，在總體上可以說是「走向世界」的過程。「走向世界」代表的是剛剛結束十年內亂的中國急欲融入世界，追趕西方「先進」潮流的渴望。在中國現當代文學研究界乃至中國學術界「走向世界」呼籲的背後，是整個中國社會對衝出自我封閉、邁進當代世界文明的訴求。在全中國「走向世界」的合奏聲中，走向「世界文學」成了新時期中國現代文學研究的「第一推動力」。

在那時，當代中國文學研究是努力以中國之外「世界」的理論視野與方法爲基礎的。以國外引進的自然科學的研究方法——「三論」（系統論、信息論、控制論）爲起點，經過 1984 年的反思、1985 年的「方法論年」，西方文學理論與批評得到了到最廣泛的介紹和運用，最終從根本上引導了當代中國文學批評的主潮。

人民共和國文學的研究也是以中國之外的「世界」文學的情形爲參照對象的，比較文學成爲理所當然的最主要的研究方式，比較文學的領域彙集了當代中國文學研究實力強大的學者，中國學術界在此貢獻出了自己最重要的成果。新時期中國學人重提「比較文學」首先是在外國文學研究界，然而卻是在一大批中國現代文學研究者介入，或者說是在中國現代文學研究界將它作爲一種「方法」加以引入之後，才得到長足的發展。正如王富仁先生所說：「我們稱之爲『新時期』的文學研究，熱熱鬧鬧地搞了 10 多年，各種新理論、新觀念、新方法都『紅』過一陣子。『熱』過一陣子，但『年終結帳』，細細一核算，我認爲在這十幾年中紮根紮得最深，基礎奠定得最牢固，發展得最堅實，取得的成就最大的，還是最初『紅』過一陣而後來已被多數人習焉不察的比較文學。」〔註 1〕

這些文學研究設立了以「世界」文學現有發展狀態爲自己未來目標的潛在意向，並由此建立著文學批評的價值取向。曾小逸主編《走向世界文學》一書不僅囊括了當時新近湧現、後來成爲本學科主力的大多數學者，集中展示了那個時期的主力學者面對「走向世界」這一時代主題的精彩發言，而且還以整整 4 萬 5 千餘字的「導論」充分提煉和發揮了「走向世界文學」的歷史與現實根據，更年輕一代的學人對於馬克思、歌德「世界文學」著名預言的接受，對於「走向世界」這一訴求的認同都與曾小逸的這篇「導論」大有關係。一時間，僅僅局限於中國本身討論問題已經變成了保守封閉的象徵，而只有跨出中國，融入「世界」、追逐「世界」前進的步伐，我們才可能有新的未來。

進入 1990 年來之後，我們重新質疑了這樣將「中國」自絕於「世界」之外的思想方式，更質疑了以「西方」爲「世界」，並且迷信「世界」永遠「進化」的觀念。然而，無論我們後來的質疑具有多少的合理性，都不得不承認，

〔註 1〕王富仁：《關於中國的比較文學》，見王富仁《說說我自己》125 頁，福建人民出版社 2000 年。

一個或許充滿認知謬誤的「世界」概念與知識，恰恰最大限度地打破了我們思維閉鎖，讓我們在一個全新的架構中來理解我們的生存環境與生命遭遇。這就如同 100 多年前，中國近代知識分子重啓「世界」的概念，第一次獲得新的「世界」的知識那樣。「世界」一詞，本源自佛經。《楞嚴經》云：「世爲遷流，界爲方位。」也就是說，「世」爲時間，「界」爲空間，在中國文化的漫長歲月裏，除了參禪論道，「世界」一詞並沒有成爲中國知識分子描述他們現實感受的普遍用語。不過，在近代日本，「世界」卻已經成爲了知識分子描述其地理空間感受的新語句，當時中國的知識分子在談及其日本見聞的時候，也就便將「世界」引入文中，例如王韜的《扶桑遊記》，黃遵憲的《日本國志》，20 世紀初，留日中國知識分子掀起了日書中譯的高潮，其中，地理學方面的著作占了相當的數量，「大部分地理學譯著的原本也是來自日本」。〔註 2〕隨著中國留學生陸續譯出的《世界地理》、《世界地理誌》等著作的廣泛傳播，「世界」也才成爲了整個中國知識界的基本語彙。世界，這是一個沒有中心的空間概念。

「世界」一詞回傳中國、成爲近現代中國基本語彙的過程，也是中國知識分子認知現實的基本框架——地理空間觀念發生巨大改變的過程：我們所生存的這個世界並非如我們想像的那樣以中國爲中心。是的，在 100 年前，正是中國中心的破滅，才誕生了一個更完整的「世界」空間的概念，才有了引進「非中國」的「世界」知識的必要，儘管「中國」與「世界」在概念與知識上被作了如此不盡合理「分裂」，但「分裂」的結果卻是對盲目的自大的終結，是對我們認識能力的極大的擴展。這，大概不能被我們輕易否定。

二

1990 年代以後人們憂慮的在於：這些以西方化的「世界」知識爲基礎的思想方式會在多大的程度上壓抑和遮蔽了我們的「民族」文化與「本土」特色？我們是否就會在不斷的「世界化」追逐中淪落爲西方「文化殖民」的對象？

其實，100 餘年前，「世界」知識進入中國知識界的過程已經告訴我們了一個重要事實：所謂外來的（西方的）「世界」知識的豐富過程同時伴隨著自我意識的發展壯大過程，而就是在這樣的時候，本土的、地方的知識恰恰也

〔註 2〕鄒振環：《晚清西方地理學在中國》244 頁，上海古籍出版社 2000 年版。

獲得了生長的可能。

100餘年前的留日中國學生在獲得「世界」知識的同時，也升起了強烈「鄉土關懷」。本土經驗的挖掘、「地方知識」的建構與「世界」知識的引入一樣的令人矚目。他們紛紛創辦了反映其新思想的雜誌，絕大多數均以各自的家鄉命名，《湖北學生界》、《直說》、《浙江潮》、《江蘇》、《洞庭波》、《鵑聲》、《豫報》、《雲南》、《晉乘》、《關隴》、《江西》、《四川》、《滇話》、《河南》……這些本土的所在，似乎更能承載他們各自思想的運動。在這些以「地方性」命名的思想表達中，在這些收錄了各種地域時政報告與故土憂思的雜誌上，已經沒有了傳統士人的纏綿鄉愁，倒是充滿了重審鄉土空間的冷峻、重估鄉土價值的理性以及突破既有空間束縛的激情，當留日中國知識分子紛紛選擇這些地域性的名目作爲自己的文字空間之時，我們所看到的分明是一次次的精神的「還鄉」。他們在精神上重返自己原初的生存世界，以新的目光審視它，以新的理性剖析它，又以新的熱情激活它。

出於對普遍主義與本質主義的批判立場，美國著名的文化人類學家克利福德·格爾茲教授（Clifford Geertz）提出了「地方性知識」這一概念，在他的《地方性知識》一書中有過深刻的表述。「所謂的地方性知識，不是指任何特定的、具有地方特徵的知識，而是一種新型的知識觀念。而且地方性或者說局域性也不僅是在特定的地域意義上說的，它還涉及到在知識的生成與辯護中所形成的特定的情境，包括由特定的歷史條件所形成的文化與亞文化群體的價值觀，由特定的利益關係所決定的立場、視域等。」它要求「我們對知識的考察與其關注普遍的準則，不如著眼於如何形成知識的具體的情境條件。」〔註3〕作爲後現代主義時代的思想家，克利福德·格爾茲強調的是那種有別於統一性、客觀性和眞理的絕對性的知識創造與知識批判。雖然我們沒有必要用這樣的論述來比附百年前中國知識分子的「地方意識」的萌發，但是，在對西方現代化的物質主義保持批判性立場中討論中國「問題」，這卻是像魯迅這樣知識分子的基本選擇，當近現代中國知識分子提出諸多的地方「問題」之時，他們當然不是僅僅爲了展示自己的地方「獨特性」，而是表達自己所領悟和思考著的一種由特定區域與「特定的歷史條件」所決定的價值追求。而任何一個不帶偏見地閱讀了中國現代文學作品的人都可以發現，這些價值追求既不是西方文化的簡單翻版，也不是地方歷史的簡單堆積，它們屬於一

〔註3〕盛曉明：《地方性知識的構造》，《哲學研究》2000年12期。

種建構中的「新型的知識觀念」。

所以我認爲，近代中國知識分子這種依託地方生存感受與鄉土時政經驗的思想表達分明不能被我們簡單視作是「外來」知識的移植和模仿，更不屬於所謂「文化殖民」的內容。

同樣，在新時期的當代中國文學批評中，在重點展示西方文學批評方法的「方法熱」之同時，也出現了「文化尋根」，雖然後來的我們對這樣的「尋根」還有諸多的不滿；1990 年代以降，文學與區域文化的關係更成爲了文學研究的重要走向。竭力倡導「走向世界」的現代學人同樣沒有忽視中國文學研究的地方資源問題，在「後現代主義」質疑「現代性」、後殖民主義批判理論質疑西方文化霸權的中國影響之前，他們就理所當然地發掘著「地方性」的獨特價值，1989 年的中國現代文學研究會蘇州年會就以「中國現代作家與吳越文化」議題之一，在學者看來：「20 世紀中國新文學是在西方近代文學的啓迪下興起的。但就具體作家而言，往往同時也接受著包括區域文化在內的中國傳統文化的影響——有時是潛移默化的濡染，有時則是相當自覺的追求。」〔註 4〕爲 20 在中國當代批評家的眼中，引入「地方性」視野既是一種「豐富」，也是一種「尊嚴」，正如學者樊星所概括的那樣：「在談論『中國文化』、『中國民族性』、『中國文學的民族特色』這些話題時，我們便不會再迷失在空論的雲霧中——因爲絢麗多彩的地域文化給了我們無比豐富的啓迪。」「當現代化大潮正在沖刷著傳統文化的記憶時，文學卻捍衛著記憶的尊嚴。」〔註 5〕在這裏，「地方性」背景已經成爲中國學者自覺反思「現代化大潮」的參照。

三

重要的在於，「世界知識」與「地方知識」完全可以擺脫「二元對立」的狀態，而呈現出彼此激發、相互支撐的關係，中國文學從晚清到人民共和國的演化就說明了這一點。

在「世界知識」與「地方知識」相互支持的關係構架中，起關鍵性作用的是中國知識分子的自我意識的成長。對於文學批評而言，自我意識的飽滿

〔註 4〕嚴家炎：《二十世紀中國文學與區域文化叢書・總序》，《二十世紀中國文學與區域文化叢書》，湖南教育出版社 1995 年版。

〔註 5〕樊星：《當代文學與地域文化》21 頁，華中師範大學出版社 1997 年版。

和發展是我們發現和提煉全新的藝術感受的基礎，只有善於發現和提煉新的藝術感受的文學批評才能推動人類精神的總體成長，才能促進人生價值新的挖掘和發揚。在我們辨別種種「知識」的姓「西」姓「中」或者「外來」與「本土」之前，更重要是考察這些中國知識分子是否將獨立人格、自由意志與人的主體性作為了自覺的追求，換句話說，在「知識」上將「世界」與「本土」暫時「割裂」並不要緊，引進某些「外來」的偏激「觀念」也不要緊，重要的在於在這樣的一個過程當中，作為知識創造者的我們是否獲得了自我精神的豐富與成長，或者說自我精神的成長是否成為了一種更自覺的追求，如果這一切得以完成，那麼未來的新的「知識」的創造便是盡可期待的，從「世界知識」的引入到「地方知識」的重新創造，也自然屬於題中之義，而且這樣的「地方知識」理所當然也就不是封閉的而是開放的。

從「世界知識」的看似偏頗的輸入到「地方知識」的開放式生長，這樣的過程原本沒有矛盾，因為知識主體的自我意識被開發了，自我創造的活性被激發了。

在晚清以來中國的思想演變中，浸潤於日本「世界知識」的魯迅提出的是「入於自識，趣於我執，剛愎主己」，即返回到人的自我意識。〔註 6〕

在 1980 年代，不無偏頗的「方法熱」催生了文學「主體性」的命題：「我們強調主體性，就是強調人的能動性，強調人的意志、能力、創造性，強調人的力量，強調主體結構在歷史運動中的地位和價值。」〔註 7〕雖然那場討論尚不及深入展開。

過於重視「知識」本身的辨別和分析，極大地忽略了「知識」流變背後人的精神形態的更重要的改變，這樣我們常常陷入中/外、東/西、西方/本土的無休止的糾纏爭論當中，恰恰包括中國文學批評家在內的現代知識分子的精神創造過程並沒有得到更仔細更具有耐性的觀察和有說服力量的闡釋，其精神創造的成果沒有得到足夠的總結，其所遭遇的困難和問題也沒有得到深入細緻的分析。

在這個意義上，我們也可以認為，現當代中國文學研究與「世界知識」、「地方知識」的關係又屬於一種獨特的「依託——超越」的關係，也就是說，

〔註 6〕魯迅：《文化偏至論》，《魯迅全集》1 卷 50 頁，人民文學出版社 1981 年版。

〔註 7〕劉再複：《論文學的主體性》，《文學主體性論爭集》3 頁，紅旗出版社 1986 年版。

我們的一切精神創造活動都不能不是以「知識」爲背景的，是新知識的輸入激活了我們創造的可能，但文學作爲一種更複雜更細微的精神現象，特別是它充滿變幻的生長「過程」，卻又不是理性的穩定的「知識」系統所能夠完全解釋的，對於文學創作與文學研究的考察描述，既要能夠「知識考古」，又要善於「感性超越」，既要有「知識學」的理性，又要有「生命體驗」激情，作爲文學的學術研究，則更需要有對這些不規則、不穩定、充滿偏頗的「感性」與「激情」的理解力與闡釋力。

人類不僅是邏輯的知性的存在物，也是信仰的存在物，是充滿感性衝動與生命體驗的複雜存在。

自晚清、民國到人民共和國，中國文學現象的發生發展，不僅是與新「知識」的輸入與傳播有關，更與「知識」的流轉，與中國知識分子對「知識」的「理解」有關。我們今天考察這樣一段歷史，不僅僅需要清理這些客觀的知識本身，更要分析和追蹤這些「知識」的演化過程，挖掘作爲「主體」的中國知識分子對這些「知識」的特殊感受、領悟與修改，換句話說，我們今天更需要的不是對影響中國文學這些的「中外知識」的知識論式的理解，而是釐清種種的「知識」與現代中國人特殊生存的複雜關係，以及中國知識分子作爲創造主體的種種心態、體驗與審美活動，所謂的「知識」也不單是客觀不變的，它本身也必須重新加以複述，加以「考古」的觀察。這就是我們著力強調「民國歷史文化」、「人民共和國文化」之於文學獨特意義的緣由。

所有這些歷史與文學的相互對話，當然都不斷提醒我們特別注意中國知識分子的自由感受、自我生成著精神世界，正如康德對文藝活動中自由「精神」意義的描述那樣：「精神(靈魂)在審美的意義裏就是那心意付予對象以生存的原理。而這原理所憑藉來使心靈生動的，即它爲此目的所運用的素材，把心意諸和合目的地推入躍動之中，這就是推入那樣一種自由活動，這活動由自身持續著並加強著心意諸力」〔註 8〕

〔註 8〕康德：《判斷力批判》上卷第 159～160 頁，宗白華譯，商務印書館 1964 年版。

目次

表　次

引　言

一

1958年：極其不平凡的一年。

1958年，共和國發展的特殊歷史時期，全國人民在「鼓足幹勁，力爭上游，多快好省地建設社會主義」這一總路線指引下，掀起轟轟烈烈的社會主義「大躍進」運動浪潮，民眾的火熱激情被最大限度地鼓起，以衝天的幹勁，將不斷湧現出的千千萬萬「大躍進」奇蹟，呈現在進行社會主義建設的各條戰線上。在文藝戰線上，以群眾口頭創作為主體的新民歌運動，就是其中的令人難以忘卻一個奇蹟。在最激動人心的新民歌創作的日子裏，無論鄉村，還是都市，男女老少，人人寫詩，個個唱歌；街頭巷尾，處處是詩，比目皆歌，數以萬計的新民歌如春潮般蜂擁而至，呈現出「一夜東風吹，躍進詩滿城」的壯觀景象，「村村標語滿牆，到處詩歌畫廊」的新局面。〔註1〕詩人郭沫若曾非常激動地記錄下當時令人振奮的盛況，「目前的中國，眞是詩歌的汪洋大海，詩歌的新宇宙。六億人民彷彿都是詩人，創造力的大解放就像火山爆發一樣，氣勢磅礴，前所未有。」〔註2〕學者謝冕在對中國新詩發展歷程進行回顧時，也曾說，「千百萬的民歌和工農兵群眾詩人、老詩人、新詩人創作的無數優秀詩篇，形成了新詩空前百花爭豔，萬紫千紅的燦爛局面」。〔註3〕

〔註1〕《安陽縣1958年農村文化工作總結》，存河南省檔案館，文化局1958年卷。
〔註2〕郭沫若《大躍進之歌序》，載《詩刊》1958年7月號。
〔註3〕謝冕《回顧一次寫作——〈新詩發展概況〉的前前後後》，北京大學出版社，2007年。

1958 年的新民歌運動，在中國詩歌發展史上，是一個較爲複雜的文學現象，是一次內涵極其豐富的詩歌狂飆突進運動，同時也是當代學者們在研究中國當代文學、中國新詩時，無法迴避的一個存在，畢竟對中國當代文學、中國新詩的發展都產生了一定的影響。因而，如何站在中國當代文學、中國新詩的發展視角，去客觀地分析、評價這場波及全國範圍的新民歌運動，揭示出文學虛假繁榮掩蓋下的歷史眞實，無疑會成爲研究者們還原歷史、呈現文學眞貌的關鍵。在中國當代詩壇上，新民歌獲得到的評價，可謂褒貶共存。在新民歌運動時期的文藝界幾乎一致認爲，1958 年的中國新民歌「開一代詩風」，是「共產主義文藝的萌芽」，「開拓了詩歌發展的新道路」，是「新時代的新國風」、「社會主義東風」等等，獲得了評論家們至高無上的評價。而且，對於這種言過其實的評價，在極「左」的文化思潮下，一直到 20 世紀 70 年代末 80 年代初，二十多年來卻很少有人對這種虛誇的評價，提出過質疑與異議。十一屆三中全會之後，中共中央對肇始於 1958 年的「大躍進」運動作出實事求是的評價後，評論家們才在新時期的文壇上，開始對上述有關新民歌的看法提出疑問，闡述自我見解，重新對新民歌的價值與意義作出新的評價。

1958 年的新民歌運動，總的來看，是一場違反藝術規律的詩歌創作大躍進，對中國新詩的發展產生了一定程度的衝擊和影響，也就是有些學者在對新民歌評價時所說的，「它以『工農兵』、『民間』、『人民』的名義，徹底否定了中國新詩五四以來所形成的價值觀，審美要求，否定了亟待詩人創造的文學成就，從而把新詩引向了災難深重的歧途」，〔註 4〕「造成了當代新詩有異於『五四』以來現代新詩的獨特形態，也無情地約束了甚至扼殺了中國是多種發展的可能性。」〔註 5〕但我們也不可否定新民歌在一定意義上，也具有積極的價值。其實，在新民歌運動期間，尤其是運動開展的初期，曾出現過一些比較成功的作品，反映了我國勞動人民改變祖國面貌的迫切願望，表現了他們推動歷史前進的巨大力量和智慧，抒發了他們美好健康的思想感情。這些由新民歌作者發自內心激情，創作出來的新民歌作品，的確鼓舞了當時人們的幹勁和進行社會主義新農村建設的豪邁激情。還有在 1958 年新民歌運動之初，創作出來的新民歌作品，尤其是一些上山下鄉專業作家、下放幹部創作出來的新民歌作品，在審美價值和藝術價值上，延續了新詩發展的脈略，

〔註 4〕程光煒《中國當代詩歌史》，中國人民大學出版社，2003 年，第 113 頁。
〔註 5〕張炯《新中國文學五十年》，山東教育出版社，1999 年，第 63 頁。

也拓展了新詩創作的新空間、新題材、新領域。因此，無論從詩學的角度，還是從文學史的角度來看，新民歌運動這一種重要的文學現象，仍具有一定的思想價值、藝術價值和學術價值。因而，在新民歌的研究上，有必要重新對它進行實事求是的研討，以做出恰如其分地評價。

1958 年，大規模地民歌搜集和民歌創作運動，是建國以來的一次重要事件。如何全面、客觀地進行評價，不僅在中國當代文學史、中國當代詩歌史上，而且在中國當代文化史、史學史上都是不容迴避的重大理論和實踐課題。但從 20 世紀 80 年代初以來的研究者研究現狀來看，新民歌的研究仍然是一個薄弱點，還沒有引起較多研究者的關注，或者說研究者們在對中國當代文學、中國當代詩歌史、中國新詩發展等領域的研究過程中，對新民歌的關注很少，關注不夠。從已形成的研究成果來看，研究者們對新民歌的研究是遠遠不夠的，形成的研究成果也較少，而且研究者大多都是以一定的視角、一定的層面，對新民歌進行研究，還沒有學者對新民歌運動這一重要現象，進行全面的研究，將 1958 年中國新民歌的眞實狀況全方位地展現出來。因而，對 1958 年的新民歌進行全視角的研究，還原其在文學史中應有的位置和價值，就顯得更爲迫切，更加富有學術意義。同時，在新民歌的研究上，也有較多的學術期待：新民歌是怎樣發生的；經濟領域的大躍進運動是如何引向文藝領域的；文藝領域的躍進運動是如何發動的；全面進行的文藝大躍進運動爲何最終使新民歌運動成爲一枝獨秀的蓬勃開展；工農兵是如何被烘託成爲新民歌的創作主體的；新民歌作者的眞正身份是哪些人；是哪些人或者哪些群體在以工農兵的名義僞作著這些新民歌；在全民進行文藝大生產運動的過程中，新民歌創作群體是如何進行創作的；這些新民歌創作者進行新民歌創作的主動性和積極性從何而來，或者說這些新民歌作者進行新民歌創作的可能性和必要性是什麼；大躍進新民歌在當時的狀況下是如何進行傳播的，新民歌通過哪些形式、哪些途徑進行傳播；大躍進新民歌在當時產生了如何的作用和影響；大躍進新民歌創作的意義和評價，也就是大躍進新民歌與中國新詩傳統的關係，等等問題，還有待學術界的進一步研究與探索。因此，採取客觀、公正、實事求是的態度，在重新梳理的基礎上，對上述問題進行廓清，進而對大躍進新民歌進行如實地評價，就彰顯的尤爲重要。

本書就擬從上述問題，開展 1958 年新民歌的研究工作，對其進行全面的梳理和研究，以廓清新民歌發生、發展的前因後果，給予其在文學史的書寫中應有的位置，挖掘出其在文學史、詩歌史以及在當今的學術研究中的價值和意義。

二

從研究現狀來看，新民歌的研究工作開展的較早，並且在研究時段上也較爲集中，大致爲 1958 年到 1960 年的「大躍進」運動時期和 20 世紀 80 年代初新時期以來兩個較爲集中的研究時期，在這兩個時段之間的近二十年的較長時期，很少或者幾乎沒有人關注 1958 年新民歌，進行過這一專題研究。

在「大躍進」運動時期，研究者們對 1958 年新民歌的研究，形成了一些研究成果：

一是出現了對新民歌進行專題研究的著作，如天鷹的《一九五八年中國民歌運動》、《揚風集》（上海文藝出版社，1959 年），沙鷗的《學習新民歌》（北京出版社，1959 年），徐善平、陳詒、孫森烈的《談大躍進新民歌》（上海文藝出版社，1958 年版），李岳南的《與初學者談民歌與詩》（上海文藝出版社，1959 年），安旗的《論詩與民歌》（作家出版社，1959 年），等等。在這些專著中，有的是對新民歌運動的開展情況進行宏觀性、概括性的記述，有的從民間文學的視角開展史料性搜集研究，有的較爲詳盡地論述了新民歌的思想內容、表現手法、藝術特徵等等。

二是在新民歌與新詩的關係的探討過程中，一些刊發在當時報刊上的較有影響的文章被結集出版。如在 1958 年新民歌運動開展後，四川《星星》詩刊發起了「詩歌下放」問題的討論，《處女地》開闢「詩歌發展問題」探討專欄、《詩刊》組織「新民歌筆談」，《文藝報》、《人民文學》、《蜜蜂》、《火花》、《紅岩》、《文藝月報》、《人民日報》等報刊也都發表了大量的文章，對新詩的發展、民族形式、詩歌的大眾化等問題進行廣泛探討，都發表了一些有關新詩反戰問題的文章。《詩刊》編輯部將這些產生一定影響的文章，按照時間的順序，由作家出版社以《新詩歌的發展問題》分成四集出版。上海文藝出版社出版了評論集《論新民歌》，中國民間文藝研究會編纂了《大規模地收集全國民歌》、《向新民歌學習》等論文集，河北人民出版社編輯出版了論文集《開一代詩風——論詩歌創作的新路》，河南人民出版社出版了《新民歌雜談》等等。這些評論集中的文章：有的探討新民歌和傳統民歌的關係，如沙鷗的論著《學習新民歌》，袁水拍《向民歌學習浪漫主義精神》、馮至《漫談如何向古典詩歌學習》、雁翼《向民歌學習》、沙鷗《關於革命現實主義和革命浪漫主義》等；有的研究新民歌的藝術形式和表現手法的文章，如賀敬之的《漫談詩的革命浪漫主義》，馮至《漫談新詩努力的方向》和《關於新詩的形式問題》，袁水拍《詩歌中的革命主義和浪漫主義的結合》，徐遲《談民歌體》等；有的探討新民歌在中國詩歌發展中的開創性，如周揚《新民歌開拓了新詩的新道路》，卞之琳《對於新詩發展問題的幾點看法》、《關於新詩的發展問題》，賀敬之《關於新詩和「開一代詩風」》，郭小川《詩歌向何處去？》、田間《民歌爲新詩開闢了道路》、鄧均吾《略談改變詩風問題》、沙鷗《新詩的道路問題》、力揚《關於詩歌發展的問題》、駱文《工農群眾開一代詩風》等；還有的對新民歌的價值和意義進行評價，如多昕《新民歌是共產主義詩歌的萌芽》、蕭殷《民歌應是新詩發展的基礎》、宋壘《民歌是主流，詩歌的發展應當以民歌體爲基礎》。

但在 1958 年新民歌運動結束後，由於政治、歷史、文化等原因，對新民歌的研究曾一度中斷，尤其是動亂的「文革」十年，幾乎沒有學者對其進行過研究。20 世紀 80 年代後，中國文壇的現實主義傳統得到恢復，對大躍進新民歌的研究又重新引起一些學者的關注，並大致有五個方面的成果：

一是在一些學者進行的當代文學史、詩歌史等寫作中，將 1958 年的新民歌作爲一個章節或片段進行評述性書寫。如洪子誠的《當代中國文學概觀》（北京大學出版社，1986 年）、《中國當代文學史》（北京大學出版社，1999 年），程光煒的《中國當代詩歌史》（人民大學出版社，2003 年），劉登翰、洪子誠的《中國當代新詩史》（人民文學出版社，1993 年），王慶生的《中國當代文學》（高等教育出版社，2004 年），李新宇主編的《中國當代詩歌藝術演變史》（浙江大學出版社，2000 年）、《中國當代詩歌潮流》（山東大學出版社，1993 年）、《現代中國文學》（南開大學出版社，2009 年），張建主編的《新中國文學史》（北京師範大學出版社，2008 年），謝冕、洪子誠、孫玉石、劉登翰、孫紹振、殷晉培《回顧一次寫作——〈新詩發展概況〉的前前後後》（北京大學出版社，2007 年）等，從各自的視角，論述了大躍進新民歌運動的興起、創作方法、藝術特徵、思想內容和歷史意蘊等問題。

二是一些從事史學研究的學者，在進行「大躍進」運動的史學研究中，把 1958 年新民歌運動作爲整個運動的一部分被提及與評述；或者是在一些經歷「大躍進」運動的學者的回憶性著作、文章中，對新民歌進行了重新思索和評價。如劉友於《曲折探索（1956～1966 年）》（中國青年出版社，2001 年），李晨《曲折與發展——探索道路的艱辛（1957～1961 年）》（吉林人民出版社，1994 年），李銳的《大躍進親歷記》（上海遠東出版社，1996 年），羅平漢的《1958～1962 年的中國知識界》（中共中央黨校出版社，2008 年）、《「大躍進」的發動》（人民出版社，2009 年），謝春濤的《大躍進狂瀾》（河南人民出版社，1990 年），（英）麥克法考爾的《文化大革命的起源》（一、二卷）（求實出版社，1990 年）等。

三是研究者在學術期刊、報紙上發表的研究性文章，如李新宇的《1958：「文藝大躍進」的戰略》（《文藝理論批評》，2000 年第 5 期）、朱曉進的《對大躍進民歌運動的幾點再認識》（《當代文藝思潮》，1983 年第 5 期）、毛志雄《評我國「大躍進」時期的新民歌運動》（湖南師大社會科學學報，1987 年第 8 期），張昭國《從民歌中透析大躍進時期的群體心理》（民主與科學，2004 年第 2 期），徐秋梅、吳繼金的《1958 年的文藝「大躍進「運動》（文史精華，2008 年第 4 期）、劉延年的《毛澤東與新民歌運動》（江淮文史，2002 年第 2 期）、赫牧寰的《作爲文學話語的 1958 年「新民歌運動」》（《齊齊哈爾大學學報（哲學社會科學版）》，2008 年第 5 期）、郭澄的《1958 年新民歌運動再評價》（《新疆大學學報（哲學社會科學版）》，1981 年第 5 期）等。

四是一些院校的研究生的博碩論文，從某個層面對新民歌進行研究。如（韓國）金慈恩的《大躍進民歌研究》、焦見霖的《1958 年新民歌運動及其評析》（河南大學）、張鳳渝的《大躍進民歌運動中的權力話語和民間文化》（南京師範大學）、韓金玲的《大躍進民歌中的歷史文化意蘊》（陝西師範大學）、饒翔的《一次民粹主義的全民文學實踐》（華中師範大學）、赫牧寰《1958 年「新民歌運動」的文化反思》（東北師範大學）、馬綸鵬的《1958 年大躍進語境下的新民歌運動》（上海交通大學）、王芳芳的《1958：新民歌運動》（北京師範大學）、張志成的《一九五八年新民歌運動中的大眾化問題研究》（四川省社會科學院）、李姜的《新民歌與政治動員》（湘潭大學）、崔麗君的《大躍進時期「新民歌運動」的調查研究》（北京師範大學）等。

三

本書在對新民歌研究視角的選取上，盡量避開研究者已經做過較多探討的域場，如有關新民歌的思想內容、語言特點、藝術形式、表現手法等問題，試對新民歌的創作、生產和傳播機制進行研究，以期全視角的展現新民歌這一文學概念的全貌。選取「以點蓋面」或「窺斑見豹」的研究思路進行研究，即：

一是選取河南省爲主要樣本進行 1958 年新民歌的研究工作，通過對「大躍進」時期河南新民歌運動的全面研究，由點及面地推論出當時全國各地新民歌的創作狀況。之所以選取河南省爲樣本進行研究，原因在於河南省在 1958 年「大躍進」運動開始後，各項躍進工作都走在全國各省市的前列，如出現了全國第一個「四無」（無蚊子、無蒼蠅、無老鼠、無麻雀）縣，出現了全國第一所農民大學——登封〔註 6〕三官廟鄉紅專大學，出現了全國第一個農民公社——嵖岈山人民公社，出現了作爲全國農村典範的農業社——封丘縣應舉農業社，毛澤東在《紅旗》雜誌創刊號上，以《介紹一個合作社》爲題，進行全國經驗推廣。還有更多事例，不再列舉。在新民歌的創作上，河南省更是走在全國的前列，如享譽全國的新民歌作者之多，僅登封縣就有近 20 人，在《人民日報》、《詩刊》、《民間文學》等報刊上發表都過多篇新民歌作品；全省出現的詩歌縣近 20 個，如登封縣、滎陽縣、禹縣、魯山縣、林縣等一些縣，還被當時國家級報刊給予專題報導，詩歌鄉更是不計其數。由此，選取河南省這一樣本，無論是走訪具體區域，還是被走訪人員的選取，都有利於更好地開展。

二是新民歌運動時期，雖然工廠、農村、部隊的所謂「工農兵」作者，都進行著新民歌的創作，但本文所研究的新民歌主要是在廣大農村進行的新民歌運動的狀況，也就是通過研究以農民創作爲主體的新民歌運動開展情況，順理成章地領悟到全國工廠、部隊等機構進行新民歌創作、傳播等情況。

三、在具體研究方法，建立在廣泛搜集、查閱有關 1958 年新民歌運動情況大量資料的基礎上，進行篩選後，開展研究工作。在資料的搜集上，採取實地走訪與文獻閱讀相結合的方式，開展新民歌的研究工作。在 1958 年新民歌的研究過程中，充分利用著手寫作前，進行材料搜集的時間，通過對河南省近 30 個縣（市）、經歷過新民歌運動或曾進行新民歌創作的人員的實地走訪，獲得最原始的採訪資料。然後，通過翻閱 1958 年前後全國和各省、市在當時較有影響的報刊，以及在河南省檔案館對有關新民歌運動檔案文獻查閱

〔註 6〕本書中沒有標明省份的縣（市），均爲河南省；月份前沒有標明年份的，均爲 1958 年。

獲取的資料，進行對照、甄別和印證，開展研究，以還原出 1958 年中國新民歌的眞實面貌。

四

本書試從 1958 年新民歌的創作、生產以及傳播機制的角度，開展對新民歌的作者群體，創作方法，創作形式，傳播方式，傳播途徑及其在創作和傳播過程中，對當時的社會生活、民眾心理、中國新詩等帶來的影響，並在實事求是分析基礎上，探索出新民歌運動發生的政治、經濟、文化淵源，並對其做出客觀、公正的評價。

本書共分爲六個部分，各部分的主要關注點如下：

引　言。引言部分主要是論述了本文進行新民歌這一課題研究的選題緣由，選題依據，選題價値，選題意義以及進行這一論題所運用的研究思路和研究方法。同時，本部分也論述了研究者們對新民歌這一論題的研究現狀，也就是研究者對這一課題關注的視角有哪些，已經取得了哪些研究成果，以及在這一課題的研究上，還有那些學術探討空間和學術期待等等。

第一章新民歌運動的緣起。本部分以建國後中國社會、政治、經濟背景爲切入視角，探討出 1958 年興起的全民生產大躍進運動是怎樣在經濟領域率先發動起來的，又是那些原因把這場本在經濟領域開展的大躍進生產運動引向文化領域，瞬間掀起了文藝界的創作大躍進運動。在文藝界廣泛開展大躍進生產運動的過程中，新民歌又是怎樣成爲一枝獨秀的文學體裁，在全國範圍內轟轟烈烈、蓬蓬勃勃地開展起來。緊接著，從新民歌運動的開端、興起、助瀾、盛況、落潮五個相承接的部分，概括性地論述了 1958 年中國新民歌運動的整個歷程。

第二章新民歌的作者群體研究。本章以 20 世紀 80 年代以來新時期的研究者，對 1958 年新民歌作者的「工農兵」身份的質疑爲研究起點，採取「欲破先立」的研究方法，先贊同大躍進時期一些研究者關於新民歌作者的身份的看法，也就是說 1958 年新民歌作者爲工農兵的說法正確，數以萬計的新民歌就是工農兵作者創作出來的。然後，通過對大躍進時期中國知識分子狀況的研究分析，一類知識分子在 1957 年反右傾運動中被打成右派，發配到邊緣的山區農村，進行勞動改造，從而失去了進行文藝創作的權利，也就是本章所說的失語的知識分子；另一類知識分子，也就是一些在反右傾運動中，沒有被劃成右派的知識分子，在中共中央等部門的號召下，上山下鄉，虛心向工農兵學習，這部分知識分子由於不能較快的適應新民歌創作的形勢而成爲失語的知識分子。由此，得出結論：新民歌的作者只有也只能是工農兵。緊接著，以農民爲例論證工農兵進行新民歌創作是否具有可能性。通過對大躍進時期中國農民的知識水平的分析，認爲當時絕大部分農民處於文盲、半文盲的知識狀態，是無法進行新民歌等文藝作品創作的，又加之全國人民忙於經濟生產，沒有過多的時間進行創作，從而，最終得出新民歌工農兵作者身份的不可能性。由此，本章通過大量的走訪資料和查閱的檔案文獻，最終得出新民歌作者的眞正身份，也就是哪些人或群體在以工農兵的名義進行創作，並對每一類新民歌作者進行了詳細的分析，探討了這些作者進行新民歌創作的可能性和必要性。

第三章新民歌的創作研究。本章主要是論述 1958 年新民歌作者是怎樣進行新民歌創作的，也就說新民歌的作者是如何確保民歌作品源源不斷地湧現，以最快速度釋放出文藝高產衛星。本章分爲四個部分進行論述：第一部分論述了包括新民歌在內的文藝創作躍進規劃是如何從中央下達到各省市、專區、縣，以致廣泛分佈在中國農村的農業社的，文藝創作躍進指標又是如何在從中央下達到地方的過程中，被逐步累加的，也就是文藝創作躍進高指標是如何形成的。第二部分主要論述全國各地爲完成新民歌超高的創作指標，是如何通過建設農村俱樂部、文化館（站）等進行新民歌創作的基礎文化設施，以及組建文化創作大軍、成立創作組等形式進行新民歌的創作的，來保量按時完成新民歌的創作目標。第三部分重點論述新民歌作者是怎樣進行創作的，新民歌作者如何選擇創作主題、確定創作內容的，採取哪些創作方式進行創作等問題，開展了較爲詳盡的探討。第四部分探討了全國各地在新民歌創作的過程中，爲盡快放出文藝衛星，採取了哪些推動新民歌創作高效開展的措施，以激勵和充分發揮新民歌作者進行新民歌創作的積極性、主動性。

第四章新民歌的傳播研究。本章主要論述數以萬計的新民歌在當時是通過哪些途徑在民眾中迅速傳誦的，又是怎樣使一些優秀的新民歌作品在全國範圍內傳播的。本章依新民歌的傳播範圍爲參照，從民間傳播和官方傳播兩個視角進行了探討，較爲細緻地論述了每種傳播的主要形式，主要途徑，接受群體等問題。在進行官方傳播的期刊發表、書籍出版兩種形式時，對當時各期刊、出版社刊載、印刷的作品、詩集進行了匯總。

第五章新民歌的影響和評價。本章從三個部分進行了論述：第一部分通過與傳統民歌的對比，探討出 1958 年民歌作者創作出來的民歌作品爲什麼被稱作新民歌，新民歌的「新」具體體現在哪些方面。第二部分論述了新民歌產生的影響，集中探討了 1958 年創作出的新民歌對當時社會生活、民眾心理以及對「五四」以來中國新詩的發展帶來的影響。第二部分較爲詳細的論述了大躍進時期的評論家就新民歌與中國新詩的關係，引起的探討和爭論，各評論家通過一些期刊開設的有關探討「新民歌與中國新詩關係」的欄目，圍繞給予關注的視角，發表自我見解與看法。同樣，綜述性的探討出當時官方文化機構對這一問題的觀點、立場，從而呈現出新民歌對中國新詩發展的衝擊和影響。第三部分主要是在新時期以來，研究者們對新民歌作出評價的基礎上，進行實事求是地對 1958 年中國新民歌運動及創作出來的新民歌作出客觀、公正的評價。

總之，本文就是以「爲什麼創作」——「誰在創作」——「如何創作」——「怎樣傳播」——「有何影響」爲脈略對進行新民歌展開研究。

第一章　新民歌運動的緣起

一、經濟大躍進的發動

（一）建國前七年（1949～1956 年）的社會背景

1949 年 10 月 1 日，共中國的成立，結束了舊中國數千年來少數剝削者奴役廣大勞動人民的歷史，擺脫了一百年來帝國主義對中國的掠奪和宰割，開闢了中國歷史的新紀元，進入了全新的人民民主時代。當家作主的廣大勞動人民，開始以新的姿態和飽滿的激情創造自己美好的新生活。

1、1949 年 10 月～1952 年底

在這三年裏，中國人民在中國共產黨的領導下，肅清了國民黨反動派在大陸的殘餘武裝力量，戰勝了帝國主義的封鎖、破壞和武裝挑釁，鞏固了勞動人民當家作主的人民民主政權。同時，在黨政機關幹部中開展了反貪污、反浪費、反官僚主義的「三反」運動，在私營工商業者中開展了反行賄、反偷稅漏稅、反偷工減料、反盜竊國家財產、反盜竊國家經濟情報的「五反」運動，教育了大多數幹部，清除了革命隊伍中的腐敗分子，進一步鞏固了人民民主專政。在經濟體制上進行了統一財經、穩定物價和土地改革運動，從而創造了一個較為穩定的國民經濟恢復和發展秩序，為生產資料社會主義改造的順利進行奠定了良好基礎。

2、1953 年～1957 年底

新中國建立以後，經過三年的經濟恢復，國民經濟雖然得到根本好轉，工業生產也已經超過歷史最高水平，但是我國仍然是一個落後的農業國，工

業水平遠遠低於發達國家。爲此，從 1953 年起，中國共產黨用了四年的時間，在全國範圍內對於農業、資本主義工商業和手工業進行社會主義改造，將生產資料私有制轉變爲社會主義公有制，從而初步建立起社會主義的基本制度，中國社會主義建設也進入了初級階段。同時，從 1953 年開始的第一個五年計劃，在 1956 年提前一年完成；到 1957 年，各項指標均全面超額完成，從而也奠定起我國社會主義工業化的初步基礎。

1956 年生產資料私有制的社會主義改造基本完成後，我國進入了開始全面建設社會主義歷史的新階段。第一個五年計劃的超額完成，奠定了我國社會主義工業化的初步基礎，爲我國的經濟建設開闢了廣闊前途。但是，要實現社會主義工業化，還是一個非常艱巨的任務。生產資料私有制的社會主義改造提前完成，使社會主義工業化這個主體任務顯得更爲迫切。已經建立起來的社會主義制度，還需要繼續鞏固和完善，尤其需要現代化的工農業爲保證，以獲得較厚實的經濟基礎。

當時國內的形勢：社會主義改造的迅猛開展和一五計劃的順利進行，極大地調動了全國人民建設社會主義的積極性；全國上下精神振奮，朝氣蓬勃，急切地想做出一番新的偉大事業。而當時的國際局勢整體上趨於緩和，也極利於中國發展經濟和進行社會主義建設，中共中央想利用這一段和平時期，加快我國的工業化發展。但是另一方面，我國的社會主義還處於初級階段，經濟基礎還相對比較薄弱。新中國脫胎於半殖民半封建社會，雖然建國初期恢復國民經濟和一五計劃建設都取得了令人振奮的成就，但畢竟我國的工業化還剛剛起步，生產的商品化、社會化和現代化還遠未實現，整個生產力水平遠遠落後於發達資本主義國家。由此而言，中國的社會主義建設，遠比中國進行民主革命艱巨和複雜得多。

再者，中國的革命道路尚不能照搬國外經驗，社會主義建設的道路更不能照搬外國。雖然在進行社會主義建設的初期，由於沒有組織大規模經濟建設的經驗，曾學習和借鑒過蘇聯的社會主義建設經驗，也產生了積極的效果，但是學習蘇聯終究不能代替對中國自己社會主義建設道路的探索。即使蘇聯的社會主義建設經驗是成功的，也不一定就適合中國的實際。因而，如何從中國的國情實際出發，客觀總結自己的得失，科學借鑒外國的經驗，在實踐中探索出一條適合我國國情的建設社會主義的道路，成爲擺在中國共產黨和全國人民面前的一個全新課題。

（二）1956 年～1958 年：冒進與反冒進的糾結

1、良好的開端

爲了加快社會主義建設的步伐，中共中央在 1956 年初就提出了「又多、又快、又好、又省」的社會主義建設方針和符合中國國情實際的《一九五六年到一九六七年全國農業發展綱要》草案，從而給廣大農民以致全國人民制定了奮鬥目標，盡快把農業搞上去，以推動整個國民經濟的全面發展。

1956 年 9 月 15 日至 27 日，中國共產黨第八次代表大會在北京召開。這是中共共產黨在新中國成立後召開的第一次全國代表大會，也是在中國社會歷史發展的重要轉變關頭，進行總結經驗，制定新的歷史時期的路線、政策的一次重要會議。會議在實事求是和客觀分析、評價我國實際國情以及總結一五計劃經驗教訓、吸取蘇聯建設的經驗教訓的基礎上，提出了發展國民經濟的第二個五年計劃，制定了既反保守又反冒進，即在綜合平衡中穩步前進的經濟建設方針，以促進整個國民經濟的盡快恢復和發展。

1957 年，中國的社會經濟建設在中共八大「綜合平衡，穩步前進」的經濟建設方針的指導下，呈現出令人樂觀的發展趨勢，也取得了較爲豐碩的成就。但就在這些豐碩成就取得的同時，中央和地方一些領導在勝利面前滋生了驕傲自滿情緒，在社會主義建設上想採取急於求成的方法，過度誇大了主觀意志和主觀努力的作用，以致把在新民主主義革命戰爭和土地改革中大搞群眾運動的傳統工作方法用到經濟建設上來，從而違背了社會經濟發展的正常內在規律。

2、冒進與反冒進

社會主義建設總路線的形成和大躍進的發動是從批評反冒進開始的。其實，在社會主義經濟建設上，如何發展我國的社會生產力，是穩步前進，還是只考慮需要，不顧條件地加快速度，在中國共產黨內部一直有著不同意見。1955 年夏，黨內圍繞農業合作化的發展速度問題，就發生過爭論。毛澤東指責堅持穩步前進意見的鄧子恢等人，「像一個小腳女人」，舉步艱難，並發起批判「右傾保守」的鬥爭。這次鬥爭推動了 1955 年開始進行的農業合作化運動的迅猛發展，預定要 18 年完成的農業合作化，提前 11 年完成。

農業合作化運動被人爲地加快完成後，毛澤東等人便提出經濟建設和其他各項事業的發展都可以大大加快速度。於是，便有了 1956 年初的社會主義建設的冒進開展，並造成經濟和社會生活的緊張局勢。爲此，在冒進帶來嚴重後果的實踐面前，毛澤東沒有再堅持他的意見，並暫時默認了中共八大關於經濟建設應既反對保守又反對冒進，即在綜合平衡中穩步前進的方針。但默認不等於贊同或認可，更不是放棄自己的主張。在中共八大結束兩個月後，召開的八屆二中全會上，毛澤東再次強調了他的看法，認爲不平衡是絕對的，平衡是相對的，經濟建設有退有進，主要還是進，各級黨委和政府根本上是促進的。其結果，又導致了實踐上的急躁冒進。此後，批判「右傾保守思想」幾乎成了中央文件和一些領導人講話中必不可少的議題，並從 1955 年底制定全國農業發展綱要開始，出現了各地區、各部門爭相提高計劃指標，貪多求快，急躁冒進的傾向，不少部門把原定 1967 年實現的目標提前五年，改爲 1962 年。

當時主持經濟工作的周恩來、陳雲等人，及時發現了這股已開始出現的「盲目冒進」苗頭，並努力加以糾正。1956 年 1 月 20 日，周恩來在知識分子問題會議上作總結時提醒大家：在經濟建設中不要搞那些不切實際的事情，要使我們的計劃成爲切實可行、實事求是的，而不是盲目冒進的計劃。1 月 30 日，又在全國政協二屆二次會議上指出：「我們應該努力去做那些客觀上經過努力可以做到的事情，不這樣做，就要犯右傾保守的錯誤；我們也應該注意避免超越現實條件所許可的範圍，不勉強去做那些客觀上做不到的事情，否則就要犯盲目冒進的錯誤。」〔註 1〕同年，時任計委主任的李富春、財政部長李先念以及陳雲、薄一波等中央領導，也在計劃會議、經濟會議、中央經濟工作會議等不同會議上，都明確提出反對急躁冒進的傾向。在周恩來等人的努力下，1956 年上半年的反冒進基本遏制了全國逐漸興起的盲目冒進勢頭，使經濟的發展又重新回到正常的軌道上來，也使 1957 年的國民經濟效益成爲建國後最好的年份之一，財政收支平衡且略有結餘，歸回了 1956 年向銀行透支款 6 億元；農業雖未完成計劃，但仍比上年增產糧食 50 億斤，工業則比上年增長 10%，超過計劃 4.1%。〔註 2〕正如薄一波在回顧這段工作時說，「如果不是黨中央、國務院及時採取正確的方針，遏制來勢很猛的冒進傾向，那麼，1958 年大躍進那樣的災難，就有可能會提前到來。」〔註 3〕

〔註 1〕周恩來《在中國人民政治協商會議第二屆全國委員會第二次全體會議上的政治報告》，人民出版社，1956 年，第 33 頁。

〔註 2〕有林、鄭新義、王瑞璞主編《中華人民共和國國史通鑒》，第二卷，紅旗出版社，1999 年，第 9 頁。

〔註 3〕薄一波《若干重大決策和事件的回顧》（上卷），中共中央黨校出版社，1993 年版，第 540 頁。

然而，仍堅持經濟冒進的毛澤東等人卻從另外一個角度得出相反的結論，認爲 1957 年的工業速度遠不如 1956 年，農業沒有達到預期計劃，並把原因歸結爲 1956 年的反冒進給群眾潑了冷水，造成了經濟上的發展低潮。正如他在後來一次談話中所說，「沒有預料 1956 年國內方面會發生打擊群眾積極性的『反冒進』事件」。〔註 4〕於是，在 1957 年 9 至 10 月舉行的中共八屆三中全會上，毛澤東對反冒進提出了批評，「這樣的會議，恐怕是有必要一年開一次。因爲我們這樣一個大國，工業複雜得很。去年這一年沒有開，就吃虧，來了一個右傾。前年來了一個高漲，去年就來了一個鬆勁」，又指出，「去年這一年掃掉了幾個東西。一個是掃掉了多快好省，不要多了，不要快了，至於好省，也附帶掃掉了。好省，我看沒有那個人反對，就是一個多，一個快，人家不喜歡，有些同志叫『冒』了。本來，好省是限制多快的。好者，就是質量好；省者，就是少用錢；多者，就是多辦事；快者，也是多辦事。這個口號本身就限制了它自己，因爲好省，既要質量好，又要少用錢，那個不切實際的多，不切實際的快，就不可能了」，「去年下半年一股風，把這個口號掃掉了，我還想恢復。」〔註 5〕

（三）經濟大躍進的發動

1、「大躍進」一詞的提出

中共八屆三中全會後，在黨內外展開了批判右傾保守和批評反冒進的活動。1957 年 10 月 26 日，《人民日報》公佈了中共八屆三中全會通過的《一九五六年到一九六七年全國農業發展綱要（修正草案）》。第二天，發表了題爲《建設社會主義農村的偉大綱領》的社論，批判了「右傾保守思想」，要求「有關農業和農村的各方面的工作在十二年內都按照必要和可能，實現一個巨大躍進」。〔註 6〕這是中共中央通過報紙正式發出大躍進的號召，也是第一次以號召形式使用「躍進」一詞。

1957 年 11 月 13 日，《人民日報》發表了根據毛澤東意見特別是毛澤東在中共八屆三中全會上講話精神寫成的《發動全民，討論四十條綱要，掀起農業生產的新高潮》的社論。社論批評說，「有些人害了右傾保守的毛病，像蝸牛一樣爬行得很慢，他們不瞭解農業合作化以後，我們就有條件也有必要在

〔註 4〕《毛澤東選集》，第 5 卷，人民出版社，1977 年，第 226 頁。

〔註 5〕《毛澤東選集》，第 5 卷，人民出版社，1977 年，第 466、474 頁。

〔註 6〕《建設社會主義農村的偉大綱領》，載《人民日報》1957 年 10 月 27 日。

生產戰線上來一個大躍進。這是符合客觀規律的。1956 年的成績充分反映了這種躍進式發展的正確性。」〔註 7〕這篇社論又再次使用了「大躍進」一詞。

2、從「趕超英國」到「趕英超美」口號的提出

1957 年 11 月，在慶祝蘇聯十月社會革命 40 週年之際，各國共產黨和工人黨領導人雲集莫斯科，舉行 12 個社會主義國家共產黨的代表會議和 64 個國家工人黨的代表會議。毛澤東也應邀率領中國共產黨代表團和中國政府代表團抵達莫斯科參會。

在慶祝十月社會主義革命 40 週年大會上，赫魯曉夫在蘇聯取得了一些可觀成就的基礎上，在報告中提出了「今後 15 年內不僅趕上並且超過美國」的目標。毛澤東受到極大鼓舞，在發言中貿然提出「十五年後中國可以趕上或超過英國」〔註 8〕的目標。無疑，回國後的毛澤東要實現這一目標，經濟的發展速度必然是他考慮的首要問題。

1957 年 12 月 2 日，在中國工會第八次全國代表大會上，劉少奇代表黨中央向大會致詞中，正式宣佈了 15 年「趕超英國」的口號。

1957 年 12 月 9 日至 24 日，中共中央召開了全國農業工作會議，主要是貫徹執行《農村發展綱要四十條》和黨的八屆三中全會精神。會議要求從全國各個省到區、鄉、合作社都要作出貫徹農業綱要四十條的規劃，批判了所謂 1956 年下半年到 1957 年上半年的一股右傾風，提出「苦幹十年，實現四十條」的口號，要在 1958 年掀起農業大躍進。

1958 年 1 月 1 日，《人民日報》發表元旦社論《乘風破浪》。社論再次批判了右傾保守思想，並指出「我們要在十五年左右的時間內，在鋼鐵和其他重要工業產品產量方面趕上和超過英國；在這以後，還要進一步發展生產力，準備用二十年到三十年的時間在經濟上趕上並且超過美國」，號召全國人民鼓足幹勁，力爭上游，掀起大躍進運動。〔註 9〕由此，在強調 15 年「超過英國」口號的基礎上，又提出 20 到 30 年內「趕上美國」的口號。毛澤東也一再強調，「十年可以趕上英國，再有十年可以趕上美國，說『二十五年或者更多一點時間趕上英美』是留有五年到七年的餘地的。」「『十五年趕上英國』的口

〔註 7〕《發動全民，討論四十條綱要，掀起農業生產的新高潮》，載《人民日報》1957 年 11 月 13 日。

〔註 8〕毛澤東《在莫斯科共產黨和工人黨代表會以上的講話》，《毛澤東文集》，第七卷，人民出版社，1996 年版，第 325 頁。

〔註 9〕《乘風破浪》，載《人民日報》1958 年 1 月 1 日。

號仍不變。」〔註 10〕由此，從「趕超英國」到「趕超美國」，再到「趕英超美」口號逐步形成。有這樣，中共八屆三中全會的召開，對反冒進的批評，15 年「趕超英國」和「大躍進」口號的提出及廣泛宣傳，表明中國已經開始走上了發動經濟「大躍進」運動的進程。

3、經濟大躍進發動進程

1958 年春，中共中央召開了一系列會議，以加快經濟「大躍進」的發動進程。

1 月 3 日至 4 日，杭州會議。

杭州會議主要討論了黨領導經濟建設的方法，政治和業務的關係和技術革命等問題。毛澤東在講話中，除探討關於經濟工作中的工作方法問題外，也涉及了工作任務、工作方針和指導思想等問題，並又一次批評了 1956 年的反冒進和右傾保守，認爲平衡、鞏固、一致等等都是相對的，事物、計劃的不平衡性、矛盾性才是絕對的。這次會議使反右傾鬥爭中產生的急於求成的「左」傾思想繼續發展了，「大躍進」的思想，在反對「反冒進」中不斷佔了上風。

1 月 11 日至 22 日，南寧會議。

南寧會議從政治的角度又再次批評了反冒進的問題，把八屆三中全會以來對反冒進的批評推向高潮，從而使八屆三中全會上對反冒進的批評從經濟角度的提出轉向了政治問題的高度，使黨內急於求成的「左」傾思想迅速發展起來。同時，又將 1958 年國民經濟計劃草案中本來已經較高的主要項目增長速度，如工業總產值、農業總產值、基本建設投資、鋼、生鐵、煤、發電量、糧食、棉花等，又大大提高了一步，以掀起生產建設「大躍進」的高潮。

3 月 9 日至 26 日，成都會議。

成都會議在繼續批評 1956 年反冒進的基礎上，提出了經濟建設的高速度和社會主義建設總路線的思想，制定了比南寧會議更高指標的 1958 年國民經濟發展計劃。從而，在 1958 年春天，各地區、各行業反保守、批右傾、高指標、高速度的不斷升溫，「大躍進」的勢頭已在全國形成。

5 月 5 日至 23 日，中國共產黨八屆二次會議。

爲了鞏固成都會議的成果，把形成的決議以更權威的方式確定下來，5 月

〔註 10〕《建國以來毛澤東文稿》，第七冊，中央文獻出版社，1992 年，第 179 頁。

5 日至 23 日，中國共產黨在北京召開了中共八屆二次會議。會議正式提出由毛澤東創議的「鼓足幹勁，力爭上游，多快好省地建設社會主義的總路線」。這條總路線的基本思路就是，通過充分發動群眾，鼓起人們的幹勁，實現經濟的高速發展。正如 6 月 21 日《人民日報》發表的社論所言，「用最高的速度來發展我國的社會生產力，實現國家的工業化和農業現代化，是總路線的基本精神」，「速度是總路線的靈魂」，「快，這是多快好省的中心環節」。〔註 11〕這是一次全黨深入發動大躍進的會議，1958 年大躍進運動全面開始了。

會議後，在大躍進形勢下，工業生產的熱度急劇上昇，趕英超美的時間不斷縮短，計劃指標不斷刷新。農業也掀起生產建設的高潮。繼 6 月 8 日，河南遂平縣衛星農業社放出第一顆高產衛星後，各地競相爆出高產記錄。

在工農業躍進的形勢下，教育、科技、文藝、體育、衛生各界也都有了自己的躍進目標，制定躍進計劃，迅速掀起大躍進運動的高潮。

二、文藝界大躍進的發動

（一）文藝界大躍進的發動

在全國工業、農業戰線掀起生產大躍進運動的同時，其他各行業也不甘而後，相繼也掀起了各自領域的生產大躍進運動。中國文藝界在全國各條戰線大躍進形勢的鼓舞下，也不甘落後，以迅雷不及掩耳之勢瞬間在全國掀起聲勢浩大的文藝生產大躍進活動。正如有人所言，「社會主義革命的歷史躍進，工農業並舉，農業生產大躍進，給文藝工作者提出了新的迫切的任務。描寫新農村、新邊疆、新農民的英雄形象、各兄弟民族新英雄人物的形象，被提到日程上來」，「作家必須把個人的命運和創作活動同時代連結起來，使自己的思想感情和時代脈搏的跳動相一致。」〔註 12〕

1958 年 3 月初，中國作協率先向全國各分會、全國的文藝工作者以《作家們！躍進，再躍進！》的公開信形式發出文藝大躍進動員號召：作家們！躍進，再躍進！指出「六億人民的社會主義大躍進高潮已到，人人興奮，個個當先，隨時隨地出現奇蹟。一天的奇蹟就夠寫成許多史詩、戲劇和小說的。作家、理論家、翻譯家同志們，我們怎能不高興，不狂喜，不想變成三頭六臂，眼觀六路，耳聽八方，雙管齊下，快馬加鞭，及時報導，即使歌頌，鼓

〔註 11〕《力爭高速度》，載《人民日報》1958 年 6 月 21 日。
〔註 12〕袁勃《做一個無愧於心時代的文藝戰士》，載《邊疆文藝》1958 年二月號。

舞更大的幹勁，讓前人所不敢夢想的都每一天，每一小時，每一分鐘，實現在我們眼前呢！」〔註13〕隨後，中國作協書記處制定了《文藝工作躍進32條》（草案），作爲全國文藝工作者躍進的綱領性文件，比較詳盡地提出了全國文藝工作的躍進規劃。

3月8日，中國作協在北京召開文藝界大躍進座談會，集中探討「作家們要如何躍進？」，「要拿出多少作品來？」等核心問題。中國作協黨組書記邵荃麟在會上，對中國作協書記處提出的《文藝工作躍進 32 條》（草案）進行了詳細的說明，爭取今年在全國範圍內掀起一個創作的高潮，三五年內實現社會主義文學的大豐收；同時，認爲在反右派鬥爭勝利的基礎上，文學工作的躍進條件已經具備了，大批的作家要下到工廠、農村、部隊和邊疆去，以解決作家和工農兵相結合的問題，爲繁榮創作提供保證。在座談會召開的同時，《人民文學》、《文藝報》和《詩刊》等在京期刊編輯部的工作人員，放著鞭炮，敲鑼打鼓地擡著大字報進入會場，向作家們祝賀，並向他們要作品、要文章。8日、9日，《人民日報》分別以《中國作協發出響亮號召：作家們！躍進，在躍進！》和《爭取社會主義文學大豐收，首都作家紛紛響應作協號召》爲題對中國作協書記處討論《文藝工作躍進規劃32條》（草案）的情況，進行了連續報導。《解放日報》也發表評論《文藝工作者要投入火熱的鬥爭中去》，爲文藝創作大躍進的開展推波助瀾。

在中國作協的動員和號召下，中國文聯各協會也相繼召開如何進行文藝創作大躍進的座談會。3月3至5日，文化部、戲協、音協和北京市文聯聯合召開首都戲劇、音樂創作座談會，討論創作如何反應大躍進的問題。文化部副部長錢俊瑞在動員報告中說：「創作大躍進是當前的中心任務。」夏衍、田漢、陽翰笙、林默涵、劉芝明等人在會議上先後作了主題發言。夏衍在發言中談到：「現在是『逼上梁山』的形勢擺在我們面前，逼我們非以革命的腳步趕上去不可！」〔註14〕

3月10日，在首都的數十位文學評論家召開了文學評論者工作會議，各位評論家紛紛爲創作躍進表態發言，提出文學評論工作的躍進規劃。戲劇評論家張庚在發言中談到，在今年的戲劇的評論上，將成立10個專題評論組，

〔註13〕《作家們！躍進，再躍進！》，載《天山》1958年四月號。

〔註14〕夏衍《多快好省 量中求質——在戲劇音樂界創作大躍進會上的發言》，載《文藝報》1958年第6期。

做到每戲必評，並在戲劇評論的寫作上提出，一要聯繫實際，聯繫群眾；二要短小精悍，通俗易懂。電影評論家賈霽在發言中介紹了電影評論界的躍進規劃，組織一支 70 人的影評隊伍，大力發展影評工作。邵荃麟、李健吾、林默涵、卞之琳、王叔明、何家槐等文學評論家紛紛表示響應作協全年每人完成 10 篇評論的號召，並爭取多些評論，有更大的效果。《人民日報》以《願百路文藝大軍縱橫馳騁，創作出無愧時代的作品》爲題，刊登了老舍、鄭振鐸、田漢、臧克家等 12 爲文藝家筆談文藝大躍進的文章。

繼首都文學評論工作者會議之後，3 月中旬，首都外國文學工作者和民間文學工作者也相繼召開了完成文藝大躍進規劃的座談會。

在中國作協提出了全國文藝工作的躍進規劃後，各省市作協分會會同各地的宣傳、文化部門也迅速地制定出了本省市的文藝躍進規劃，在詩歌、散文、小說、戲劇、曲藝、民歌、民謠、評論、歌曲等文學體裁上，都制定出了較爲細緻的量化指標。同時，爲了適應工農業生產不斷大躍進的形勢，有的省、市在短時間內不斷修改文藝躍進規劃。中央以及各省、市主要報刊紛紛以社論的形式，推動和促進文藝界大躍進局面的到來，如 3 月 1 日《文匯報》發表的社論《百花怒放，創作繁榮》，3 月 2 日《北京日報》發表的社論《鼓足幹勁，全面實現文藝界大躍進》等等。

在各省市文藝工作者響應中國作協的號召上，表現最爲突出的莫過於上海市。2 月 25 日，市委書記柯慶施就親自主持召開文藝創作躍進大會，制定上海市文學界文藝創作躍進規劃，並發表了他對文藝「大躍進」的看法：「在這種工農業的大躍進形勢下，科學、技術、教育、文藝這些部門，就顯得有些落後」，「上海文藝隊伍力量大，人才集中，新人紛紛出現，物質條件也比過去好，我們爲什麼不能來一個大躍進呢？爲什麼不能百花競放？我們要下決心放下知識分子的臭架子，到群眾中去落戶，改造自己」，「要文藝界大躍進，要百花競放，繁榮創作，就要千方百計，克服困難，一天不行，兩天；兩天不行，一個月；白天不行，晚上再幹；一個人不行，大家來幹。不但要有干勁，還要有股牛勁，堅決和困難作鬥爭。」〔註 15〕

3 月 1 日，中國作家協會上海分會召開擴大會議，討論文藝界如何躍進的問題，原計劃兩年內創作各式各樣的文藝作品 1000 件的指標顯然已經落後

〔註 15〕參見羅平漢《文藝大躍進：村村要有李白》，載《半月選讀》2009 年第 9 期。

了，經過討論改爲3000件；原計劃創作大型作品和重點組織的作品集120部，也增加爲235部。上海的作家們也紛紛提出自己的躍進規劃。

3月6日，中國作家協會上海分會再次召開擴大會議，繼續討論文學工作大躍進問題。會議提出，要組織更多的作家長期深入生活，年內應爭取 1000個以上作家到群眾生活中去。

3月7日，上海作協在上海市委的授意下，發佈《作家們！躍進，大躍進》的公開信，向全國文藝工作者發出文藝創作大躍進挑戰，倡議開展社會主義革命競賽活動。8 日，《解放日報》以《政治上做革命派，生產上做促進派，藝術上做革新派》爲題進行了報導。

在倡議書中上海分會提出了兩年內要完成的創作指標：

> 一、創作各種形式的文學作品4000篇。其中，長中篇小說50部，多幕劇本50部，電影劇本30部，長詩、詩集40部，短篇小說集40部，散文特寫集40部，兒童文學50部。
>
> 二、兩年中創作歌詞3000首。
>
> 三、完成文學理論研究和文學史專著12部，討論文學問題、評論作家和作品集12部，編輯中國文學批評選輯六種，選編現代文學思想鬥爭史10輯、現代革命文學選輯20輯，出版文學理論叢刊8輯。〔註16〕

在中國作協上海分會發出文藝躍進創作競賽的邀請和挑戰下，全國各地作協分會、文藝工作者紛紛響應，接受上海作協的挑戰，迅速制定出本省市、專區、縣的文藝創作躍進規劃，以適應在全國迅猛燃起的文藝大躍進形勢。如河南省文學藝術界聯合會在3月10日迅速接受上海作協的躍進創作競賽的挑戰，並向全省的文藝工作者發出《請文藝工作者快馬加鞭》的公開信，動員和號召全省已經深入和準備深入群眾的作家、歌唱家、畫家、表演藝術家，都應拿出自己的全副精力，能寫就寫，能唱就唱，能畫就畫，克服一切困難去描寫前所未有的社會主義全面大躍進高潮中的無數令人驚異的奇蹟，並要做到以下幾點：

> 一、要鼓足革命幹勁，加強自己的文藝活動，緊密和工人農民結合在一起。

〔註16〕參見羅平漢《文藝大躍進：村村要有李白》，載《半月選讀》2009年第9期。

二、一切藝術活動是離不開創作的。我們希望一切專業和業餘的新老作家、編劇家、作曲家、畫家、評論家都動起手來，寫出無愧於這個英雄時代的作品。我們希望無論小說、特寫、詩歌、唱詞、歌曲、戲劇、美術作品和理論文章，都寫得又多、又快、又好，使我們的文學藝術工作和這個偉大時代合拍。

我們希望大家在完成自己寫作計劃的同時，也去嘗試嘗試其他寫作形式。寫評論的可以寫寫散文、特寫；寫散文、特寫的也可以寫寫評論。寫小說、特寫的可以寫寫唱詞、劇本；寫劇本、唱詞的可以寫寫小說、特寫。特別希望大家重視特寫、詩歌、唱詞、短篇小說、歌曲這些比較迅速反應現實生活的文藝形式。

三、我們希望大家訂出自己的寫作計劃。已經訂出計劃的，還可以修正補充。希望大家在訂好自己的計劃後寄給我們一份，以便交流經驗，互相評比。

我們深信在工農業大躍進當中，文藝工作者和工農群眾會更廣更深地結合起來，一定會出現一個文藝創作上的大躍進。〔註 17〕

廣西壯族自治區也對中國作協上海分會的文藝創作挑戰做出積極回應。3 月 16 日《紅水河》月刊以社論《文藝工作者們！躍進，大躍進！》的形式，向全省文藝工作者發出文藝創作躍進號召。3 月 25 日，自治區文聯又召開了全區文藝工作者創作大躍進座談會，以推動全區文藝創作的快速進展。30 個作家、藝術家都公開了在自己的創作計劃，如作家苗延秀年內要修好一篇長篇小說，創作一部中篇，一個短篇小說，並保證每月至少寫一首詩；產量豐富的作家蕭甘牛在大躍進聲中一再修改自己的創作計劃，年內要完成兩本電影劇本，一部桂劇劇本，兩部中篇小說，一本散文集和三十首詩；〔註 18〕戲劇工作者王石堅計劃創作、改變桂劇劇本十個，戲劇評介及討論性文章三十篇；作家李寅創作、改編桂劇劇本兩個，整理桂劇傳統劇目三個，短篇小說一篇，戲劇評論十篇；下放到農村的青年作家包玉堂修改民間長詩二首，寫一首長詩，短篇小說一篇，整理民間故事若干篇；蒙光朝寫長篇小說四部（60 年前），短詩 30 首，電影劇本二個，長詩一首，等等，〔註 19〕全區全年要完成中長篇

〔註 17〕《請文藝工作者快馬加鞭》，載《奔流》1958 年第四期。
〔註 18〕武劍青《無限春光話躍進》，載《紅水河》1958 年第四期。
〔註 19〕李寶靖《我區部分作家、作者訂出創作規劃》，載《紅水河》1958 年第五期。

小說 9 部，短篇小說 81 篇，電影文學劇本 15 個，長詩 12 首，短詩 947 首，創作及改編戲曲劇本 40 個。中國作家協會蘭州分會還將制定出的《文藝工作躍進二十條》，發表在 1958 年《文藝報》第十六期上。

由此，1958 年中國文藝界創作大躍進在全國全面展開，並在各業各行競相放「衛星」的感染下，文藝界的「衛星」也相繼放出來了。

三、新民歌運動的開展

在「寫中心」、「唱中心」、「畫中心」的「全民辦文藝」創作躍進運動中，各種文學體裁的創作，在數量上都呈現出前所未有的盛況，新作品、新內容、新思想、新形式的文學作品層出不窮地湧現出來，充斥著全國從中央到地方的大小報刊。但在所有文學體式中，影響最大、作品做多的還是新民歌。民歌，是勞動人民爲表達自己思想感情而集體創作、口頭流傳和不斷加工的一種歌唱藝術形式。它的表現形式隨地域不同而不同，如陝北有「信天遊」，河南有「快板書」，湖南有「花鼓調」，福建有「爬山調」等；就全國來看，民歌的形式大致包括順口溜、打油詩、快板詩、標語詩、街頭詩、口號詩、傳單詩等等。

1、開端

1957 年冬至 1958 年春，在大規模興修水利的群眾運動中，湧現了一批歌頌「農業發展綱要」、水利建設、堆土積肥和合作化運動後農村新貌的民歌。從 1958 年初，一些報刊開始登載一些專業作家、詩人在農村採風過程中創作的新民歌，以及一些下放幹部在勞動鍛鍊中利用業餘時間創作的新民歌作品。如《人民日報》1 月 16 日就刊登了沙鷗以《農村來信》爲總題目，包括《第一夜》、《撿糞》、《修渠》、《煮飯》、《晚飯後》五首新民歌。《解放軍文藝》1958 年第一期以「躍進吧，農村！」爲欄目，登載了以《山歌唱高潮》爲總題目的一些專業作家創作出來的新民歌八首；第二期，以「農村新景」爲欄目，登載了《絞水車》、《大陸上的奇遇》、《崔家灣村》、《新到農場的姑娘》、《誇媳婦》、《歡迎新社員》等六首新民歌。《詩刊》第二期也登載了一些專業作家們的新民歌作品，如臧克家的《春風吹》、公木的《躍進歌》、丁力的《十三陵水庫開工了》、李岳南的《在大躍進中他們敲鑼打鼓》、孟超的《在社會主義大躍進中》等。《星星》詩刊第 1 期上以「到農村去」爲欄目發表了徐遲的《詩三首》、羅清亮的《在田野上》（3 首）、田齊的《農村，我又來了》、蓓蕾的《新社員的歌》（3 首）、茁苗的《農村戰鼓聲》（6 首）等新民歌作品。《紅岩》月刊第一期刊載了嚴陣的《農村召喚》、石永言的《寫在婁山的岩石上》（3 首）；第二期任祐臣的《歌唱新農村》（《上了山》《下農村》《送電》3 首）、石崗的《農村短歌》（《勞動手冊》《這怎麼能呵》2 首）、徐速的《來到生產隊長家裏》、徐經謨的《雖然我還沒來幾天》、唐大同的《播種者》、洪流的《挑塘歌》、盧鴻沐的《堆肥》、《黎明》、廖公弦的《渠》等。《長江文藝》也刊載了張永枚的《斧之歌》蔡其矯的《漢水四首》、孫靜軒的《我在天空歌唱大地》等作品。

2、興起

1958 年初，中國民間文藝研究會在搜集 1957 年秋冬以來全國各地出現的歌頌社會主義新農村建設的新民歌的基礎上，經過重新篩選、整理，選編了一本《農村大躍進歌謠選》。其中有首陝西新民歌《我來了》：

> 天上沒有玉皇，
> 地上沒有龍皇。
> 我就是玉皇！
> 我就是龍皇！
> 喝令三山五嶽開道，
> 我來了。

毛澤東在讀到這首新民歌時，十分欣賞這首新民歌變現出來的豪壯氣魄，這也正是他發動「大躍進」運動，迅速改變中國的落後面貌所需要的進取精神。

其實，毛澤東一直對民歌懷有長久而深厚的感情，他很早就重視民歌的作用，重視把民歌和革命實踐結合起來。1925 年，毛澤東從上海回故鄉韶山休養期間，在組織農民運動，開辦夜校時，就用過當地的民歌民謠編寫識字課本。1926 年，廣州第六屆農民運動講習所開學，作爲所長的毛澤東主持擬定了租率、田賦、農民觀念等 36 個項目，引導學員到農民運動開展得較好的海豐等地進行實地調查，其中就有收集民歌這一項內容。1933 年，毛澤東在江西瑞金進行調查時又搜集了許多民歌，並把它們寫進自己的報告。1938 年 4 月，毛澤東在延安魯迅藝術學院成立大會上發表講話，號召作家到人民群眾中去，學習他們生動新鮮的語言，豐富自己的創作，更好地爲群眾服務。1942 年，在《在延安文藝座談會上的講話》中，毛澤東再次號召作家們放下架子，到人民群眾中去，創作出爲人民大眾所喜聞樂見的作品。當時，陝甘寧邊區出現的李季的《王貴與李香香》、阮章競的《漳河水》等作品，都帶有濃厚的陝北民歌色彩，這給毛澤東留下了深刻的印象，也常常以此來印證這一詩歌發展方向的正確。

新中國成立初期，圍繞著新詩的發展問題，中國作協曾於 1953 年底到 1954 年初召開 3 次詩歌形式座談會。1956 年下半年，《光明日報》又對「五四」以來新詩的評價問題展開過討論。這些討論，引起了對新詩發展頗爲關注的毛澤東的注意。1957 年 1 月 14 日，毛澤東在中南海約見詩人袁水拍和臧克家，就文藝界關於新詩的討論和新詩的發展談了自己的看法。他說：我已經看了關於新詩舊詩爭論的文章。關於詩，有三條：精練；有韻；一定的整齊，但不是絕對的整齊。要從民間的歌謠發展。過去每一個時代的詩歌形式，都是從民間吸收來的。要調查研究，要造成一種形式。過去北京大學搜集過民謠，現在有沒有人做？要編一本現代詩韻，使大家有所遵循。〔註 20〕這無疑給新中國成立後的詩歌創作指出了一條新路。1958 年 3 月 22 日，在中共中央醞釀「大躍進」的成都會議上，毛澤東又發出了正式號召，要求大家搜集新民歌，他說：「印了一些詩（指四川省委編選的一本唐、宋、明三代詩人描述有關四川的詩詞和一本明朝人寫的有關四川的詩），淨是些老古董。搞點民歌好不好？請各位同志負個責，回去搜集一點民歌。各個階層都有許多民歌，搞幾個試點，每人發三五張紙，寫寫民歌。勞動人民不能寫的，找人代寫。限期十天搜集，會搜集到大批民歌的，下次開會印一批出來。中國詩的出路，第一是民歌，第二是古典。在這個基礎上，兩者『結婚』產生出新詩來，形式是民族的，內容應當是現實主義和浪漫主義的對立統一。太現實了，就不能寫詩了。現在的新詩還不能成形，沒有人讀，我反正不讀新詩，除非給一百塊大洋。這個工作，北京大學做了很多。我們來搞，可能找到幾百萬、成千萬首的民歌。看民歌不用費很多的腦力，比看李白、杜甫的詩舒服些。」〔註 21〕

對於搜集民歌，毛澤東並不是一時興起，也不是說說而已。在隨後的幾次會議上，毛澤東都提到新民歌，在這年 4 月中共中央在武昌召開的工作會議上，他又一次提出：各省搞民歌，下次開會各省至少要交一百首。大中小學生，發動他們寫，發給每人三張紙，沒有任務。軍隊也要寫，從士兵中搜集。有了這樣的的指示，各地聞風而動，各省、市的宣傳部門還專門發出搜

〔註 20〕《建國以來毛澤東文稿》（第六冊），中央文獻出版社，1992 年，第 296 頁。
〔註 21〕《建國以來毛澤東文稿》（第六冊），中央文獻出版社，1992 年，第 124 頁。

集民歌的通知。因此，搜集民歌和寫新民歌，不但成了文藝工作者的重要職責，也成了全黨的重要任務而全力開展。

3、助瀾

在毛澤東的號召下，全國各地紛紛行動，開展新民歌的收集和創作工作。中共雲南省委宣傳部率先向各地縣發出了「立即組織搜集民歌」的通知，要求把各族人民歌頌「大躍進」的民歌，十分注意地把它搜集起來，記錄下來，進行分類整理。其他各省市也相繼發出類似通知，有些地方還迅速編出了一些民歌集子。而1958年2月11日《人民日報》登載的詩人蕭三在一屆五次人民代表大會上收集的新民歌作品，如「山硬硬不過決心，山高高不過腳心」（河南民歌），「山高沒有鋤頭高，石硬沒有鐵錘硬」（陝西民歌），「抓晴天，搶陰天，大風細雨當好天」（江西民歌），「不怕冷，不怕餓，羅鍋山得向我認錯」（四川民歌）等新民歌已開始在全國各地民眾中流傳。

在1958年新民歌運動開展後，郭沫若、周揚等人也大聲疾呼全民進行新民歌的收集與創作，爲新民歌運動的蓬勃發展推波助瀾。4月14日，《人民日報》發表了《大規模地收集全國民歌》的社論，社論指出：「從已經收集發表在報刊上的民歌來看，這些群眾智慧和熱情的產物，生動地反映了我國人民生產建設的波瀾壯闊的氣勢，表現了勞動群眾的社會主義覺悟的高漲。『詩言志』，這些社會主義的民歌的確表達了群眾建設社會主義的高尚志向和豪邁的氣魄。」社論在引用了幾首民歌後說：「這些是現實主義和浪漫主義相結合的好詩。在農業合作化以後的大規模的生產鬥爭中，農民認識到勞動的偉大，集體力量的偉大，親身體會到社會主義制度的優越性，他們就能夠高瞻遠矚，大膽幻想，熱情奔放，歌唱出這樣富於想像力的、充滿革命樂觀主義精神的傑作。」社論還號召：「這是一個出詩的時代，我們需要用鑽探機深入地挖掘詩歌的大地，使民歌、山歌、民間敘事詩等等像原油一樣噴射出來。……詩人們只有到群眾中去，和群眾相結合，拜群眾爲老師，向群眾自己創造的詩歌學習，才能夠創造出爲群眾服務的作品來。」〔註22〕

4月21日，《人民日報》以《關於大規模收集民歌問題——郭沫若答〈民間文學〉編輯部問》爲題，發表了郭沫若在接受了中國民間文藝研究會《民間文學》編輯部的採訪的談話。《民間文學》5月號也以同題目進行了刊載。郭沫若就民歌的價值、作用及收集、整理等方面的問題，談了自己的看法。

〔註22〕《大規模地收集全國民歌》，載《人民日報》1958年4月14日。

他在談話中對新民歌運動大唱讚歌，認爲民歌對於鼓舞、教育、組織群眾的作用既是偉大的，又是很優美的文學作品。他要求用多快好省的方法來采集和推廣民歌民謠，不允許「躊躇」，一定要鼓足幹勁。〔註 23〕

4 月 16 日，郭沫若在《中國青年報》上又發表了《爲今天的新國風，明天的新楚辭歡呼》的文章，指出「今天的民歌民謠，今天的新國風，是社會主義的東風。這風吹解了任何可能有的凍結。人民的心都開出繁花，吐放芬芳。」〔註 24〕

4 月 26 日，作爲中共中央宣傳部副部長、中國作家協會黨組書記、中國文藝界主要領導人周揚主持召開了中國文聯、作協、民間文藝研究會參與的民歌座談會，進行「採風大軍總動員」。《文藝報》1958 年第 9 期，以《採風大軍總動員》爲標題，作了進一步動員。由此，從 1958 年 4 月開始，全國文聯及各省、市、自治區、專區、縣黨委都發出有關收集新民歌的通知，成立採風組織和編選機構，配備了專業隊伍，開展規模浩大的社會主義新民歌採風運動，並強調作爲一項政治任務，保質保量地超額完成。

5 月 5 日～23 日，在中共八大二次會議上，毛澤東幾次講到民歌，還特地引用了民歌《我來了》，並說「讓高山低頭，叫河水讓路」這寫民歌話語說得很好。這樣的設想不是狂妄，是革命精神與實際精神的統一。在文學創作上，就是要革命的浪漫主義和革命的現實主義的統一。

根據毛澤東有關民歌的講話精神，在八大二次會議上，周揚作了《新民歌開拓了詩歌的道路》的發言，從理論上系統地論述了民歌的思想內容和藝術特徵，闡明了黨對搜集民歌和其他民間文學的方針政策。他認爲「解放了的人民在爲多、快、好、省地建設社會主義的偉大鬥爭中所顯示出來的革命幹勁，必然要在意識形態上，在他們口頭的或文字的創作上表現出來」，「由於毛澤東同志的倡導，全國各地展開了聲勢浩大的搜集民歌的運動。這是我國目前社會生活和文化生活中的一件大事，一件令人興奮的大事」，「大躍進民歌反映了勞動群眾不斷高漲的革命幹勁和生產熱情，反過來又大大地促進了這種幹勁和熱情，促進了生產力的發展。民歌成爲工人、農民在車間或田

〔註 23〕《關於大規模收集民歌問題——郭沫若答〈民間文學〉編輯部問》，載《人民日報》1958 年 4 月 21 日。

〔註 24〕郭沫若《爲今天的新國風，明天的新楚辭歡呼》，載《中國青年報》1958 年 4 月 16 日。

頭的政治鼓動詩，它們是生產鬥爭的武器，又是勞動群眾自我創作、自我欣賞的藝術品。社會主義精神滲透在這些民歌中。這是一種新的、社會主義的民歌，它開拓了民歌發展的新紀元，同時也開拓了我國詩歌的新道路。」他還展望說：「群眾詩歌創作將日益發達和繁榮，未來的民間歌手和詩人，將會源源不斷出現，他們中間的傑出者將會成爲我們詩壇的重鎭。民間歌手和知識分子之間的界線將會逐漸消泯。到那時，人人是詩人，詩爲人人所共賞。這樣的時代不久就會到來的。」〔註 25〕周揚在發言中引用了 10 首「大躍進」民歌，並且編選了 110 首「大躍進」新民歌，彙成《新民歌百首》，作爲發言的附件印發與會代表。

周揚的發言獲得了毛澤東的首肯，毛澤東在第二天的大會上做第三次發言時說：「昨天，周揚同志在發言匯總中講到民歌問題，講得很好，所有的同志一直到支部，都要努力搜集民歌，每個鄉出一集也好，全國有九萬個鄉，就出九萬個集子，如果說多了，出萬把集是必要的。不管是老民歌、新民歌都要。發給每個人一張紙，請他把民歌寫下來。」〔註 26〕不僅如此，毛澤東還指示身邊的工作人員負責彙集各地和各種報刊上的民歌給他。

在八大二次會議上，時任上海市委書記的柯慶施也作了一個關於文化「大躍進」的發言，其中在講到十五年後中國的文藝時說：到那時，新的文化藝術生活，將成爲工人、農民生活中的家常便飯，每個廠礦、農村都有圖書館、畫報，都有自己的李白、魯迅和聶耳，自己的梅蘭芳和郭蘭英。整個文藝園地處處「百花齊放」，天天「推陳出新」。柯的這篇講話，後來以《勞動人民一定要做文化的主人》爲題，發表在《紅旗》雜誌的創刊號上，對文化領域的「大躍進」發展，起了推波助瀾的作用。在柯文的啓發之下，各地紛紛提出「人人會寫詩，人人會畫畫，人人會唱歌」，「一縣一個郭沫若、梅蘭芳」文藝躍進目標。

八大二次會議之後，郭沫若、周揚從大量的新民歌中選了 260 首，編印了一本被稱作「新詩三百」的新民歌選集《紅旗歌謠》，由紅旗出版社出版，在全國範圍內推廣這些新民歌作品。除了《紅旗歌謠》外，當時全國選印出來的民歌集還有《民歌一百首》、《工礦大躍進民歌選》、《農村大躍進民歌選》、《部隊躍進民歌選》等，全國僅省市一級就出版民歌集 700 種之多，印數達

〔註 25〕周揚《新民歌開拓了新詩的新道路》，載 1958 年《紅旗》創刊號。
〔註 26〕參見劉延年《毛澤東與新民歌運動》，載《江淮文史》2002 年第 2 期。

數千萬冊以上，至於省以下的地委、縣委、區、鄉數量更多，僅四川一個省，就編印了 3733 種。〔註 27〕

這樣，新民歌運動在毛澤東的提倡和推動下，在郭沫若、周揚等人的大力推波助瀾下，很快席卷了神州大地，發展成爲遍及全國的大規模的群眾運動。

4、盛況

在中央的號召和全國各地的響應下，1958 年新民歌運動轟轟烈烈地在全國各地如火如荼地開展起了，盛況空前，大致可以概括爲三個特徵：

一是「詩人」之多。1958 年新民歌運動期間，數以億萬計的民眾，所謂的「上至八十三，小至手裏攙」都被捲進了這場史無前例的新民歌運動中，各省市組建的群眾創作組織數量上，也非常壯觀。如江西省有 5000 多個，四川省有 22000 多個，湖北省達 23000 多個。湧現出的「詩人」數量之巨，更令人瞠目結舌。據統計，在 1957 年作家還不足 1000 人，但到 1958 年已經迅速增長到 200000 人。〔註 28〕石家莊地委提出「村村要有李有才，社社要有王老九」，有的地方更提出「縣縣要有郭沫若」，甘肅省提出產生作家的規劃是半年五百名，一年二千名，三年一萬名，山西提出一年裏產生「三十萬個李有才，三十萬個郭蘭英」的口號，湖北省紅安縣一縣有 1000 多位民間詩人。在這一過程中，也湧現了一大批全國聞名的群眾作家，如王老九、胡萬春、馮金堂、黃聲孝、劉勇、孫友田等。

二是數量之大。在「文藝也要放衛星」的號召下，新民歌作者群裏進行民歌創作，有的全年寫了 1000 多首的，有的半年寫數千首的；素有「民歌之鄉」之稱的江蘇省常熟縣白茆公社，號稱有 5000 多人參與新民歌創作，超過總人口四分之一，共創作民歌 8 萬餘首，全縣則達 43 萬首；〔註 29〕被譽爲「文化大普及的紅旗」的安徽省巢縣司集鄉，參加創作的有 13000 多人，占全鄉人口的 65%，至 1958 年 8 月已創作 21 萬首民歌；肥東縣已創作民歌 51 萬首。南京市僅用 30 天就創作出 130 萬首。上海市創作出新民歌 100 多萬首。山西某縣送到省文聯的民歌有一大車，稱出重量 460 斤。廣東番禺縣舉行豐收慶

〔註 27〕天鷹《1958 年中國民歌運動》，上海文藝出版社，1959 年，第 11、102 頁。

〔註 28〕麥克法誇爾、費正清《劍橋中華人民共和國史 革命的中國的興起（1949～1965）》，中國社會科學出版社，1990 年，第 459 頁。

〔註 29〕路工《白茆公社新民歌調查》，上海文藝出版社，1960 年。

典，農民把民歌一擔一擔挑到廣場上，彙成「詩海」〔註 30〕；呼和浩特市決定三至五年內要生產 50 噸鋼，搜集 50 萬首民歌，內蒙古自治區則要求在五年內搜集 1000 萬首民歌；陝西省長安縣二十多天寫出民歌 30 多萬首，陝西省綏德縣在二十五天的「賽詩大會」中，就賽出一百五十萬首；河南省不完全統計創作民歌數千萬首，僅許昌專區就達 300 餘萬首；因「低估了人民群眾的創造力」而做檢討的河北省委，發起創作一千萬首民歌的運動，結果保定一個地區就完成了這一指標。

三是形式之豐。新民歌運動期間，全國各地創制出來民歌創作形式，可謂五花八門，豐富多彩。有的地方開闢名目不同的詩歌創作園地，如詩壇、詩棚、詩府、詩亭、詩歌堂、詩窗、詩碑、民歌欄、民歌牌、鼓動牌、誦詩臺、獻詩臺、田頭山歌木牌、田邊竹箋詩、牆頭詩、機床詩、槍桿詩、爐壁詩、扇子詩等；有的通過以組織活動的形式進行新民歌創作，如賽詩會、民歌演唱會、聯唱會、詩歌展覽會、戰擂臺、詩街會等；有的利用大字報的形式進行創作，如武鋼工地在 1958 年上半年，出現在大字報上的詩歌就有 50 萬首；另外還有很多創作形式，不再列舉。最奇特的是在各種意見簿上，人們也寫下了許多詩歌，上海鐵路列車段作過統計，1958 年 3 月到 10 月，旅客們寫在意見簿上的詩歌有 5300 多首。〔註 31〕再就是電臺廣播、報刊發表和編印出版，據不完全統計，僅 1958 年，全國各級出版社正式出版的詩集約 700 多種，而非正式印行的則不計其數，一個省印幾千種已是很平常的事。

5、落潮

1958 年 9 月 10 日，中共北戴河會議提出的「以鋼爲綱，全國躍進」的方針和建立人民公社的決議公佈後，全國迅速掀起了大規模的大煉鋼鐵和人民公社化運動。爲了確保 1070 萬噸鋼鐵生產任務的完成，中央提出了其他部門「停車讓路」，「讓鋼鐵元帥升帳」的要求，全民都投入到大煉鋼鐵的生產運動中去。全國各地都組織「大兵團」徹夜作戰，參加大煉鋼鐵的人數一增再增，最高達到過 9000 萬人，以致在農業秋收大忙季節，農業第一線的強勞力被抽去大煉鋼鐵，使得這一年的農業豐產卻沒有能夠豐收，國民經濟比例嚴重失調。由於全民大煉鋼鐵，這一年的積累從 1957 年的 24.9%猛增到 33.9%，煤、電、運輸、基建項目投資一年內增加了一倍。

〔註 30〕天鷹《揚風集》，上海文藝出版社，1959 年，第 21 頁。
〔註 31〕天鷹《一九五八年中國民歌運動》，上海文藝出版社，1959 年，第 13 頁。

在大煉鋼鐵的同時，以「一大二公」爲指導思想的人民公社化運動也一鬨而起，一夜之間在全國處處遍地開花。至 9 月底，全國 27 個省、市、自治區有 12 個省、市、區 100%的農戶加入了人民公社，10 個省、區有 85%以上的農戶加入了人民公社，4 個省、區即將基本實現公社化，只有雲南省稍晚一點，10 月底實現。到 10 月底，全國原有的 74 萬多個農業社，合併成 2.6 萬多個人民公社，參加公社的農戶有 1.2 億戶，占總農戶的 99%以上。在人民公社化運動中，由於混淆了社會主義和共產主義、集體所有制和全民所有制的界限，搞了「窮過渡」，刮起了「一平二調三收款」的「共產風」，瞎指揮風、強迫命令風、浮誇風、幹部特殊化風也發展起來，給農村中的生產和生活造成很大的損失。1958 年 10 月下旬，毛澤東和黨中央其他一些領導同志在視察河北、河南等省的一些農村時，就開始發現在人民公社所有制、分配等方面存在許多混亂現象，特別是「共產風」、供給制混淆了社會主義分配原則和共產主義分配原則的區別，混淆了全民所有制和集體所有制的界限和差別，已經嚴重地傷害了農民的積極性，對生產起了破壞作用。

1958 年 11 月 2 日至 10 日，毛澤東爲了解決公社化後所發生的生產、分配、福利、生活經營管理等方面的問題，糾正在辦公社過程中所發生的「左」的錯誤，在鄭州召開了有部分中央領導人、大區負責人和部分省、市委第一書記參加的工作會議，即通常所說的「第一次鄭州會議」。這次會議針對當時全民大辦鋼鐵、大興水利、深翻耕地等連續苦戰需要休整的實際情況，規定了要實行勞逸結合，既抓生產又抓生活的方針；在完全肯定社會主義建設總路線、「大躍進」和人民公社化運動的前提下討論和認識問題的。雖仍未擺脫對我國經濟發展形勢不切實際的估計，還繼續提出了一些高指標。但是，第一次鄭州會議及會議以後，使大家認識到集體所有制和全民所有制之間，社會主義和共產主義之間，應該有一條界限，不能混淆。這就基本上解決了急於向共產主義過渡的錯誤思想。會議提出的一些重要方針、政策，對於保證我國農業生產的穩定發展起了重要作用。這次會議，是我黨糾正已經覺察到的一些「左」傾錯誤的開端。

爲此，各行業的大躍進趨勢暫時有些放慢，文藝界也是如此，1959 年 3 月，也就是在「新民歌運動」開始一年之後，毛澤東在鄭州中央政治局擴大會議上對「新民歌運動」發表談話，他說：「寫詩也只能一年一年地發展。哪能每人都寫，要有詩意，才能寫詩。每個人都要寫詩，幾億農民要寫多少詩，那怎麼行？違反辯證法……放體育衛星、詩歌衛星，通通取消。」1958 年新民歌運動暫時走向退潮。

第二章　新民歌的作者群體研究

1958年，全國人民在「鼓足幹勁，力爭上游，多快好省地建設社會主義」的總路線的指引下，掀起大躍進生產運動。同時，一場自上而下的新民歌運動，也在大躍進形式的感染下，轟轟烈烈地在整個中國大地上迅速展開。城市，鄉村，機關，學校，工廠，商店，企業，處處都是歌聲一片。牆院，街頭，小巷，田野，車間，教室，禮堂，以致樹上，電線杆上，煉鋼爐上，農民戶家的水井上，竈臺上等，無處不貼滿了詩，掛滿了歌。無論是機器轟鳴的生產車間，還是勞作不息的田野，即使書聲朗朗的校園，也時時都能夠傳出嘹亮動聽的新民歌歌聲，整個民族都洋溢在歌頌社會主義新建設的熱潮中。

正如郭沫若所說，「目前的中國眞正是詩歌的汪洋大海，詩歌的新宇宙。六億人民彷彿都是詩人，創造力的大解放就像火山爆發一樣，氣勢磅礴，空前未有。」〔註1〕六億人民也在一夜之間都成爲了詩人，全國處處都成爲了詩歌的海洋，「上至八十三，下到用手攙」，都能夠用創作新民歌的方式，表達內心對社會主義建設熱潮的喜悅，表達對社會主義各條戰線上令人鼓舞的生產大躍進形勢的由衷讚美，似乎每個人不寫新民歌，不唱新民歌，不傳誦新民歌，內心的激情就無法呈現，無法形容與表達。全國被稱爲作家的人數也在迅猛上昇，由1957年的不足1000人，急增至1958年的200000人之多。在一些報紙和文藝期刊上，都紛紛開闢工農兵創作專欄，大批量地發表農民、工人和戰士創作出的新民歌作品，而一些專業作家、詩人，剛開始還有作品面世，以後逐漸減少，甚至沒有作品發表，以致整個刊物每期登載的幾乎全部都是工農兵的作品。

〔註1〕郭沫若《「大躍進之歌」序》，載《詩刊》1958年第7期。

一、農民皆詩人

（一）失語的知識分子

1956 年 5 月份，爲繁榮中國的文學藝術和推進學術研究，中共中央在文藝政策上提出並實行了「百家爭鳴，百花齊放」的「雙百」政策。「雙百」文藝政策的提出，爲我國的文學藝術和科學研究帶來了新的生機。

文藝思想的活躍帶來了文藝創作的春天，使一些感受到「早春氣息」的作家們，在「雙百」方針指引下，開始通過創作大膽地表達自己的見解。於是，一批敢於觸及社會現實，大膽干預生活，挖掘生活本質，暴露生活中的陰暗面，描寫曾被視爲禁區的人性和人情等領域的作品，尤其是短篇小說等體裁的作品湧現出來，如王蒙的《組織部新來的年青人》，劉賓雁的《在橋梁工地上》、《本報內部消息》，耿簡的《爬在旗杆上的人》，李國文的《改選》等作品揭露出社會的陰暗面；宗璞的《紅豆》，鄧友梅的《在懸崖上》，陸文夫的《小巷深處》，楊履方的《布穀鳥又叫了》等作品表現了眞實的人情人性；還有流沙河的詩作《草木篇》等也以諷刺和象徵的詩歌形式，展現了現實的戰鬥精神。同時，文學理論研究和文學批評活動也蓬勃地開展起來。據 1956 年 12 月 21 日新華社報導，在 1956 年舉行的比較重要的全國性學術會議有 50 多次，多於過去任何一年。科學工作者提出的學術論文和報告共有 2000 篇以上，也超過了以往任何一年。文學理論界集中探討了現實主義的有關問題，對歷來有爭議的文藝與政治的關係、階級性與人性、世界觀與創作方法、歌頌與暴露、人物塑造、風格與表現手法多樣化等問題都做了有價值的探究，獲得了新的認識。如秦兆陽的《現實主義——廣闊的道路》，陳湧的《關於社會主義的現實主義》，周勃的《現實主義及其在社會主義時代的發展》，巴人的《論人情》，錢谷融的《論「文學是人學」》等文章，都做了學術上的積極探索，直率地對文學批評中的簡單化、庸俗化和教條主義提出了批評。

「然則，活躍的氣氛中出現了尖銳的批評，『雙百』方針——威脅著剛剛建立的文藝規範這一切超出了政治權威的預期。」〔註 2〕1957 年反右派鬥爭擴大化的錯誤，使「雙百」方針的貫徹受到了干擾和損害，這些作家相繼被錯誤地劃成右派分子，下放到山區農村或邊遠地區接受勞動改造。後來，隨著反右運動的持續擴大化，又波及到其他學術、科學領域的知識分子，很大一

〔註 2〕李新宇《1958：「文藝大躍進」的戰略》，載《文藝理論批評》2000 年第 5 期。

批人被錯誤地劃成右派分子。據相關數據統計，短短幾個月內，全國知識界被錯誤地化爲右派分子的人員有 55 萬人之多。〔註 3〕而這些被劃成右派的知識分子中，文藝界又被公認爲是重災區，大批的作家、藝術家、批評家被劃成右派分子。如當時在全國較有影響的有：「丁玲、陳其霞反黨集團」中的丁玲、陳其霞及被作爲同盟者批判的艾青、羅烽、陳湧等人，戲劇界的「吳祖光反黨集團」，美術界的「江豐反黨集團」，還有傅雷、施蟄存、蕭乾、黃藥眠、鍾惦棐等文藝工作者以及王蒙、劉紹棠、陸文夫、高曉聲、鄧友梅、方之、公劉、流沙河等作家、詩人，再加上之前所謂的「胡風反黨集團」所涉及的文藝界知識分子以及一些運動中受到批判的知識分子，已不在少數。

這些所謂的右派分子，絕大多數都是當時中國知識界的精英，尤其文藝界的作家、藝術家們，已經是或正在成爲中國文藝界的中堅力量，而卻被錯劃爲右派分子，被發配到條件積極艱苦的車間、農業社，與全國的「黑五類分子」一道，在貧下中農的監視下進行以高強度勞動鍛鍊爲主要形式的思想改造。這些知識分子在思想改造的過程中，全天候地處於被監視的狀態，甚至連自身的行動都是不自由的，還有經常受到貧下中農的教育和批鬥，以徹底改造思想。在一切自由被限制的情況下，這些知識分子其實已經失去了言論權利，從事創作是完全不可能的事情。即使有個別被發配改造的知識分子有機會創作一些作品，但也無法進行發表，所有的刊物都對這群知識分子避而遠之，更談不上對他們創作的作品進行登載，即使是誤發表了這些知識分子的作品，刊物的一些負責人就會受到相關部門的批評、處分。如《萌芽》雜誌因在 1958 年第六、八、九、十一期上誤發了右派分子的文章而受到批評，並刊發啓示向全國讀者道歉。〔註 4〕我們把這些知識分子稱作失語的知識分子，也就是失去創作自由的知識分子。其實，這 55 萬知識分子，在 50 年代中國知識階層相對缺乏的狀況下，很多人都是各自領域的中堅力量，從比例上來說，佔據了中國當時知識分子數量的相當大的一部分，因此這些失語的知識分子在新民歌運動時期是不會也不可能進行民歌創作的，也就是說不可能成爲新民歌的作者。

（二）知識分子的失語

專業作家的上山下鄉問題，在 1942 年延安文藝座談會之後，已經被提出。

〔註 3〕張國星《關於右派的人數和性質》，載《黨史博覽》2005 年第 6 期。
〔註 4〕《萌芽》編輯部《啓事》，載《萌芽》1958 年第 13 期。

一些專業作家在毛澤東的《在延安文藝座談會上的講話》精神的指引下，深入到工農兵之中，熟悉工農生活，進行文藝、文學創作，以實現文藝的「二爲」方針，並創作出了一批較有影響的作品，如田間的街頭短詩、李季的《王貴與李香香》、阮章竟的《章水河》等作品。新中國成立後，一些作家在中央宣傳部、文化部、中國作協等機構的號召下持續上山下鄉，與工農兵長期結合，以創作出更加能夠反映工農兵生活的文藝作品。如趙樹理、柳青、周立波等作家，長期生活在農民中間，創作出了一些反映農民生活和農村變化的優秀農村作品。但還是有很大部分的作家長期生活在城市，每年上山下鄉採風的機會很少。1957年反右傾之後，一批作家、文藝家、批評家被打成右派，發配到邊遠地區勞動，而沒有劃成右派的專業作家爲保持有紅又專的思想，與工農結合的問題又成爲反右傾之後的重大課題，作家的上山下鄉又被提上日程。尤其是1958年新民歌運動在工農兵間蓬勃開展後，中央宣傳部、文化部、中國作協、中國文聯，多次下發通知，要求作家們放下作家的架子，深入到工廠、車間，鄉村，田間，部隊的工農兵中去，進行勞動鍛鍊的同時，虛心向工農兵中的詩人學習，學習新民歌的創作，創作出與時代相結合，反映時代的新作品。在中央的號召下，一些作家相繼被下放到各省市的農村、工廠和邊疆部隊，落戶在人民群眾中間，成爲他們中的一員，進行勞動鍛鍊和向工農兵學習創作。如田間去了河北懷來縣農村；李季去了柴達木油田；嚴陣去了黑龍江林區；巴波去了十三陵水庫工地；聞捷去了甘肅走廊的牧場；蔡其矯去了長沙江上的工地；金沙去了浙東山村；方殷去了河北豐潤縣農村；鄒荻帆去了官廳水庫旁的葡萄園；管樺去了唐山郊區……。〔註5〕中國作協全國各分會也積極響應中央的號召，在本省作家中也開展上山下鄉文藝創作活動，如中國作協瀋陽分會的作家謝挺宇到阜新礦區；安危到遼陽縣農村；劇作家孫芋到蓋平縣農村；劇作家舒慧、村路到北鎮縣山區；劇作家曹汀到新金縣農村；劇作家崔德志到郊區工廠；作家馬加、師田手、蔡天心都到了瀋陽郊區農村；作家韶華、羅丹、崔璿、江帆、申蔚等都到了不同的礦區，參加勞動。〔註6〕北京市文學藝術工作者也到各地參加基層工作和生產勞動，其中管樺、瞿希賢到河北豐潤縣，許文到湖南永興縣，鄭律成到雲南大理白族

〔註5〕方紀《詩人們以遠行》，載《詩刊》1958年第1期。

〔註6〕《堅決貫徹整改精神，作協瀋陽分會採取重大措施》，載《處女地》1958年1月號。

自治州，張文綱到雲南紅河哈尼族彝族自治州，金帆到廣東興寧縣，胥樹人、李中先到河北定縣，還有美術等藝術工作者古元、劉繼鹵到河北唐山農村，費聲福、鄭文中到江蘇農村，張文新到北京郊區南苑農業社，江帆到河北張家口農村，還有一些作家和藝術被下放，雖然沒有固定的地點，但一直跟隨北京文藝界成立的藝術團在各地巡迴演出，一邊參加勞動鍛鍊，一邊收集和整理各地的新民歌〔註7〕。

而這些被下放到工廠、農村的作家們，與工農的結合，肯定需要一個過程，不可能在短時間內就可以熟悉工農生活，創作出眞正反映農民和農村生活的作品，但1958年文藝創作大躍進，尤其是新民歌運動的蓬勃開展，沒有給這些下鄉的作家任何適應的時間，必須以最快的時間適應工農兵的創作體式，創作出反映新時代、新建設的工農兵作品。誠然，每個作家都有自己的創作個性和創作習慣，作家不是通才，更不是天才，作家不可能每種題材、每種類型的文藝作品都可以得心應手地進行創作。每個作家都有自己擅長創作的文藝形式，都有自我的創作風格，如唐代浪漫派大詩人李白很難創作出現實主義流派詩人杜甫「沉鬱頓挫」式的作品，反之杜甫也很難創作出李白「清新飄逸，氣勢磅礴」的詩歌作品，但這並不是說作家的創作風格不可以改變，而是說作家即使改變風格也是一個漫長的過程，並非朝夕之功。因爲每位作家都有自己的創作風格與創作個性，正如南宋余文豹在《吹劍續錄》中形容蘇軾、柳永所作詞的區別時所言：

> 東坡在玉堂，有幕士善謳，因問：「我詞比柳詞何如？」對曰：「柳郎中詞，只好十七八女孩兒，執紅牙拍板，唱『楊柳岸，曉風殘月』；學士詞須關西大漢，執鐵板唱『大江東去』。公爲之絕倒。」〔註8〕

的確，一些上山下鄉的作家，在進行新民歌等文藝作品的創作過程中，被所謂的工農兵業餘作家在新民歌上的速度之快、數量之多所震撼，而深感自己的創作出的詩歌作品，已不能適應時代的需要，已不能反映時代的變化，創作出的新民歌等文學作品也顯得極其粗糙，大量的都是急就章式的迎和時代作品。從這些作品來看，這些作家、詩人已經脫離了自己的創作個性，如作家艾青，新中國成立後，其50年代的文學創作上所形成的頌歌、讚歌式的美

〔註7〕《北京藝術工作者上山下鄉》，載《人民日報》1958年3月5日。
〔註8〕（南宋）余文豹《吹劍續錄》，商務印書館，1930年。

學原則與艾青的藝術個性相去甚遠，使他的創作個性和抒情風格陷入非常尴尬的境地。但他一直在積極地到沸騰的生活中尋覓新題材、新人物。他也曾說：「發現新的東西，是必須從新的社會、新的現實生活中經過仔細觀察和深刻體會才能做到的。」〔註 9〕1953 年，艾青以新的風格創作了「楊家有個楊大媽，她的年紀五十八，身材長得很高大，濃眉大眼闊嘴巴」（《藏槍記》）等這樣的詩句，由於沒有深切的生活體驗，構思落入當時文學的俗套，充斥著對生活現象的直接描摹和生硬的闡釋，幾無藝術趣味。詩人後來也無奈地說：「以民歌體寫的敘事長詩《藏槍記》卻失敗了。」〔註 10〕1954 年，在痛苦的學習與實踐的失敗後，艾青重新出回歸到自己藝術個性，相繼創作了《一個黑人姑娘在歌唱》、《礁石》、《憐憫的歌》、《珠貝》、《在智利的海岬上》、《告別》等新作，這些詩歌充分顯示了艾青對廣闊的生活場景的把握能力，他對人生的透徹觀察和深入思考，寫實與象徵的交叉互換，使詩具有了多層次和多側面的表現力。因此，詩人還是「必須忠於自己，忠於自己的個性，忠於自己的風格，忠於自己的創作道路和藝術事業」，「必須沿著自己的路走上藝術的高峰，詩人必須按照自己獨具的藝術風格和創作特色。」〔註 11〕因為詩人的一切都也是為了從不同的視角去更好地更充分地反映人民的願望和時代感情。還有詩人穆旦，也像當時的大多數作家那樣，希望以一種積極、坦誠的姿態步入新的生活，願意犧牲自己的藝術情趣，去適應工農兵的民間文化水準，但適得其反；最終還是留下「一個小小的距離，就是你一生的奮鬥，從起點到終點，讓它充滿了煩憂」（《理智和感情》）的無奈感慨。詩人卞之琳也是面臨如此的尴尬。1949 年後，為適應新的詩風，卞之琳一直在努力改變著自己的創作，以跟上這個時代的節奏，但還是創作出被大眾認為「四不像」的作品受到多次批評。正如一位評論家所說，「五一年，詩人（卞之琳）發表了『天安門四重奏』，因晦澀難懂，受過批評；詩人接受了批評，保證以後的作品能讓大家懂得。五四年詩人又發表了一組農村詩歌（五首），但有時奇句充篇，難讀難講，讀者又向詩人提出過意見。現在是五八年了，而這組詩〔註 12〕又具有以往那些詩歌的缺點。看來，要不是詩人喜愛這種特殊的語言和風

〔註 9〕艾青《艾青全集》，第 3 卷，花山文藝出版社，1991 年，第 274 頁。

〔註 10〕艾青《在汽笛的長鳴聲中》，載《讀書》1979 年第 1 期。

〔註 11〕泥子《評「生活的牧歌」》，載《邊疆文藝》1958 年三月號。

〔註 12〕指卞之琳發表的於《詩刊》1958 年 3 月號的《十三陵水庫工地雜詩》。

格，就是詩人難於改變自己的習慣。」〔註 13〕這些作家發表感慨，在創作上感到無所適從，自愧自己的創作難以與農民創作出的新民歌相比擬，只得放下架子，虛心向田間耕作的農民學習，在農民鋪天蓋地的新民歌的創作的盛況下，啞語了，開始還能創作出一些雖然粗糙但還是能反映社會主義新農村建設的新民歌作品，但後來就逐漸失去了創作的激情，似乎失去了在新詩發展歷程中的才華橫溢的天賦，只能啞言或者表達對農民創作出的新民歌由衷地讚美。「他們雖然鍾情於文學，卻不敢輕易下筆，即使勉強成文，也感到力不從心，以致於不少人甚至放棄了寫作。這便使作家們在大躍進時期形成了另一種心態——陷入深深的苦惱之中。」〔註 14〕

天津《新港》月刊的編輯們曾用「焦急的心情」來形容這些作家、詩人們以致所有從事腦力勞動的知識分子當時的心理狀態，在一片「鼓起幹勁」、「力爭上游」的大躍進的聲浪，鼓蕩得這些知識分子既興奮，又不安。〔註 15〕同時，這些不能適應或者還沒有融入人民群眾之中的作家、詩人們還會受到其他詩人、評論家的批評，文學批評中卻常常出現「沒有生活」、「不熟悉生活」的問題，成爲知識分子話語丟失的重要標誌。〔註 16〕有位評論家在評論一位詩人時曾說過，「有一位詩人，在民主革命鬥爭中，他的詩的才華，曾像一條南方溫暖的小河一樣奔流過。可是在進入社會主義革命後，他自己早已是一個上不沾天下不著地的『梁上君子』，他的詩的才華早已弔在梁上風乾了。」〔註 17〕從五四走來的老詩人郭沫若在發表其詩作《遍地皆詩寫不贏》時也感慨，「五月二十四日，文聯參觀團往張家口專區訪問，計在懷來縣花園鄉住四日，在涿郡縣城住四日，在張家口市住六日。六月七日返京。前後十五日間，受各地大躍進氣勢所啓發，曾寫詩若干首。茲錄選三十五首。這些詩，嚴格地說，都是地方上同志們的成績，只是通過我的手把它們寫了出來。眞眞是『遍地皆詩寫不贏』。我相信全中國都會是這樣。」〔註 18〕

還有一些來自解放區的田間、阮章競、何其芳、魯藜、柯仲平、李季、

〔註 13〕徐桑榆《奧秘越少越好》，載《詩刊》1958 年第 5 期。

〔註 14〕馬躍《大躍進時期中國作家心態探究》，南京師範大學 2008 屆碩士論文，第 10 頁。

〔註 15〕《焦急的心情》，載《新港》1958 年二、三月號合刊。

〔註 16〕李新宇《「早春天氣」裏的突圍之夢——五十年代中國文學的知識分子話語》，載《黃河》1998 年第 5 期。

〔註 17〕劉白羽《對詩的希望》，載《詩刊》1958 年第 1 期。

〔註 18〕郭沫若《遍地皆詩寫不贏》，載《詩刊》1958 年第 6 期。

聞捷、張志民、郭小川、賀敬之等人，他們不像「老詩人」那樣，已經形成自己的抒情個性、藝術風格，面臨著痛苦的藝術選擇；也不像「新詩人」那樣，經歷、見解簡單，藝術功底不厚，只是隨意識形態主流而動，沒有艱難的藝術選擇。他們從延安走來，在解放區打下了文學基礎。聞捷曾在陝北公學學習；郭小川、賀敬之都是「魯藝」文學系學生，後來都在根據地從事文化工作；李季、阮章競直接在延安、太行山根據地參加實際工作。他們是抗日戰爭中投身革命的青年知識分子，戰爭年代的特殊氛圍和第一線工作的鍛鍊，這些「成長經歷」成爲影響他們創作的「焦點因素」，已經同共同進行過長期的結合，也形成了適應工農創作的風格，因而，新民歌運動後，這些作家很快適應，能夠創作出一些反映新時代、配合各種政治運動的新民歌作品，但這些作家在整個作家隊伍中所佔的比例畢竟是少數。

由此而言，在1957年的全國大規模地反右傾運動中，被錯化成右派分子，下放到邊遠的山區、農村進行勞動改造的知識分子在當時是完全失去了話語權，失去了創作和發表言論的權利，只能在貧下中農和下放幹部的監視下以勞動鍛鍊的方式進行思想改造；沒有劃成右派分子的作家、詩人，雖然還保留有創作的權利，但由於不能盡快適應大躍進的創作形勢，又加之來自農民業餘作家新民歌創作多快的壓力，已經無法展現原來創作的天賦，只得虛心向農民學習，向農民學習新民歌的創作。再者，作家發表作品、表達思想的陣地——文學刊物，幾乎被農民業餘作家的作品所佔據。試想，專業作家發表作品的陣地失守，是非常可怕的事情。而眞正在當時報刊上發表作品的卻是一些從工農兵中走出來的業餘詩人，並且有的成爲全國知名的工農兵詩人，如山西農民詩人王老九，從工人中出現的詩人孫友田、劉勇，從童養媳成長爲詩人的殷光蘭等等。

因此，農民似乎眞的成爲了作家、詩人，「六億人民皆詩人」、「五億農民皆詩人」、「人人是詩人，人人會寫詩」的說法也成爲一種客觀的事實。

二、農民皆詩人的質疑

1958年，在當時極左的政治環境下，人人在爲大躍進歡呼，人人在爲大躍進歌唱，沒有人也不會有人去質疑這群農民詩人身份的可能性與眞實性。但在這段沉重的歷史過去近五十年後，我們可以在歷史學家、社會學者、文藝批評家等人對大躍進那段共和國曾經走過的歷史進行痛定思痛的深刻反思中，再去回顧這段全民荒誕的造詩歷程，的確感到無比的好笑。無疑，這種笑是一種心酸的、含淚的苦澀。在這種笑聲的背後，是學者們，尤其是文藝理論家們對「五四「以來中國新詩發展到 1958 年這段歷程的無盡追問與思索。毫無疑問，研究者們首先面臨的就是「六億人民皆詩人」這一論斷的眞實性。也就是說，1958 年全國數以千萬計，甚至說數以億計的新民歌，到底是不是所謂工農兵的創作？假如的確是所謂工農兵的創作，也絕非是六億人民都在夜以繼日地創作，從當時中國工農兵的知識狀況而言，這絕對不可能成爲事實。但又是哪些工農兵在創作？假如不是工農兵的創作，又是哪些人或哪些群體在假借工農兵的名義僞作這些詩歌，或者說是哪些人在爲工農兵加工這些新民歌？本章擬從以上兩個話題，通過部分經歷過 1958 年中國新民歌造詩運動的人們的回憶，以及翻看和查閱當時留存的文獻資料，來探究 1958 年中國新民歌的作者的眞實身份。下面試以 1958 年的中國農民爲例進行闡述。

（一）1958 年前後中國農民的知識狀況

1958 年，新中國建立的第七年，中國農民剛從三座大山的壓抑下獲得解放，政治上、經濟上翻身翻心，沉浸在幸福的喜悅之中，最大的利益就是得到了土地，可以通過自己的辛勤勞動去獲得物質上的豐富，以滿足全家人最基本的生活保障。其時，還沒有人過多的時間去尋求精神上的滿足。也就是說，人民還處於解決溫飽之中，對知識、對文化的渴求還不是很強烈。正如中國古語所言「倉廩實而知禮節，衣食足而知榮辱」。

1958 年中國總人口數爲：65994 萬人，其中市鎭總人口爲 10721 萬人，占全國人口總數的 16.20%，鄉村總人口爲 55273 萬人，占全國人口總數的 83.80%，〔註 19〕也就是 50 年代常說 5 億中國農民，並且這些 20 世紀 50 年代後期的中國農民，還很大程度上處在較低或者極低的文化水平。因而，從 1951 年起，中共中央爲了恢復和發展經濟，眞正使勞動人民在政治、經濟、文化上徹底翻身，針對中國人口，尤其是中國農村人口整體文化水平較低，文盲、半文盲占絕大比例的現實情況，在全國各地都成立了掃盲工作委員會，指導已經開展的掃盲運動。1956 年 3 月 29 日，中共中央、國務院發佈的《關於掃除文盲的決定》指出，把掃除文盲工作看作是我國文化上的一個大革命，作爲社會主義建設中的一項極爲重大的政治任務。又從 1957 年冬季 1958 年春

〔註 19〕《中國人民共和國資料手冊（1949～1999）》，社會科學文獻出版社，1999 年，第 39 頁。

季開始在全國進行農村掃除文盲活動，一直延續到「文革」開始，才逐漸停止。經過近 20 餘年的掃盲活動後，1978 年 11 月，國務院又印發了《關於掃除文盲的指示》，提出「一堵、二掃、三提高」的掃盲基本方針，持續加強掃盲工作的開展，以快速提高我國人口的整體素質和文化水平。1982 年 7 月又對中國農村農民文化狀況進行了全面調查（如圖）：

1982 年 7 月中國農村農民文盲、半文盲人口狀況

年齡（歲）	文盲、半文盲人口數（人）	文盲半文盲占 12 歲以上人口的百分比（%）			年齡（歲）	文盲、半文盲人口數（人）	文盲半文盲占 12 歲以上人口的百分比（%）		
		總	男	女			總	男	女
12	2536487	9.58	5.28	14.12	35～39	1584340	28.10	14.18	43.40
13	277254	9.83	5.28	14.68	40～44	18754087	38.72	22.36	57.41
14	2442581	9.95	5.28	14.92	45～49	24797848	52.12	32.23	74.45
15～19	11772785	9.39	4.24	14.73	50～54	25169733	61.67	40.60	85.18
20～24	10650159	14.32	5.71	23.26	55～59	23020655	67.92	47.16	89.74
25～29	20741276	22.41	9.55	36.10	60 及以上	60842603	79.37	47.16	95.43
30～34	19120988	26.21	13.19	40.31	合 計	237720787	31.87	19.15	45.23

按照 1953 年 11 月 24 日，政務院掃除文盲工作委員會發出《關於掃盲標準、掃盲畢業考試等暫行辦法的通知》，脫盲標準爲：幹部和工人，訂爲認識 2000 個常用字，能閱讀通俗書報，能寫二、三百字的應用短文；農民，訂爲能識 1000 個常用字，大體上能閱讀通俗書報，能寫常用的便條、收據；城市勞動人民，訂爲能識 1500 個常用字，讀、寫標準參照工人、農民的標準。由此表格，我們可以大致看出從 1951 年到 1982 年，已經經過 31 年的掃盲工作的開展，中國農村人口的整體素質和文化水平，仍然不樂觀。從具體的數字來看，青壯年文盲仍占較大的比例，尤其是 60 歲及其以上的文盲半文盲人口數還有 6000 餘萬人，占文盲半文盲人口總數的 1／4 還多。換個角度來說，在 1982 年 60 歲以上的人口，生活在 24 年前的 1958 年正是近 40 歲以上的年齡，在當時肯定是文盲或者半文盲，再加上近 20 餘年的掃盲工作的開展，當時 40 歲左右的人群正是掃盲工作的重點，肯定有很大一部分人在 20 餘年的掃盲工作中，已經脫盲。而占 1958 年人口很大比例的 40 歲以上的人口，在

1982年統計時，這些人口或者已經死亡，但這些死亡的人口仍然是1958年文盲半文盲人口。按照當時的說法，解放後中國農村文盲半文盲的人口比例是80%，也就是當時中國農村的文盲半文人口近4億人，全國14～40歲的青壯年文盲就有一億五千萬人，〔註20〕而在文盲半文盲人口中，絕大部分的仍然是文盲，根本不識字，即使一些半文盲也只是略微認識幾十或者近百個常見字，談不上閱讀與寫作能力。如當時的河南省光山縣農業社黨支部書記徐文江，不識字，文章看不懂，工作中遇到困難直發急。河南登封縣三官鄉僅有21個人識字，還都是解放前的富農、地主〔註21〕。河南夏邑縣城郊農業社6000餘人中，竟在找不到一個可以做社區會計的人選。社區支部書記實在想不出任何辦法，無奈之下將本村解放後唯一一個在1957年考上焦作醫學院的在讀大學生，通過家人積極做思想工作，輟學回家做社區會計。從這些例子中可以看出，當時中國農村農民的文化水平積極低，遇到來信，一個村莊、一個生產隊地跑遍了村莊、社區，幾乎找不到能夠完整讀完一封信的人，更不要談去寫作，去創作新民歌。當然，沒有知識並不能否定農民進行創作的激情和天賦，不可否有些農民通過口頭去創作，去表達內心對社會主義新農村建設的喜悅之情。在中國農村，生活著很多的民間精英，這些人雖然處在文盲或者半文盲狀態，但憑藉自己的文學或文藝天賦和多年的見聞、經驗、積累，以及對文學創作、曲藝的由衷愛好，可以脫口而出創作出一些順口溜、打油詩、口頭詩、快板、民歌、曲藝小段類的口頭作品，並且在鄉鄰群眾之間流傳，深受民眾的歡迎，被民眾看作鄉村中的文化人。對於這些人的創作，我將在下文中進行專節論述，生活在中國農村中的這類人在一定意義上和傳統意義上的中國農民已有不同，但的確是農民中的一員，我把這類人定義爲鄉村知識分子。

再者，即使是這批特殊的農民在創作，本身他們是處於文盲半文盲的文化水平，通過口頭創作的作品，僅靠口頭傳播，就遠遠不夠，無法進行較大範圍的傳播，必須形成文字的東西，記錄成文，集結成詩集，才能在更爲廣泛的範圍中進行傳播。誠然，這些口頭作品，是有人在專門進行搜集和記錄，集結成詩歌集，或者寫在大字報上進行張貼傳播。而這些記錄新民歌的專門人又是哪些人呢？

〔註20〕《用革命的精神掃除文盲》，載《人民日報》1958年5月20日。
〔註21〕《三官鄉人民學習文化和科學》，載《河南日報》1958年3月38日。

（二）農民作者身份的質疑

假如 1958 年的新民歌作品就是農民的創作，那麼農民又如何創作的？在什麼時間進行創作的？又是通過哪些方式進行創作的？

我們首先看看中國農村在大躍進生產運動開始後的勞作狀況。在大躍進形勢下，中央將原在客觀、事實求是的基礎上制定的第二個五年計劃的各項指標一提再提，高到完全脫離實際的基礎上，高得不能再高，高指標簡直無法令人想像。當時，在全國從中央到地方有個有兩本賬，第一本賬是必須完成的計劃指標；第二本賬是力爭要完成的計劃指標。而全國各地都將中央的第二本賬作爲必須完成的指標，作爲各地方的第一本賬；然後再制定出力爭完成的第二本賬的各項指標。眾所周知，大煉鋼鐵運動開始後，各地爲完成、超額完成各項高指標，動員一切可以動員的力量，抓緊一切可以抓緊的時間，不分白晝黑夜地進行勞作，正如河南省委第一書記趙文甫在 1958 年召開的全國人大五次會議上發言中所談到的河南農村「白天人一片，夜晚一片燈」〔註22〕的夜以繼日生產大躍進勞動場面。在各地相繼進行放高產衛星的形勢下，各地農民更是全力以赴加緊生產。尤其是在 1957 年全年鋼鐵產量 535 萬噸的基礎上，破天荒地提出 1958 年中國鋼鐵產量要達到 1070 萬噸的天文指標，全國人民砸鍋換鐵進行夜以繼日的開展煉鋼運動。如同安徽民歌中所說的「搶晴天，抓陰天，風霜雨雪當好天，不放走一個月亮天。」

試想，在全民進行大躍進生產運動的同時，各地農民在爭分奪秒、夜以繼日地進行生產勞作，又怎有閒暇時間進行新民歌創作。毫無疑問，「六億人民皆詩人」是一種極大的虛誇，絕大多數農民是沒有精力，也沒有時間去進行新民歌的創作。

三、眞正的新民歌作者

進入新時期，一些對十七年文學進行研究的學者，如洪子誠、劉登翰、程光煒〔註 23〕等人已經開始對大躍進時期新民歌作者的工農兵身份進行質疑，但只是表達出對農民身份的懷疑，還沒有學者專門對新民歌作者的身份情況進行研究。

〔註22〕蕭三《最好的詩》，載《人民日報》1958 年 2 月 11 日。

〔註23〕參見洪子誠、劉登翰《中國當代新詩史》，北京大學出版社，2005 年；程光煒《中國當代詩歌史》，中國人民大學出版社，2003 年。

由上文分析來看，新民歌作者的工農兵身份的確不能令人信服，但數以千萬計、數以億計鋪天蓋地的新民歌又是哪些人創作出來的呢？作者在河南省豫東夏邑、虞城、永城三個縣（市）就新民歌的作者身份進行了專題訪談，訪談的對象爲當時在這三個縣市創辦的地方報刊《夏邑報》、《虞城報》、《永城報》以及一些鄉鎮、社區辦的油印報、手抄小報，如夏邑縣火店農業社文化站自辦的群眾性手抄報「躍進前線」、業廟農業社文化站辦的油印刊物「躍進之聲」，夏邑五七中學辦的學生刊物「紅旗快報」等校刊的創辦過程中，曾擔任過編輯或通訊員工作的有關人員。通過這部分人員的回憶，1958 年新民歌運動時期在這類地方性、群眾性報刊上經常發文章的人員，大致有：縣委宣傳部幹事，縣共青團書記、委員，縣文聯作家、地方報刊編輯、通訊員，縣文化館工作人員，鄉文化站人員，縣廣播員，中學教師，社區幹部、社區會計，生產隊長，農民社員，在校學生等人員。保存在河南省檔案館的《1958 年上半年滎陽文藝大躍進總結》〔註 24〕中附有一張表格，記載、匯總了滎陽縣 1958 年上半年在國家、省、專區、縣級以上刊物上發表過文學作品的人員名單，其中在省級以上刊物發表文學作品名單如下：

滎陽縣在省級以上刊物發表作品作者名單（業餘作者）

姓名	作品中類	身份	姓名	作品中類	身份	姓名	作品中類	身份
侯同寅	詩歌	農業社長	馬從周	詩歌	社員	李銀花	幹部	社員
侯光倉	詩歌	農社支書	王長山	詩歌	社員	焦根成	幹部	幹部
侯武振	評論	社員	李雲蒼	詩歌	學生	劉柏楓	幹部	幹部
侯鐵錚	小說	教員	李孟玉	詩歌	社員	趙山	幹部	藝人
侯喜旺	劇本	社員	張益三	詩歌	教員	程至寬	幹部	藝人
侯雙旺	詩歌	社員	馮長鎖	詩歌	教員	彭瑜	劇本	幹部
張道元	詩歌	社員	侯路全	詩歌	社員	王文元	美術	社員
王雙成	詩歌	社員	侯玉意	詩歌	社員	王根生	美術	社員
王書生	詩歌	社員	繆錡	詩歌	幹部	秦素鸞	詩歌	社員
張永祥	詩歌	社員	蔣士鈺	詩歌	社員	張桂芳	詩歌	社員

〔註 24〕《1958 年上半年滎陽文藝大躍進總結》，存河南省檔案館，文化局 1958 年卷。

姓名	作品中類	身份	姓名	作品中類	身份	姓名	作品中類	身份
喬海憲	詩歌	社員	汪德寧	詩歌	社員	周西海	詩歌	社員
李里	詩歌	下放幹部	張海茶	詩歌	社員	黃海昌	詩歌	社員

從這份名單中，在記載的 36 名作者中，有農業社領導幹部 2 人，下放幹部 5 人，民間藝人 2 人，教員 3 人，學生 1 人，社員 26 人。顯然，社員佔了很大的比例，但這些社員是否是眞正的所謂從農民中出現的農民作者？通過實地去滎陽縣對這些作者的身份進行走訪核實，在這 26 民社員作者中，王文元、王根生是 1957 年初從省工藝美校下放到滎陽藍營農業社的美術人員，1958 年已經在當地落戶，成爲農業社中的正式新社員；張道元、王書生、喬海憲、張桂芳、黃海昌五人是高考落榜學生，回鄉從事農業生產；侯雙旺、侯喜旺原在縣文化館工作，1958 年初從縣文化館到米河農業社，幫助和指導農業社進行文化站、俱樂部建設，成爲專門管理俱樂部文化、文藝活動的人員；蔣士鈺、汪德寧是從縣城中學離休回鄉的教師；王長山是名從青島部隊復員回鄉從事農業生產復員軍人；另外，在這些人之中，還有的人在解放前上過私塾，認識一些字，有的人員是一些文學、文藝愛好者，民間的歌手，順口溜、快板詩、打油詩的創作者，在當地小有名氣。從這份檔案資料可以印證夏邑、虞城、永城三個縣市的相關人員對新民歌作者眞正身份的回憶應該是可信的。因而，當時參加新民歌創作的所謂農民詩人群體，大致有以下幾種：下鄉幹部，鄉村知識分子，社區、生產隊幹部，縣委宣傳部、文化館（站）工作人員，在校中小學生，鄉村教師，復員軍人、家屬，民間藝人，專業文藝人員和新型農民等等。這些群體如何成爲農村新民歌創作主體的，下面就這些群體逐一進行分析：

（一）鄉村知識分子

《現代漢語大詞典》對於知識分子這一特定詞彙的解釋爲：國內學術界一般認爲，知識分子是具有較高文化水平的，主要以創造、積累、傳播、管理及應用科學文化知識爲職業的腦力勞動者，分佈在科學研究、教育、工程技術、文化藝術、醫療衛生等領域，是國內通稱「中等收入階層」的主體。〔註

〔註 25〕《現代漢語大辭典》，現代漢語大詞典出版社，2000 年，第一版，第 2716 頁。

25〕如果按照知識分子這一特定詞彙涵義，去定義鄉村知識分子，那麼鄉村知識分子是不可能劃進知識分子範圍之內，他們只是在中國鄉村政治下具備一定鄉土文化知識的特定人群，游離於眞正知識分子之外，生活在中國鄉村的特殊所謂文化階層。也就是說，按照知識分子的定義，是完全無法涵蓋這些既具有鄉土文化積累，又具有一定文學、藝術創作天賦的農民中的特殊群體。

與眞正知識分子相比較而言，鄉村知識分子具有以下兩個主要特徵：

（1）鄉村知識分子是中國農民中的一個特殊文化階層。這群鄉村知識分子的身份仍然是農民，他的主業仍然是從事農業生產，沒有脫離農業生產，進行文學、文藝創作只是一種業餘愛好。一般具有較低的文化水平，甚至是處於文盲半文盲狀態，但具有一定的文學、文藝天賦，在日常生活中憑藉自己的文化、文藝方面的積累進行順口溜、快板、打油詩、信天遊、笑話、短小故事等民間藝術形式的創作，利用農閒或勞動休息時間，在農民中即興表演，進行自娛自樂式的演唱，深得鄉鄰村民的喜愛；創作出的作品都是口頭作品，沒有或者很少進行過書面記錄，一般隨著時間的流逝，已創作出的作品逐漸消失、遺忘，但新的作品會不斷呈現；作品的語言一般具有濃重的鄉土氣息，方言性特別濃重，夾雜著農村間的鄉俗俚語和附近鄉里都明白知曉的趣聞典故，成爲鄉村間較有名氣的「李有才式」的人物。

（2）鄉村知識分子都具有一定的文學、藝術天賦和較深厚的鄉土文化積累。中國是一個具有悠久歷史文化的文明國度，數千年來，中華民族創作了無數的文化藝術形式，並且隨著一代代的承襲、延傳和不斷完善、豐富，形成了一個個較爲優秀的文明典範。中國民間更是具有豐富多彩的文化藝術形式，各族人民都創造出了本民族豐富的文化和藝術形式。以河南省爲例，河南地處中原，歷史悠久，是中華文明的發祥地之一，蘊藏著豐富多彩的藝術形式。河南是一個戲劇大省，全國大部分劇種在河南一些地區都得到了流傳和演出，如京劇、崑曲、越劇、湘劇、粵劇、秦腔、川劇、評劇、晉劇、漢劇、潮劇、閩劇、河北梆子、黃梅戲、湖南花鼓戲等。據有關資料統計，僅河南本省土生土長的劇種，除豫劇、曲劇兩大劇種外，還有河南越調、南陽梆子、大平調、懷梆、大弦戲、羅戲、卷戲、太康道情、豫南花鼓戲、樂腔、五調腔等，並且每一個劇種都有在全國較有影響的戲劇劇目和唱段。全省各地市、縣一般都組建了各種規模、形式的專業、業餘大小劇團，在全省，乃至全國各地巡迴演出這些劇種的優秀劇目，深得群眾們的喜愛。這些劇種的唱段都廣泛地在群眾之間流傳，尤其是農村這些生來就酷愛文藝的鄉村知識分子，更是尤為喜愛。這群人體最大的特徵就是具有文學、藝術的天賦，幽默風趣，平日裏喜愛說、學、逗、唱或吹、拉、彈、奏等藝術形式，並且憑藉自己對藝術、文藝的喜愛和天賦，能夠對傳統的文化藝術形式，如戲劇的唱段，臺詞，話白等，可以成段，甚至整劇本能夠憑藉自己的獨特記憶力記住，一般都能夠做到耳熟能詳，出口成誦的程度。

另外，這些鄉村知識分子雖然在文化程度上處於較低的水平，但一般具有相對較高的智商，通常被村民們看作鄉間的聰明人、能人，在村民家裏遇到難以解決的事情時，一般會到這些人家裏去討主意，聽聽這些鄉村知識分子的看法和意見，從而成為村民中的主心骨。再者，這些鄉村知識分子憑藉自己相對較高的智商，一般都心靈手巧，具備磨菜刀、理髮、獸醫、泥瓦活、木工、打鐵、補鞋、鑽井、縫紉等手工業技術，通常單獨或者幾人、十幾人組成小隊，利用農閒時間，到附近村莊，開展上門服務。或者有的鄉村知識分子頭腦表較靈活，經常在鄉村間搞些小買賣，也就是民間通常說的貨郎，利用農民一般進城不便的狀況，把一些農民必須的日常用品，走村串巷地將這些相對比較廉價的日用品送到村民的家裏，還將自己售賣的日用品編成順口溜，沿街吆喝、叫賣。這些人在走村串巷的經營活動中，一般會獲得很多的見聞、開寬了眼界，熟悉和掌握了個地方的文化藝術形式。有的鄉村知識分子雖然不是走村串巷地進行經營活動，而是在自家或者本村臨街的地方臨時搭建一些簡易的建築，開一些鄉村日用品代銷點，為本村人提供便利服務。而就是這種簡易的代銷點，往往成為村民茶餘飯後閒侃聊天的場所。尤其是晚飯後，更是村民們聚合的場所，村民們談天說地，無所不言，流傳著鄉間發生的趣聞、軼事等等。雖然村民們每天在代銷點是流動，但開辦代銷點的鄉村知識分子是不變的，每天聽到的故事逐漸成為很深厚的資料、文獻積累。也就是這些人，一般的見多識廣，具有很深的民間文化積累。如河南夏邑縣城關鎮城裏村有位身體稍有殘疾的老年人，在 1958 年時已經近 60 歲，曾經是個磨刀匠，一般在勞作的間隙為鄉鄰進行服務。豫東是個以小麥種植為主的農作區，一般每年「十月一」小麥播種之後，到第二年雖六月芒種才收穫，有近 7 個月的農閒時間，尤其是大雪封門後，村民們更是無事可做。這位磨刀匠一般是利用這段較長的農閒時間在蘇魯豫皖省交界的十幾個縣農村提供手工業服務，一般是一去三四個月，直到過農曆過新年才回來，正月十五過後，又開始出門經營，一直到小麥收割的季節才回來。一般都是吃住在各村的村民家裏，從而在他經營的過程中，獲得很多的見聞，學會了各地的文化藝術形式。雖然身體殘疾，但憑著自己豐富見聞，成爲鄉鄰間也未能聚集的場所，晚上聽他談奇聞異事，聽他唱順口溜，唱戲劇唱段。他一般可以根據村民的趣事，脫口編出順口溜、快板書、打油詩。

由此而言，這批鄉村知識分子應該成爲大躍進新民歌的創作者之一，同時也具有進行新民歌創作的可能性和必要性。從創作新民歌的可能性而言，這些鄉村知識分子本身就對文學、文藝的由衷愛好，具備一定的創作才能；這些人見多識廣，又有較多的民間文化積累；同時又是村民間的所謂文化人，能夠得到村民的尊重，創作出的作品獲得民眾的喜愛等等，爲其進行新民歌創作奠定了基礎，提供了可能性。從鄉村知識分子自身而言，進行新民歌的創作又成爲了一種必要，原來這些人只是憑著自己對文藝的一種獨特愛好，進行順口溜式的文藝創作，在鄉里之間流傳，被鄉鄰們稱作能人或者奇人，獲得一種榮譽感，自足感；再者，當時的口頭創作一般是一部分新作品創作出來，另一部分原來的作品必然會消失，因爲口頭創作的作品一般不會保持很久的時間。中國自古以來在不同的時期、不同的地域可能創作出了無數的口頭民間故事或傳說，但眞正流傳先來的只是極少一部分。鄉村知識分子創作的文學作品，就是這類形式藝術成果，必然會隨著時間的流逝而消失。而到 1958 年，這些鄉村知識分子的作品有人來進行專門收集，並且能夠在以大字報的形式被張貼傳播或者被集結成冊，裝訂成詩集進行出版，甚至被推薦到縣級、市級、省級、國家級文學刊物上進行發表，試想對這批鄉村知識分子而言，絕對是莫大的榮譽。當時能夠把自己的作品變成鉛字，是每個鄉村知識分子做夢不可能想到的事情，並且自己的作品可以同一些專業作家的作品同刊登載，更是莫大的榮耀。何況，當時在許多人眼中，作家還是一種無比神聖的職業，倍受尊重。正如河南密縣袁莊鄉李灣農業社的新民歌作者所言，「當廣播站播送我們寫的快報新聞和特寫材料時，非常高興。感覺我們寫的東西和李灣上兩萬餘人見面啦，是光榮的，有價值的。」從而，激起了群眾的寫作勁頭，「多寫多練，爭取稿子上報，裝廣播。」〔註 26〕

在這種激勵下，大大提高了鄉村知識分子進行新民歌創作的主動性和積

〔註 26〕《生產到哪裏，俱樂部活動到哪裏》，存河南省檔案館，文化局 1958 年卷。

極性，能夠靠自己的文學愛好和天賦，以及自己多年來的文化積累，配合 1958 年不同時期的中心任務，源源不斷地進行新民歌的創作。

（二）下放幹部

1957 年中國反右運動的開展，全國 55 餘萬的知識分子被錯劃成所謂的右派，下放到邊遠的山區、農村，在貧下中農的監視下進行勞動改造。反右運動之後，中共中央爲建立一支階級覺悟高、業務才能強、經得起考驗、能夠密切聯繫群眾的工人階級知識隊伍，在繼續增加幹部隊伍中的工農成分和提高工農幹部文化業務水平的同時，又於 1957 年冬季開始有計劃地組織動員大批知識分子幹部隊伍到工廠、農村去參加體力勞動，到基層去做實際工作，以改造幹部的思想作風，提高幹部的群眾工作能力，鍛鍊成爲有紅又專、甘願爲共產主義事業而奮鬥的無產階級幹部隊伍。1958 年 2 月 28 日，中共中央在下發的《關於下放幹部進行勞動鍛鍊的指示》的通知中明確指出，幹部下放的主要方向是農村；必須服從所在單位的領導，遵守所在單位的制度和紀律；同工農群眾同安共苦，生活上不要特殊；虛心向工農群眾學習，成爲群眾的知心朋友；並且積極地參加各整治工作和社會活動，在文化、衛生，特別是改進生產方面發揮自己的作用。按照中央的統一決定和部署，從中央機關到各省市、縣的各條戰線都有計劃地陸續下放一些幹部到全國各地或本轄區內的山區農村接受勞動鍛鍊。這些下放幹部整體上來看，具有兩個突出特徵：

一是下放幹部數量之多。截至 1958 年 2 月上旬，據初步統計，全國中央機關以及各省市下放勞動鍛鍊和下放到基層單位工作的幹部已達 130 餘萬人〔註 27〕。此後，各地陸續進行幹部的下放工作，全國累計下放幹部隊伍近 1000 萬人，〔註 28〕下放幹部的比例已占到全國幹部隊伍的 13%。全國共下放幹部 300 餘萬人，分佈在全國各地的山區農村，以勞動鍛鍊爲主要形式進行與工農有機結合，成爲一支全心全意爲工農服務的紅專幹部。各省市根據實際情況進行有計劃地下放幹部，下放的幹部人數也不一致。如到 1958 年初，上海市已下放幹部 35 萬人，〔註 29〕遼寧省已下放幹部 20 萬人，到山區農村參加勞動鍛鍊。〔註 30〕

〔註 27〕《全國下放幹部一百三十萬》，載《人民日報》1958 年 2 月 24 日。
〔註 28〕中共中央文獻研究室編《建國以來重要文獻選編》，第十一冊，中央文獻出版社，1993 年，第 193 頁。
〔註 29〕《鼓足幹勁投入農業大生產熱潮》，載《文匯報》1958 年 1 月 15 日。
〔註 30〕《創刊的話》，載《文學青年》1958 年第一期。

二是下放幹部知識、文化水平較高。從相關資料顯示，這些下放的幹部具有較高的知識文化層次，有很多下放幹部直接來自中國知識、技術相對密集的高等院校，或者來自一些機關長期從事文字工作的文職人員，具有一定的寫作基礎。如 1958 年 1 月 3 日，北京大學下放到農村接受勞動鍛鍊的幹部有 537 人，其中教師 326 人，機關文職人員 211 人，在下放的教師中包括哲學系副教授任繼愈等學術、文化水平較高的人員〔註 31〕；東北師範大學下放 98 名教職員工到農村區勞動，包括校黨委副書記，政治教研室主任，總務科科長等人員〔註 32〕；文化部第一批 1500 名下放到河北唐山專區、江蘇揚州專區農村進行勞動鍛鍊的幹部中：高中到大學文化水平的人員占 57%，其中包括文化部部長助理，辦公廳副主任，電影局副局長，出版局副局長，北京電影製片廠廠長等，都具有較高的文化水平〔註 33〕。財政部首批下放鍛鍊的 291 名幹部中，司長級 2 人，處長級 4 人，科長級 41 人，一般幹部 244 人。上海市在第一批下放的 4700 多名幹部中，受過高等教育的占 23.5%，高中教育的 20.4%，初中教育的 38.4%，小學教育的 17.7%。〔註 34〕河北省委從省級機關抽調了 248 名處長以上的幹部下放到農村進行勞動鍛鍊。〔註 35〕

這些來自不同的行業，擁有不同的技能和專業知識的下放幹部，來到農村進行鍛鍊，對於整體文化水平較低、知識極其缺乏的農村而言，無疑成爲農村中的文化人。毫無疑問，這群下放幹部的到來，是很受各農業社幹部、群眾的歡迎，尤其是中國新民歌運動開展後，很大程度上暫時緩解了農村知識人員相對不足的狀況。據相關政策規定，下放幹部在農村勞動鍛鍊期間，要同廣大工農群眾保持一致，同勞動人民群眾保持「五同」：同吃，同住，同勞動，同學習，同娛樂。但由於這些下放到農村進行勞動鍛鍊的幹部，長期在機關中從事文職工作，平時很少進行較多的體力鍛鍊，一般身體狀況都比較單薄，尤其是在下放到農村的初期，難以承受廣大農村較爲繁重的體力勞動。爲此，下放幹部所在的農業社社區幹部也會根據這些人的身體實際狀況，安排一些相對勞動強度相對較小的工作，充分發揮這些人的知識優勢，幫助

〔註 31〕《北京大學五百多幹部下放》，載《人民日報》1958 年 1 月 4 日。
〔註 32〕《東北師範大學教職員工下鄉》，載《人民日報》1958 年 1 月 4 日。
〔註 33〕《文化部 1500 名幹部心情舒暢地去農村》，載《人民日報》1958 年 1 月 4 日。
〔註 34〕《上海市委作出下放幹部規定》，載《文匯報》1958 年 1 月 1 日。
〔註 35〕《中共河北省抽調一批負責幹部參加各縣實際領導工作》，載《人民日報》1957 年 1 月 4 日。

社區做一些社會工作，如幫助社區幹部對農業社社員的勞動狀況進行記分評定，幫助社區技術人員研究高效增產、農具革新的方法，幫助農業社裏的政工幹部進行政策法規、文化知識等方面的宣傳和普及，或者幫助農民開展多形式豐富多彩的娛樂活動等等。另外，這批相對文化水平較高的下放幹部，知識得到了農業社的充分尊重，大部分下放幹部都在所在的鄉鎮或農業社去擔任一定的社會職務，以更好地發揮這批下放幹部的文化、知識優勢。下放幹部一般擔任的社會職務或者會工作有：農業社支部副書記、支部委員，農業社團委書記，農業社團委委員，農業社工會主席、副主席，農業社、生產隊會計，生產隊副隊長、婦女隊長、生產隊委員，民校校長，民校教師，農業社食堂會計，治保主任，俱樂部主任，農業社掃盲協會秘書，農業社監察主任，宣傳員，廣播員，農業大學教員，小學教員，夜校教員，紅專學校校長，農業社社長，文化館（站）幹事等等。

1958 年新民歌運動開始後，這些下放到農村各農業社的下放幹部，毫無疑問會成為了進行新民歌創作的群體，一是這些下放幹部本身具有較高的文化水平，大部分在機關從事文字工作，有一定的寫作能力；二是這些下放幹部到農村後一般都是從事較輕的體力勞動，或者擔任一些社會職務，進行宣傳、教育工作等，使其有較多的精力和閒暇時間進行創作；再者這下放幹部每天同社員群眾在一起同吃、同住、同勞動，有助於他們及時發現和搜集創作新民歌的素材，為新民歌的創作提供了便利條件。因而，這些下放幹部完全具備進行新民歌創作的可能性。

誠然，從上述的分析，下放幹部具有進行新民歌創作的自身知識、文化條件和耳聞名目睹的日常發生在農村的各種社會政治、生產運動的客觀條件，但這些下放幹部的創作積極性、主動性又從何而來？又是那些原因能夠讓他們夜以繼日、爭分奪秒地進行大批量的新民歌創作？的確，沒有一定的原因，或者說沒有一定的制約因素，是無法使這些下放幹部心甘情願地去創作新民歌，況且新民歌的創作是一種極大的腦力勞動，在一定程度上比體力勞動還要勞累。在通過對河南省的部分縣市的走訪和當時的相關文獻資料查閱，這些下放幹部進行新民歌創作的積極性和主動性大致來源於以下幾個方面：

（1）下放幹部的經濟狀況

這些下放幹部被下放到農村進行勞動鍛鍊後，按照中共中央《關於下放幹部進行勞動鍛鍊的指示》明確規定：下放到農村進行勞動鍛鍊的幹部，第一年工資照發；從第二年起，凡是參加農業勞動的幹部，應該根據每人的勞動能力，按照農業合作社的具體要求，評定勞動定額，並且在不影響社員增加收入的條件下，從農業合作社收益中分配應得的勞動報酬。〔註 36〕從這段文字的規定中可以明確看出，下放幹部的工資來源或者說經濟來源，下放的第一年由原單位的按工資標準照常發放，從第二年起，原單位不再對下放幹部進行工資發放，而是根據下放幹部的勞動成效，從所在農業社的收益中領取勞動報酬。當時的勞動報酬的計算方式是以記工分的形式進行，每天社員的勞動結束後，由農業社的記分、評分人員根據每個社員的勞動表現以及勞動成果的數量和質量進行評定獲得工分的多少。月末、季末或者年終，社員根據自己累計獲得工分的多少領取相應的勞動報酬，以滿足全家人日常生活和消費的需要。而要按照當時下放幹部的普遍身體狀況，很難適應農村高強度的體力勞動，按照勞動的數量和質量分配勞動報酬，下放幹部一般獲得的收益遠遠低於在原單位的工資報酬，並且這些下放到農村的幹部一般都已經結婚，生育了孩子，夫妻分居農村和城市兩地，有的幹部的妻子在城市本來就沒有工作。在這種情況下，僅靠下放幹部在農村的勞動收入來維持全家的消費，無疑是捉襟見肘，舉步維艱。《人民日報》曾報導過河間縣下放幹部的經濟狀況，「下放幹部，……爲從事體力勞動，飯量大爲增加，按原來的供應標準，已不夠吃」。〔註 37〕而當時農業社爲了完成上級下達的新民歌等文藝創作任務，針對全社文化水平性對較低的現實情況，無疑要充分利用這些下放到農業社的文化人進行創作，以完成創作任務而不被上級批評。當時農業社爲提高這部分知識分子的創作積極性，一般採取的辦法是：下放幹部專職進行新民歌創作，根據創作民歌的多少，與社員進行體力勞動同工同酬，領取工分。這樣來說，相對於農村繁重的體力勞動來說，下放幹部非常樂意進行創作，以領取較高的勞動報酬，來維持全家人的生計。另外，這些下放幹部中，有很多人原本就是文藝工作者，「都具有一定的文化修養和文學知識，有許多人喜歡閱讀文學作品，更有許多人喜愛文學創作」，「在勞動之餘，能拿起筆來，寫我們的生活，寫我們的人民。」〔註 38〕有的人雖然不是文藝工作

〔註 36〕中共中央文獻研究室編《建國以來重要文獻選編》，第十一冊，中央文獻出版社，1993 年，第 193 頁。

〔註 37〕《河間縣縣委全面領導下放幹部》，載《人民日報》1958 年 3 月 11 日。

〔註 38〕《致下鄉上山的同志們》，載《文學青年》1958 年第二期。

者，但本身就是愛好文藝創作的人，正如遼寧下放幹部時所說的，這些下放幹部是「一支具有生產經驗又有文化水平的勞動大軍」，「他們之中有少數是文藝工作者，有很多人是愛好文藝的」，因此「也將是一支在文學創作上的新生力量。」〔註39〕

（2）下放幹部的管理狀況

在中共中央下發的《關於下放幹部進行勞動鍛鍊的指示》中，對下放幹部的管理進行了明確規定，下放幹部受當地黨組織的領導，他們的組織生活和政治學習由當地黨組織負責管理。全國各省市又根據各地的實際情況，依照中央的相關規定，制定出本省、市的相關規定，如陝西省省委在對下放幹部的管理上作出規定：縣或廠礦的領導幹部負責經常指導下放幹部的政治生活和學習，定期向上級彙報；原單位每隔三個月同下放幹部聯繫一次，一年進行一次全面的考察；下放幹部的勞動、生活和學習表現，由所在的農業社或車間的負責人、群眾定期進行評比。廣東省省委也規定：縣、鄉和原單位必須設專人管理下放幹部，及時瞭解和解除下放幹部的思想、生產、學習、生活、福利和獎懲方面的問題〔註40〕。在《關於下放幹部進行勞動鍛鍊的指示》中還規定，下放幹部工作同改革機制、緊縮機構、減少人員、加強基層等項工作相結合；下放幹部進行勞動時間的長短，應該根據今後社會主義建設發展的需要和本人在勞動中的表現確定；經過一段時間的勞動鍛鍊而又表現優秀的下放幹部，調回工作。〔註41〕從這些文件規定來看，下放幹部的表現情況的評定一般是有其所在的農業社的幹群進行評定，要想盡早回到城市工作，就必須在農業的勞動鍛鍊情況評定中獲得認可。當時的幹部下放大多數人員都是迫於形勢的需要，離開城市工作崗位，離開妻子孩子，來農村進行勞動鍛鍊，都想盡早離開農村，回到城市。而回城市的唯一條件就是勞動鍛鍊獲得好評，才可早日離開。所以，下放幹部一般都聽從農業社領導的安排，按照社區領導安排的工作盡心盡力地去做好。在社區領導安排這些下放幹部進行新民歌創作時，迫於情況，下放幹部必然會全力搞好創作。再者，當時由於精簡機構，各單位壓縮編制，精簡人員，就意味著很大一部分下放幹部會一直在基層或農村工作，而不可能獲得重新調

〔註39〕《創刊的話》，載《文學青年》1958年第一期。

〔註40〕《全國下放幹部一百三十萬》，載《人民日報》1958年2月24日。

〔註41〕中共中央文獻研究室編《建國以來重要文獻選編》，第十一冊，中央文獻出版社，1993年，第193頁。

回城市工作的機會。如時任四川成都市市委書記李宗林在全國人大五次會上介紹成都市幹部下放情況時談到：全市機關、企業、事業機構共歸併和減少 289 個，從市區國家編制中減少人員 30%以上，從各企業、事業單位中減少脫產人員 35%～60%，共可以減少 13000 人左右〔註 42〕。湖北省委書記王任重也在中國作協武漢分會主席團（擴大）會議上的講話中指出，「下放就要老老實實下放，要下放到底，同工人農民生活在一起，要做長期打算。」〔註 43〕中共太原市委書記處書記胡亦仁在一次講話中也談到，下放幹部「何時能回來？那是要根據今後社會主義建設的發展需要和本人勞動中的表現來確定」，「只要本人鍛鍊地好，就可以回來工作」，「如果不好好勞動，這些人是肯定不能回來當幹部的。」〔註 44〕

（三）新民歌採風人員

在 3 月 22 日的成都會議上，毛澤東提出進行民歌的搜集和整理工作建議後，4 月 3 日，雲南省省委率先下發進行新民歌收集工作的通知，要求全省各地方單位要高度重視這項工作，人人動手進行新民歌的搜集和整理，並成立了從省委到地方各級民歌搜集和整理機構，從相關部門抽調專門的人員，組成民歌採風大軍，深入到全省各地進行新民歌的搜集。4 月 14 日，《人民日報》以社論《大規模搜集民歌》的形式，對全國的民歌搜集和整理工作進行動員。此後，上海、四川、河南、山東、江蘇等省市相繼下發進行新民歌搜集和整理工作的通知，成立搜集和整理機構，組建民歌採風大軍，開展民歌的搜集和整理工作。在各省市和地方組建的採風大軍中，從組成人員上來說，都是文化層次較高的人員，一般都是來自宣傳、文化、教育等部門，具有一定文化水平和寫作能力的專職人員。這些人員的文化程度較高，長期從事理論或文字的撰寫工作，有很豐富的文學、藝術創作能力。如河南省開封市組建的新民歌採風大軍中的人員主要來自以下單位：市委宣傳部、市文化局、市文聯、市作協、市教育局、市體委、市廣播局，市文化館、市檔案館館、市群眾藝術館、市圖書館、、開封師範學院、開封一中及各區委、區政府機關等單位的文職人員。從這些人員的來源和構成來說，採風人員的確是一批文化

〔註 42〕《幹部應該鍛鍊得又紅又專》，載《人民日報》1958 年 2 月 9 日。
〔註 43〕王任重《作家和生活》，載《長江文藝》1958 年七月號。
〔註 44〕胡亦仁《和下放幹部談勞動鍛鍊和群面鍛鍊》，載《山西日報》1958 年 4 月 19 日。

素質高、文字功底強的專業人員。同時，一些中央、省、市、專區、縣的報刊、出版社、廣播電臺、部隊也抽專門人員組成採風大軍，進行新民歌的搜集和整理工作。

另外，從事新民歌收集整理的採風大軍人數之多。目前雖還沒有專門的數據顯示 1958 年全國深入到各地進行新民歌搜集和整理的人員的具體數字，但在作者對河南的部分縣市進行訪談過程中，據當時參與新民歌採風的人員回憶，全國的採風大軍應該是一個不小的數字。如 1958 年，河南夏邑縣縣委抽調縣直相關單位、機構的人員組成的新民歌採風大軍約有 120 人，分成 2 個大組，其中一個大組又分成 5 個小組，深入到全縣 25 個鄉的農業社進行民歌的搜集整、理工作；另外一個大組留在縣城，專門負責對第一大組的採風人員從全縣各農業社搜集的民歌進行整理、篩選和加工，並按時向市一級採風機構匯總上報。河南省其他各縣市也抽派專門人員組建相類似的、人員眾多的採風機構，如太康縣、登封縣、魯山縣、禹縣、滎陽縣等縣的採風人員都在 200 人以上，扶溝縣、鄢陵縣、許昌縣、杞縣、開封縣的採風大軍也近 150 人。1958 年，全國近 2000 個縣，按照每縣 100～200 人估計，全國僅縣城一級的採風機構的人員大約有 20～40 萬人，如再加上中央、省、市以及各大小報刊、出版社採風人員，整體數字應該是相當可觀。

在這些來自中央和各省市、地方的採風大軍，在深入全國各工廠、農村、部隊進行新民歌的搜集過程中，必然會有新的見聞，又加上本身有一定的文學功底，有的本來就是在各省市、地方的作家，出版社、報刊編輯部的編輯等專業創作人員，會在大躍進形勢的鼓舞下，進行新民歌的創作，或者對農業社一部分社員創作的口頭新歌集進行重新加工和整理。當時的報刊也經常發表一些來自農村民歌採風人員撰寫的新民歌等文學作品。

（四）新型農民

新型農民看似一個較新的現代概念，其實是從一定意義上而言的，本文中所說的新型農民是指在中國 20 世紀 50 年代，一些參加過中考或高考，但因沒有考取高中或者大學而落榜，從農村中來又重新回到農村，參加農業生產的初高中畢業生；或者一些正在就讀的初、高中學生，因家庭經濟困難或其他原因而中途輟學，回到原來的農業社從事農業勞動。這些落榜回鄉務農的初高中生，雖然具有一定的文化知識，但所擁有的知識還能成爲謀生的主要手段，仍以農業生產爲主業和經濟來源，還要依靠進行農業生產獲得生活的保障。他們還是農民中的一部分，只是相對於其他農民而言，是一批文化層次較高的農民，但按照知識分子定義，還無法歸屬進知識分子的行列，我們稱這些人爲新型農民。

這些落榜或輟學回鄉參加農業生產的初、高中生，一般都具有一定的文化知識，在農業社極大缺乏知識人、文化人的情況下，都會被安排在農業社擔任一定社區職務，或者擔任民辦中學、紅專學校、夜校的教師，掃盲協會的教員等，在生產和工作之餘，進行農業社的宣傳工作，開展一些自娛自樂式的群眾性活動。這些落榜的初、高中生也充分利用和發揮自己的知識優勢，在平時進行一些技術革新、農具改革、增產節約等方面的研究。而大部分初高中生在學校讀書期間，就對文學非常愛好，平時喜歡讀一些名著、文學作品，有時自己也進行一些文學創作，還有的人在校期間就是學校的文學、藝術骨幹，組織過各種文學社團，辦過校刊、校報、宣傳報、黑板報等形式的文學宣傳物，積極進行過一些小型的文學創作，並經常在這些宣傳物上發表一些作品，有的還在縣級、市級、省級報刊、廣播電臺上發表過文章。在落榜或輟學回鄉參加農業生產後，仍然利用閒暇時間進行創作，向有關的刊物、廣播站進行投稿，被群眾們戲稱爲「秀才」。在大躍進新民歌的創作的形勢下，這些人員獲得了千載難逢的好機會，有的人雖然喜愛寫作，也多次給雜誌、報刊投稿，但還從沒有眞正發表過文章，還沒有將自己的手稿變成鉛字。現在，能夠將自己創作的新民歌作品，被搜集整理後推薦發表或者集結成詩集出版，對這些文學青年來說，是莫大的榮耀和鼓勵，創作新民歌的主動性、積極性極大地提高。又加上，長期的進行農業勞動，對農業生產和農業社每一時期的中心任務以及日常發生的事情非常熟悉，爲新民歌的創作提供了豐富的素材。

同時，來自全國各地工廠、農村的知識青年還相互聯繫起來，開展一些新民歌等文學形式的創作競賽活動。如當時來自遼寧的畢增光、曉凡、高東翔三個青年人，向全國「掄鐵錘、燒電焊、開車床的哥們，擔土撿糞忙春耕的弟兄」等青年人，發出進行業餘創作的號召，「在完成生產任務的同時，成爲一個積極的業餘寫作者，成爲廠報、黑板報的積極撰稿者」，並提出自己的創作計劃，「1958 年，要完成敘事詩 10 篇，抒情詩 150 篇，歌詞 50 首，短篇 3 篇，特寫 3 篇，散文 6 篇，發表率要達到 50%以上」的躍進友誼比賽倡議書。〔註 45〕

〔註 45〕《倡議書》，載《文學青年》1958 年第四期。

《倡議書》發出後，立刻得到全國各地的青年人的相應，紛紛接受躍進比賽的挑戰，《文學青年》雜誌刊載了 25 位來自全國各條戰線的青年人的應戰書和業餘創作躍進計劃，如徐光夫「去年寫了 15 萬字，今年就來個 30 萬，三十萬每月平均兩萬五，可以做到」；張炳辰剛制定好自己業餘創作計劃，在看到《倡議書》後，立刻將業餘創作計劃提高，「從 4 月 1 日起到年底寫出：散文 15 篇，雜文 4 篇，特寫 5 篇，詩 3 篇，並做到讀寫結合，通過邊寫邊學，在提高政治水平的前提下，把寫作水平提高一步」；在農村養病的青年人張鞍仁，以滿腔的熱情，積極應戰，計劃全年要寫 8 行左右的新民歌作品 300 首，特寫 2 篇，散文 7 篇，歌詞 1 首等等，這些文學青年還提出了「擠時間，抓時間，獻出業餘時間，決不放鬆星期天」的創作口號。〔註 46〕從而，掀起了全國的文學青年，尤其是分佈在各農村新型農民的創作激情，積極進行新民歌爲主的文學創作，推動新民歌運動的迅猛開展。

（五）教師和學生

本文所說的教師可以分爲兩大類，一類是在農村中小學專門從事教學、教輔等工作的專職教學人員，也就是當時通常所說的公辦教師，這些人員一般都經歷過正規的中專、中師或大學教育，有正規的畢業文憑，受到過專門的教學技能訓練，中專、中師或大學畢業後直接被分配到農村公辦中小學從事教育工作；這些人員是當時農村的知識分子，擁有相對較高的文化知識，在文化水平普遍較低的農村，這些知識分子深受農民們的尊重。另一類是在公辦中小學中從事教學、教輔工作的民辦教師。在當時農村文化人相對缺少的情況下，僅靠每年分配過來的公辦教師，遠遠不能滿足教學的需求，況且當時的大學錄取率較低，每年畢業的學生更少，城市的各項建設又急需大量的高層次人才，所以大部分的農村中小學很難及時地補充教學人員，甚至幾年、十幾年都不能夠補充教師，大部分的小學五個年級只有五位教師，每個老師負責一個年級的教學和管理，並擔任語文、數學、自然、歷史、地理等課程的教學工作。在這種狀況下，一些農業社、生產隊就將本社、本村的文化層次相對較高的初中、高中畢業生充實到中小學中去，從事教學、教輔工作，就是通常所說的公辦中小學中的民辦教師，農閒進行教學，農忙從事勞動。這部分人員的工資報酬由各農業社、生產隊以工分的形式發放。

〔註 46〕《學先進 比先進 趕先進——應戰書集錦》，載《文學青年》1958 年第五期。

1958 年春，爲加快農村群眾文化素質的提高，推動掃盲工作的順利開展，全國各地農業社興起大辦半學半農性質的鄉辦、社辦、村辦中小學活動，並迅速間在全國各地轟轟烈烈地展開。民辦中小學與公辦學校相比，規模都比較大，發展比較快，班級多，在校學生多。在不到一個月的時間，全國各地的民辦學校都如雨後春筍般地發展起來，其中江蘇、河南、福建、湖南、陝西、浙江等省發展尤爲迅猛，江蘇省各地創辦農業中學 6000 多所，河南各地普及了小學教育，創辦民辦中學 10000 多所，福建省基本上普及了中小學教育，新辦各種民辦中學 2300 所，民辦小學 17000 所，湖南省發展農業中學 5300 所，民辦小學 20700 所，鄉鄉、村村都有了中學，普及了小學教育〔註 47〕。1958 年 3 月，河南登封縣掃盲工作經驗介紹中談到，「全縣 416 個農業社，1968 個生產隊，隊隊村村都興辦了農業業餘中學，有高小 920 個班，初中 99 班，高中 72 班，紅專學校 12 所，還有 12 個技術研究組」，提出「人人有文化，處處有書聲」的辦學口號〔註 48〕。民辦小學的學生一般都是年齡在 14 歲以下、沒有在公辦小學讀書的少年兒童，在民辦中學讀書的一般爲 14 歲以上年齡的農村青年文盲和半文盲人員。民辦學校在學習形式上採取「學習與勞動相結合」相結合的形式，一邊進行農業生產，一邊利用農閒時間進行學習，提出了「農忙勞動，農閒學習」的口號。學習時間靈活多樣，有整日制、半日制和業餘制。整日制忙了進行農業生產，閒暇了進行文化課學習；半日制是半日幫助家庭進行農業生產，半日上課學習；業餘制的學習實踐更爲靈活。民辦學校的教師一般爲在農業社參加農業生產的本社高中畢業生，一般占民辦教師的絕大比例，如河南商水、舞陽、許昌等縣的民辦中小學中高中畢業生占到 50～70%左右，教師的來源還有一部分就是下放幹部或者離退休回鄉的幹部，有的地方還將在縣城的有一定文化知識的待業青年，暫時安排到民辦中學做教師，政治課教師一般由各鄉的黨委書記、農業社支部書記、支部委員擔任。

在新民歌創作用時期，在農村中的公辦教師，一般專職從事教學工作，不從事農業生產，在每天的教學之餘，有大量的空閒時間，平時也參與到所在農業社、生產隊的宣傳工作中去，幫助農業社、生產隊記賬，寫通知，寫彙報、工作計劃、總結，出黑板報、牆報，在牆壁上寫標語口號等。在新民歌運動開始後，各農業社都將這些公辦教師組織起來，以給一定物質獎勵的

〔註 47〕《組織城市知識青年下鄉》，載《人民日報》1958 年 5 月 15 日。
〔註 48〕《人人有文化，處處有書聲》，載《人民日報》1958 年 3 月 20 日。

形式，利用教學的空閒時間進行新民歌搜集和創作。在農業社組織公辦教師進行新民歌創作的同時，這些民辦教師也被組織起來進行創作，這些民辦教師一部分本來就是本農業社或生產隊知識水平相對較高的群體，而另一部分民辦教師雖不是本農業社、生產隊的人員，來自城市待業的知識青年或者中專、中師、大學畢業待分配的畢業生，這些人的文化素質比較高，河北省教體委曾對本省的保定專區、石家莊專區、保定市三個地區 979 名的公辦、民辦教師的知識水平進行過統計：大專文化程度的占 8.1%，高中、中師程度的占 44.6%，初中文化程度的占 47.6%，其他 6 名爲高小〔註 49〕畢業生〔註 50〕。同時，這些人員又是剛走出校園，本來就有文學的愛好，因而積極性較高，能夠主動進行文學創作。

同樣，在新民歌運動時期，學校的教師被組織起來利用課餘時間，進行新民歌的創作，在學校中就讀的學生也被發動起來，進行新民歌的創作或創作素材的搜集活動。在每個學校都建立了以班級爲單位的文學創作小組，每位組員定期上交一些創作出來的作品，河南省登封縣告成鄉吳家村 14 歲民校學生吳金髮不到一個月的時間就創作新歌 20 多首。〔註 51〕有的中小學校還將中學生的語文課、作文課改爲新民歌創作課，紅專中學、掃盲學校將進行新民歌創作作爲學員的家庭作業或鞏固掃盲成效的有效途徑。

（六）民間藝人

本文中所說的民間藝人是指在廣大農村從事與文學、曲藝相關的文化人群，如從事戲劇等藝術形式的編劇、導演、演出的人員等等。中國民間文學、曲藝是中華民族的瑰寶，是中國民間文化的重要組成部分。20 世紀 80 年代以前的中國農村有很多從事各種文學、藝術活動的民間藝人，這些民間藝人按照自願的原則組織結合起來，建立一些小型的團體。根據各種藝術種類的不同，有的藝術形式要大家合作才能完成，如雜技團、民間劇團、高橋隊、旱船隊、嗩吶演奏隊、舞獅隊、腰鼓隊等，但也有的藝術靠一個人單獨就可以完成，如說書、快板等，不用成立團體或組織，個體零散地分散在各個農業社、生產隊。1958 年，全國有群眾業餘藝術組織（包括業餘劇團、歌唱隊、

〔註 49〕一至四年級爲初小，五至六年級爲高小。

〔註 50〕《發展中的河北民辦中學》，載《人民日報》1958 年 3 月 20 日。

〔註 51〕《1958 年登封縣創作和採風情況介紹》，存河南省檔案館，文化局 1958 年卷。

自樂隊、吹唱隊等）50 多萬個〔註 52〕。以河南省爲例，河南是一個文化大省，歷史悠久，文化燦爛，擁有豐富的文化、藝術種類。同時，河南又是一個戲劇大省，其中豫劇是河南的第一大劇種，又可根據各地的唱腔和流傳情況，分爲十幾種，如：流行於南陽地區與陝西、湖北交界一帶有三百多年歷史的「宛梆」，流行於開封一帶的祥符調，流行於漯河一帶的沙河調，流行於洛陽一帶的西府調，盛傳於豫東一帶的「二夾弦」等等。在河南擁有眾多的專業、業餘劇團，據統計，1952 年全省有專業戲曲表演團體 152 個，1954 年爲 215 個，1957 年發展爲 282 個。戲曲原本就是中國傳統的綜合藝術形式，集文學、音樂、舞蹈、美術、武術、雜技以及表演藝術各種因素爲一體。這些生存在鄉間、民間的專業、業餘劇團，一般都有比較健全的創作、編導和演出人員，劇團經常演出一些劇種的傳統流行劇目，如豫劇《花木蘭》、《穆桂英掛帥》、《打金枝》、《鍘美案》、《白蛇傳》、《十五貫》、《大祭樁》、《秦香蓮》、《程嬰救孤》等，曲劇《卷席筒》、《陳三兩》、《唐知縣審誥命》、《寇準背靴》等，越調《收姜維》、《七擒孟獲》、《三氣周瑜》、《諸葛亮弔孝》、《風雪配》、《火焚秀樓》等，道情戲《王金豆借糧》、《金簪記》、《玉環記》、《脂粉記》、《大紅袍》、《李翠蓮上弔》、《打萬監生》等等傳統歷史戲劇、民間傳說戲，地方特色濃鬱，質樸通俗、本色自然，緊貼老百姓的生活，深受群眾們的歡迎，從省城到鄉間的劇團中也都湧現出了一批享譽全省、地方的創作、演出名家；同時，各專業、業餘劇團還根據生產、生活的需要，緊扣時代的發展，創作出一些反映現實生活的現代劇，也受到群眾們的歡迎，如河南省豫劇三團在 1958 年春創作的現代劇《朝陽溝》、《小二黑結婚》等在全國獲得好評，多次赴京和全國各地巡迴演出。

在這些專業和業餘劇團中的人員，一般都具有專業的技能，尤其是劇團中的編劇、創作人員，都具有相當強的創作知識和技能，有的創作人員還是專業的作家，省、市、縣作協、文聯會員，具有很強的創作能力，對創作的技巧、方法等都有一定的研究。在劇團赴各地演出時，這些創作人員不時地進行創作採風，積累新的創作素材，提高和完善創作技能。顯然，在新民歌的創作熱潮中，這些劇團中的創作人員，無疑會被邀請或者主動加入到新民歌的創作大軍中來，結合讓自己的文學、歷史知識和日常的積累進行創作。

〔註 52〕《鼓足革命幹勁，促進文化高潮》，載《人民日報》1958 年 2 月 9 日。

（七）農業社幹部及全國各級領導幹部

全國農村各個農業社、生產隊的幹部是中國最基層的幹部群體，是一種還沒有納入國家公務員系列的農村幹部。20 世紀 50 年代，生活在中國鄉村政治下的這些農村幹部，一般有各鄉黨委、鄉政府將農業社區中德高望重、政治覺悟高、工作能力強，經驗豐富，在群眾中有一定威信、號召力和影響力的人員不經過選舉的程序，直接任命爲農業社支部書記或農業社社長，這些農業社幹部的選定一般不按照文化層次的高低來確定。而農業社的其他幹部，如黨支部委員、副社長、工會主席、婦女隊長、團委書記、生產隊長、社區和生產隊會計、記分和評分員等職務，要有社區社員通過推薦或選舉的方式進行，一般是選舉或推薦本農業社中有一定文化知識的人員來擔任，但這些人員平時的主要職責還是進行農業生產，農閒時間開展一些政策宣傳和群眾性文娛活動。在農業生產大躍進和新民歌創作的並進時期，這些農業社幹部每天忙於抓生產、放衛星，可能沒有時間進行新民歌的創作，但這些人員可定時社區新民歌創作組人員的召集人，對創作組的創作進度、創作時間進行直接管理，與創作組保持著最緊密的聯繫。再者，應該這樣講，任何一種文學創作，尤其是新民歌的創作都來自於生活、來自於人們的日常勞動中，而這些農業社幹部在每天的勞動中，時時刻刻和社員們在一起勞作，可以獲得在勞動中最直接的新民歌創作資源和素材，可以把這些勞動中獲得的趣事、新聞及時反饋到創作組，由創作組人員進行加工、整理，創作出新民歌。如各生產隊的記分、評分人員，利用每天晚飯後到社員家裏記分、評分的機會，向每位社員搜集新民歌創作的素材，進行簡單記錄，上交到社區創作組。1958 年春，爲提高個鄉鎮和農業社幹部的文化層次，河南省登封縣三官廟鄉率先在全建立第一所幹部紅專學校，參加學習的人員爲全部鄉鎮幹部和農業社部分幹部，以快速提升全鄉各級幹部的文化水平。隨後在不到兩個月的時間，幹部紅專學校在全省遍地開花。到 6 月份，全省已建設幹部紅專學校 5000 所，入學人員達 20 餘萬人〔註 53〕，在一定程度上提升了各級幹部的文化水平，爲農業社幹部進行新民歌素材的搜集，甚至直接進行創作，奠定了基礎。

另外在新民歌運動時期，一些省、市、專區、縣的各級領導都參與進去，進行新民歌創作。新疆維吾爾自治區區委書記賽福鼎還制定出自己的創作規劃，「除了在本身工作方面也來個大躍進，更好地完成原來工作任務之外，還

〔註 53〕《河南幹部紅專學校遍地開花》，載《人民日報》1958 年 6 月 12 日。

計劃在三年之內，……寫個劇本，另外再寫三篇文學作品。」〔註 54〕湖北省委第一書記王任重創作了多首新民歌，還有一些專區的領導把創作出的作品發表在公開出版的報刊上。以貴州省遵義專區爲例，中共遵義地委書記何林，望謨縣縣委書記李冀峰，郎岱縣縣長夏洪波，望謨縣宣傳部長饒華騮，正安縣謝壩區委書記嚴光志，修文縣委書記岳萬學等人都在《山花》雜誌上發表過作品。有的縣還把進行新民歌創作當成一項重要工作任務來完成。如河南滎陽縣「躍進一開始，縣委就把文化工作列爲五大躍進之一」，要求各級領導積極參與，進行創作。〔註 55〕

（八）農業社社員

農業社中的社員是的的確確的農民，常年以農業勞動爲主業，日出而作，日落而息。按照當時報刊和有關人員的說法，新民歌的創作人，或者說新民歌作者的主體就是這些常年耕作不息的農民，全國幾乎所有的報刊都大篇幅地登載這些來自農村的農民創作出來的新民歌。在當時雖然沒有人去質疑這些所謂農民的創作，但隨著時間的流逝，尤其是進入新時期，研究者們已經對新歌的作者群體的農民身份進行質疑。在中國農村文盲半文盲占 80%以上的農民又是如何進行新民歌的創作的，顯然，文盲或半文盲文化水平的農民進行新民歌創作，只能是口頭的作品，或者即興式的順口溜時的作品，一般不可能形成文字性的書面作品。農民在勞動中，創作出一些順口溜式的作品，是非常的可能。但從在豫東十幾個縣（市）的農村，對經歷過新民歌、大躍進生產運動的農民進行採訪時，確實大家承認，在當時勞動時間緊迫，「一天等於二十年」的躍進時代，大家夜以繼日地進行農業生產，力爭早日放出農業衛星，尤其是到了 8 月份以後，全村男女老少都忙於大煉鋼鐵運動，根本沒時間進行詩歌創作。但在大躍進剛開始的時期，生產不是太緊張，又加上全國各地大張旗鼓地開展掃盲運動，創辦掃盲夜校，對農村 14～40 歲的青壯年文盲半文盲進行掃盲，教其認字讀書。的確，這些掃盲活動的開展，對文化的普及起到了一定作用，雖然不可能大部分人擺脫文盲半文盲狀態，至少是一小部分人，尤其是年齡偏小的年輕人認識了一些字，掌握一些文化知識。又加上一些下放幹部、城市待業青年等知識人的到來，這些人員一般都吃住在農民家裏，在每天的接觸和同

〔註 54〕賽福鼎《只有思想上的大躍進，才有文藝工作上的大躍進——在自治區文藝工作者躍進大會上的致詞》，載《天山》1958 年五月號。

〔註 55〕《躍進中的滎陽縣文化工作》，存河南省檔案館，文化局 1958 年卷。

生活、同勞動的過程中，這些人都幫助一些文盲半文盲青年人認字和教授文化知識，在一定程度上提升了這些人的文化水平。如河南登封三官廟鄉掃盲學校學員范海亮通過掃盲的學習，可以進行一些快板詩、小說、散文、五幕話劇等文學創作，作品經常在縣級、省級報刊上發表，其新民歌作品《農民幸福開了頭》、《向愚公挑戰》、《入了社如上天》、《批評申書乾》等作品在《河南日報》上發表，國家文化部副部長錢俊瑞還為其寫了和詩《贈農民詩人范海亮》同期發表〔註 56〕，成為遠近聞名的作家，《河南日報》還以《范海亮的「過五關」》為題對他的事蹟進行了專題報導〔註 57〕；原來逃荒要飯一字不識的農民范春已經能夠寫千餘字的工作報告〔註 58〕；學員范玉坤學習了初中植物課程後，實踐成功了春化小麥、天天茄子嫁接辣椒、紅芋溫湯育苗、玉米人工授粉、等技術，成為遠近初民的發明家〔註 59〕。海堵村民校掃盲學員在「學諸葛，趕魯班，技術革命多狀元」的口號鼓舞下，創造了 300 多種 3000 多見農具；背陰坡農校學生劉庫白一人就發明 12 件〔註 60〕。這些通過掃盲運動，已經脫盲的農民，也成為了農村中的新型農民。

（九）其他人員的創作

在 1958 年新民歌運動期間，離休、病休人員，復員軍人及城鎮返鄉人員也被發動起來，進行新民歌創作。這些人員本身就具有一定的文化知識水平，有的還是在機關、部隊中長期從事宣傳工作的文化幹部，只是由於離、病休，復員退伍，城鎮機構緊縮等原因，回到原農業社。因而，這些群體的創作能力也被充分發揮起來，開展新民歌等形式的文藝創作，以配合文藝大躍進的蓬勃發展形勢。如河南省文化局在 1958 年春節期間就要求全省「各地文化主管部門，應該通過實際行動，發揮下放幹部、復員軍人、回鄉參加生產的青年學生、民間藝人的力量，以及職業劇團到農村巡迴演出的有利條件，深入瞭解各地的優秀民族、民間藝術形式，優秀節目和民間藝人情況，有選擇地進行文藝創作」〔註 61〕

〔註 56〕錢俊瑞《贈農民詩人范海亮》，載《河南日報》1958 年 12 月 5 日。
〔註 57〕《范海亮的「過五關」》，載《河南日報》1958 年 12 月 28 日。
〔註 58〕《三官鄉人民學習文化和科學》，載《河南日報》1958 年 3 月 8 日。
〔註 59〕《河南幹部紅專學校遍地開花》，載《人民日報》1958 年 6 月 12 日。
〔註 60〕《掃盲完成後》，載《人民日報》1958 年 8 月 12 日。
〔註 61〕《河南省文化局關於開展春節群眾藝術活動的幾點意見》，存河南省檔案館，文化局 1958 年卷。

四、專業作家的創作

新民歌運動期間，雖然有較大部分的專業作家、詩人由於不能盡快適應文藝創作大躍進的形勢，無奈中斷了文藝創作，但還是有一些作家較快地適應了這種創作形勢，也就是本章開始所說的一批來自延安解放區的作家，如田間、李季、阮章竟、柯仲平等詩人，創作出了一些反映農村社會主義建設大躍進的民歌作品。其實，在新民歌運動肇始之初，在當時的《人民日報》、《中國青年報》、《詩刊》以及一些地方性的報刊、文學期刊上發表的新民歌作品，大部分都是上山下鄉的專業作家的創作。還有郭沫若等老詩人，在新民歌運動期間，無論在數量上，還是在速度上，都呈現出旺盛的創作力。1958年的新民歌運動簡直成爲了詩人郭沫若詩歌寫作的「狂歡節」期。「他生產詩作之快，簡直創造了自中國新詩誕生以來的『奇蹟』。常常是一天一首甚至數首，與相對講究的歷史研究、歷史劇創作比，在題材上可以說到了狂放無忌、什麼都可以入詩、什麼都可以順手拈來的地步。」〔註62〕郭沫若發表於《人民日報》1958年4月3日至6月27日上的，以《百花齊放》總題的101首詩歌，創作時間僅爲十天。

〔註62〕程光煒《解讀桂冠詩人郭沫若的內心世界：無奈與荒誕》，載《南方周末》2001年11月30日。

第三章　新民歌的創作研究

1958 年初，在全國各條戰線轟轟烈烈地開展生產大躍進運動的鼓舞下，中國文藝界也開展了文藝生產的躍進活動。在文藝界的各條戰線上，作家、藝術家們紛紛制定出各自的躍進規劃，力爭在文藝創作上有更大豐收；各類文學期刊、出版社也紛紛向作家、藝術家們要作品，極大地激勵了作家、藝術家們創作活動的開展；尤其是在上海市作協向全國的作家和藝術家發出創作挑戰後，一些省市之間也相繼展開了文藝創作競賽，都把 1958 年作爲文藝創作的豐收年，全力開展以新民歌爲主體的文藝創作活動。

一、新民歌的創作盛況

在文學創作的各種文體形式都獲得快速進展的同時，詩歌，尤其是新民歌、新民謠的創作與發展至爲突出，成壓倒一切文體之勢，異軍突起。在 3 月 22 日，毛澤東在成都會議上提出開展民歌的搜集和整理工作後，雲南省委宣傳部率先於 4 月 3 日向全省各地縣委發出了「立即組織搜集民歌」的通知，《人民日報》也於 4 月 9 日第一版給予了報導，在全國各地都引起了高度重視，紛紛響應。隨後，上海、四川、河南、江蘇等省、市，都相繼下發了進行新民歌搜集和整理的通知，成立了專門的搜集和整理組織，動員全民進行新民歌的搜集和整理工作。尤其在《人民日報》4 月 14 日下發《大規模地搜集全國民歌》的通知後，全國各地迅速掀起了新民歌的搜集、整理和創作熱潮。有的省份在通知的下發中，還規定了第一批民歌搜集的數量和上報時間，如雲南省要求 5 月中旬前上交第一批搜集整理的新民歌，安徽省在 4 月初通知下發後，要求一個月內搜集民歌 3 萬首，上海在 4 月 21 日下發通知後，就要求 5 月 20 日上報第一批作品。

在新民歌的創作熱潮中，「一夜東風吹，躍進詩滿城」，全國各地的大街、小巷、機關、商肆、部隊、村落，到處都貼滿了詩，掛滿了歌，舊的詩歌還沒來得及貼上，新的詩歌又被迅速地創作出來，新出作出民歌覆蓋著先前創作的民歌，張貼了一層又一層，呈現出「百花怒放，萬紫千紅」的繁盛景象。全國也湧現出不少詩歌縣、詩歌鄉、詩歌社、詩歌村等，在這些詩歌之鄉的牆上、門上、山岩上、樹上、電線杆上，甚至村民家中的水井上、水缸上、鍋臺上、磨盤上、平板車上，處處都是詩和畫。河南詩歌縣禹縣「鳩山一個 2040 畝的大山頭上，寫滿了治山英雄所作的豪邁詩歌，刻畫出千軍萬馬治荒山的英雄氣概。」〔註 1〕

同時，幾乎所有的文學期刊上和報紙上，紛紛以「最好的詩」、「躍進戰歌」、「口號和戰歌」、「躍進之歌」、「新山歌」、「大躍進民歌」、「新國風」、「社會主義東風」等爲主題開闢工農兵新民歌創作專欄，大規模地刊載來自農村、工廠和部隊工農兵們創作出來的新民歌。有的刊物還開闢新民歌專號，如《邊疆文藝》、《長江文藝》、《處女地》、《前哨》等刊物，專門登載工農兵創作的新民歌。全國各地到處都是詩篇，到處都是一片詩的海洋，創作出的新民歌數以千萬計、數以億計，沒有人知道到底全國創作出來多少首新民歌，新民歌高產衛星一個個地相繼釋放。即使是小範圍內進行統計，也無法統計出到底創作出來多少首新民歌。湖北紅安縣在 1958 年上半年曾對全縣的新民歌創作進行過一次摸底工作，最後得出的結果卻是「摸不清」，縣摸不清區，區摸不清鄉，鄉摸不清社，連社也摸不清一個僅有二十幾戶人家的生產隊到底創作出多少首詩歌〔註 2〕。

1958 年 6 月份，在各省、市、專區、縣進行上半年文化工作總結中，創作出的新民歌地數量都在千萬首以上，並且每個地區創作新民歌都是時間短、數量多、創作快。如河南省在《大躍進以來文化工作總結（草案）》中談到，臨潁縣 36 萬人，一個多月內就創作詩歌、快板 95 萬多篇；登封縣背陰坡村剛掃盲畢業的 63 歲老農白貴永，70 歲老農王法奎在一個月內都寫出了四、五百篇詩歌、快板。〔註 3〕禹縣郭連的衛星人民公社一個創作組僅用

〔註 1〕《河南省文化局關於河南省群眾文化工作發展情況的報告》存河南省檔案館，文化局 1958 年卷。

〔註 2〕天鷹《1958 年中國新民歌運動》，上海文藝出版社，1959 年，第 9 頁。

〔註 3〕《河南省大躍進以來文化工作總結（草案）》，存河南省檔案館，文化局 1958 年卷。

十天的時間就創作出 312000 千多件作品。〔註 4〕湖北蘄春縣在新民歌的創作中提出「勞動到哪裏唱到哪裏，唱到哪裏寫到哪裏，既要動口又要動手」的創作口號，在全社每個俱樂部開闢群眾創作園地，專門張貼群眾隨時創作出來的新民歌作品。俱樂部的園地不夠用，農業社的每戶人家都在自家門口樹立張貼牌，或在自家牆壁上開闢詩畫並茂的新民歌發表園地，在每塊宣傳欄或發表園地處，都備有各家自己釀製的用來張貼作品的漿糊和毛刷，以便隨時進行新作品的張貼。每戶人家的宣傳欄和發表園地，不僅發表自家創作出來的新民歌作品，也發表來往過路群眾即興創作出來的作品，極大地鼓舞了群眾們的創作激情，紛紛拿起筆進行創作。禹縣有的農業社一夜之間就創作出 3000 多首新民歌，不到二十天的時間，全縣就寫出新民歌作品 30 萬首之多〔註 5〕。

二、新民歌的創作過程

在全國進行社會主義文藝生產大躍的進形勢下，群眾的創作激情被極大地鼓舞，正如當時的期刊刊載的評論文章所言：中國「全民皆詩人」，「六億人民皆詩人」。新中國進入了一個詩歌空前繁榮的時代，每時每刻在中國不同的地域上都有新民歌誕生，每天都有數以萬計的新民歌出爐，新的工農兵詩人、作家不斷湧現，各家報刊不厭其煩地登載工農兵創作的新民歌。周揚在《紅旗》創刊號上撰文論述，認爲「這是一種新的社會主義民歌。它開拓了民歌發展的新紀元，同時也開拓了我國詩歌的新道路。」〔註 6〕郭沫若也爲這些工農兵出作出來的新民歌大聲歡呼，「今天的民歌民謠，今天的新國風，是社會主義的東風」，「人們的心都開出繁花，吐放芬芳」，「是中國文藝礦藏中的無比珍寶。」〔註 7〕

這些數以千萬計、數以億計的新民歌又是怎樣創作出來的？從現在的思維意識去想像 1958 年新民歌的創作，簡直是極其不可思議的事情。正如親歷這場全民造詩運動的評論家天鷹所言，「一個不在大躍進洪流中的人很

〔註 4〕《1958 年禹縣開展全民創作運動的初步總結報告》，存河南省檔案館，文化局 1958 年卷。

〔註 5〕天鷹《1958 年中國新民歌運動》，上海文藝出版社，1959 年，第 17 頁。

〔註 6〕周揚《新民歌開拓了新詩的新道路》，載 1958 年《紅旗》創刊號。

〔註 7〕郭沫若《爲今天的新國風、明天的楚辭歡呼！》，載《中國青年報》1958 年 4 月 16 日。

難理解，人們爲什麼要寫那麼多詩？這些詩又是如何能夠寫出來的？只要是親身經歷過 1958 年中國大躍進的人，對這些問題的解答都不會感到困難的。」〔註 8〕的確，沒有親身經歷過大躍進年代的群眾激情造詩運動的人，眞的無法理解當時的人們進行新民歌創作的熱情與癡迷，眞的無法理解被思想化的人們在狂飆突進的年代，所做出的荒誕舉動。當然，我們不去探究當時的群眾爲什麼有如此的激情去創作，我們用筆墨去思索在激情狂熱的年代，人們是如何創作出如此眾多的新民歌。正如天鷹所言，只有經歷過大躍進時代的人，才能夠清晰其中的原因，才可以明白新民歌是如何創作出來的，而不能用我們現在的思維去想像特定歷史、特定思想、特定年代下人們的思維與舉動。單靠新民歌運動時期的報刊的報導、一些人在各農業社的採風手記所記述的新民歌創作的過程，是遠遠不能揭示出新民歌創作的眞相。當時的報刊或者一些人的採訪，是基於新民歌創作的需要，要和當時突飛猛進的大躍進生產形勢保持一致，所以是無法看出新民歌是如何被創作出來的眞實歷程。因此，誠如天鷹所言，只有實際經歷過大躍進造詩時代的人，或者說從那個激情年代走過來的人，眞正從事過或目睹了新民歌場作歷程的人，才能夠最清晰、最眞實地顯現新民歌如何創作出來的眞相。基於這種狀況，本人對河南省鄭州、商丘、周口、許昌、開封、平頂山六個地市的 19 個縣進行了近兩個月的實地走訪，通過經歷過大躍進造詩年代人或者當時的創作人員的回憶，探尋新民歌是如何創作出來的眞正狀況。本人在對相關人員的走訪過程中，所選取的走訪區域、走訪對象是基於以下原因：

一是從進行走訪的區域來說，都是新民歌運動時期，在新民歌的創作上最爲活躍的區域，有的是在新民歌運動中，成績較好，經常被中央、省市及地方報刊、廣播站上作爲先進典型報導，如登封縣、滎陽縣等；有的是出版的詩集作品比較多，如蘭考縣、開封縣等；有的是當時的詩歌縣，如登封縣、魯山縣、太康縣、扶溝縣、鄢陵縣等；有的是該縣在新民歌運動時期，從事創作新民歌的人員較多，且有很多新民歌作者享譽全省，甚至全國，並在報刊上發表過多篇作品，如登封縣在全省較有名氣的新民歌作者就有鍾庭潤、范海亮、趙改名、孟召獻、馮銀富、佘項民、王法魁、白永貴等人，其作品

〔註 8〕天鷹《1958 年中國新民歌運動》，上海文藝出版社，1959 年，第 9、10 頁。

多次在《人民日報》、《民間文學》、《河南日報》、《奔流》等報刊發表。之所以選取這些縣市，是利於找到當時參與新民歌創作的人員，或者易於找到一些當時留下來的文獻資料。

二是從選取的被走訪人員來看，大躍進時期的新民歌的主創人員，包括鄉村知識分子、下放幹部、鄉村教師、新型農民等人員，在進行創作時，年齡一般都在 30 歲以上，而 1958 年已經距離今天 50 餘年，那麼這部分主創人員現在的年齡已經是 80 歲以上，經歷了 50 餘年的變化，由於政治、歷史、生理等各方面的原因，這些主創人員絕大部分已經去世。即使還活著的一些作者有的也因爲自身健康狀況的原因，已經記憶不清晰，如當時創作力最爲旺盛的一位登封的新民歌作者，現今由於患腦血栓，神智時而清晰，時而模糊，給走訪工作帶來很大不便。因此，在走訪對象的選取上，首先盡量找到還健在的新民歌作者進行訪談，以獲得最直接、最眞實的資料；其次是找到一些當時較爲年輕的人員進行走訪，或者是當時年齡 30 歲以下的農民，或者是當時在校的中小學生、高中生等人進行採訪；或者是走訪已經病故的新民歌作者的子女或當時的鄉鄰，通過他們的回憶新民歌作者進行新民歌創作的情況等等，以間接方式獲得一些資料。

三是無法迴避的客觀原因。由於在大躍進年代絕大部分在報刊上發表的詩歌或者集結成冊的詩歌，沒有書作者的名字，只是署名「XX 縣民歌」、「XX 搜集」、「XX 整理」，大部分情況只是署名某地區的民歌。原因是由於有新民歌是集體的創作或者是一些人員委託農民名義的僞作，或者是在民歌的搜集和整理人員采集的是群眾的口頭創作，有的是直接從宣傳欄上抄寫下來的，因當時在各農業社、生產隊宣傳欄上張貼出來的詩歌，根本沒有署作者的名字，所以造成在走訪過程中找到原作者的困難，還有的是原作者經歷了大躍進後的幾十年的變遷，有的作者已經病故，有的作者已經幾次調動單位，現在無從考證原單位，還有的作者後來隨著文化的提高，已經離開農村，到縣城工作。因此，走訪的對象還是以當時的社員爲主要群體，依靠社員的回憶和口述來揭示眞相。

另外，在這些訪談的過程中，讓這些人員去回憶 50 年前沒有任何文字記錄的事情，難免有些疏漏或錯誤，還要與相關的檔案文獻相對照。因此，本人又去了河南省檔案館、鄭州市檔案館、開封市檔案館、周口市檔案館、許昌市檔案館以及一些縣（市）的檔案館，查閱保存下來的相關資料進行核對，甄別。但這些採訪的對象，畢經是從大躍進時代走來，在對他們的採訪中，還是可以看到新民歌創作的眞實狀況。

（一）頒佈創作規劃

在全國各條戰線進行生產大躍進的同時，文藝界也不甘落後，也向全國作家、藝術家們發出號召，開展轟轟烈烈的文藝大生產運動，力爭創作出數量多、質量高的文藝精品。3 月初，中國作協書記處在進行充分探討的基礎上，制定和下發了全國文藝界發動文藝大生產運動的綱領性文件《文藝躍進規劃 32 條》，對全國的文藝創作進行指導和規劃。《文藝躍進規劃 32 條》的具體內容後來在《作家通訊》第六期中得到具體的闡釋。1958 年 3 月 6 日，中國作家協會書記處舉行擴大會議，討論文學工作大躍進問題。會議提出，要組織更多的作家深入生活，年內應爭取 1000 個以上的作家到群眾生活中去。同時要求各地作家協會和作家要制定創作規劃。

1958 年 6 月，一本中國作協編發的《作家通訊》發到了每個會員的手上，共列舉了 303 位作家的創作規劃，其中一些作家的創作規劃如下：

> 被擺在第一位的是作家老舍的 1958 年寫作計劃：大型歌劇一本、大型京劇一本、多幕話劇一本、相聲一或二段、鼓詞一首、短文二十篇。
>
> 當然還有比老舍更「短小精悍」的，周而復、蒯斯曛的 1958～1959 年的創作規劃都只有 4 個字，前者是「長篇兩部」，後者是「中篇一部」。
>
> 陳山的兩年躍進規劃：完成創作十部約一百萬字，其中詩集五部，詩論一部，長篇小說《四明山》一部（四十萬字），多幕話劇一個，戲曲劇本一個，報告文學一部。
>
> 韓笑的三年創作規劃：寫抒情詩 150 首，3000 行；勞動頌 100 首，1000 行（讚美各種勞動的）；商品宣傳詩 150 首，750 行；歌詞 50 首，1000 行；兒童詩 30 首，1500 行；政治抒情長詩 10 首，8000 行；祖國頌（長詩）2000 行；毛澤東頌（長詩）5000 行；盼望（敘事詩）6000 行，總計長短詩 493 首，28500 行。
>
> ……〔註 9〕

〔註 9〕參見何季民《中國作家在 1958》，載《中華讀書報》，2008 年 7 月 30 日。

爲了響應毛澤東提出的收集和創作新民歌的號召，同年4月26日，中共中央宣傳部副部長、中國作家協會黨組書記周揚主持召開了中國文聯、作協、民間文藝研究會的民歌座談會，發出了「採風大軍總動員」。在5月召開的中共八大二次會議上，周揚又作了《新民歌開拓了詩歌的道路》的報告，談到：「解放了的人民，在爲多、快、好、省建設社會主義的偉大鬥爭中所顯示出來的革命幹勁，必然要在意識形態上，在他們口頭或文學創作上表現出來，不表現是不可能的。現在群眾文藝創作如何發展，我們的國家簡直說得上是一個詩國」。「民間歌手和知識分子之間的界限會逐漸消泯。」「到那時，人人是詩人，詩爲人人欣賞。這樣的時代是一定會到來的。因此，要大規模地有計劃地收集民歌，就非全黨動手、全民動手不可了。」〔註10〕全國各地也成立採風組織和編選機構，各地報刊紛紛開闢民歌專欄。

在中國作協的動員和號召下，作家們紛紛上山下鄉，與工農兵相結合，向工農兵學習生產，學習新民歌創作。《人民日報》、《中國青年報》、《詩刊》、《民間文學》等國家級報刊以及各省市的一些報刊，開始登載這些上山下鄉的作家以及工農兵詩人寫的民歌作品。

在中國作協的動員、號召和上海作協的挑戰下，全國各省市作協紛紛相應作協的號召，接受上海作協的創作競賽的挑戰，給省市作協之間也展開了相互之間的創作挑戰。各省市相繼制定出本省市文化躍進規劃，提出具體的量化指標，下發到全省各地市作協、文化宣傳部門，全省各市縣也根據省委下達的創作計劃，迅速地制定出本市縣的文藝躍進規劃，並迅速展開以新民歌創作爲主要創作內容的文藝躍進生產運動。這樣從中央到地方，都制定出了文藝大躍進規劃，成爲進行新民歌以及其他文藝作品創作的指導性、綱領性文件。各地的專業作家、工農兵業餘作家都在本縣市創作躍進規劃的指導下，爲完成、超額完成躍進目標努力，開展轟轟烈烈的以新民歌創作爲主體的文藝大生產運動。

文藝躍進規劃的制定與下達，看似與新民歌的創作關係不是十分密切，但每個地市躍進規劃的制定都是與全國大躍進的形勢僅僅聯繫在一起的，一些創作計劃，光看具體地數字，已經是高不可攀。在全國文藝大放衛星的時代，一些省市在幾天內、甚至一天內將創作目標一提再提，提到無法再提高的地步，迫使專業作家和工農兵詩人們不分晝夜地去創作新民歌作品，將這

〔註10〕周揚《新民歌開拓了新詩的新道路》，載1958年《紅旗》創刊號。

些專業、業餘作家的創作能力發揮到極致，甚至無以復加的程度。另外，各省市的專區、縣爲跟上文藝衛星的步伐，在上一級部門下達創作任務的基礎上，又大大地提高創作計劃，下達給下級部門，在規劃、計劃的層層下達過程中，創作數量在節節攀升，作家、詩人們的創作壓力也在步步加大，強迫作家們忘我般地去創作。

試以河南省爲例，看看創作計劃是如何層層相加的。1958 年 2 月 25 日，河南省文聯召開第五次常委（擴大）會議，討論如何在大躍進的新形勢下，開展文藝創作的大躍進。會上，河南省文聯黨組書記杜希唐作了《讓我省文藝工作也來一個大躍進》的報告，提出了河南省文藝躍進的十年、五年、三年和 1958 年的指標，即：

> 在十年內，要組織會員和作者創作出 18550 個文藝作品。其中戲曲 1000，小說散文 2000，歌曲 5000，繪畫 3000，詩 3000，評論 3000，電影劇本 50，曲藝 1500。另外，整理戲劇傳統劇目 1000；整理民歌、快板 30000；在每一個農業社、工廠、連隊、學校、商店、劇團、機關、群團等方面建立文藝通訊組；培養青年作者 4000 人（其中工農兵作者 2400 人）；向全國推薦優秀作品 600 篇（幅、部）。
>
> 在五年內，要求創作出文藝作品 8315 個。其中戲曲 500，小說散文 1000，歌曲 1500，繪畫 1500，詩 1500，評論 1500，電影劇本 15，曲藝 800。另外，整理傳統劇目 500；整理民歌、快板 15000；在大部分農業社、工廠、連隊、學校、商店、劇團、機關、群團等方面建立文藝通訊組；培養青年作者 2000 人（其中工農兵作者 1200 人）；向全國推薦優秀作品 300 篇（幅、部）。
>
> 在三年內，要求創作出 5010 個文藝作品。其中戲曲 300（包括改編、創作），小說散文 600，歌曲 1000，繪畫 1000，詩 600，評論 1000，電影劇本 10，曲藝 500。另外，整理戲劇傳統劇目 300；整理民歌、快板 10000；向全國推薦優秀作品 200 篇（幅、部）；培養青年作者 1500 人（其中工農兵作者 800 人）；在工廠農村每一個農業社建立一個通訊組，在學校、商店、部隊、機關、團體、劇團建立文藝通訊組 1000 個。

1958 年要求創作文藝作品 1983 個。其中戲曲 80，小說散文 150，歌曲 200，繪畫 300，詩 200，文藝評論 300，電影劇本 3，曲藝 150。另外，整理戲劇傳統劇目 100；整理民歌、快板 4000；在農業社、工廠、商店、學校、劇團等單位建立文藝通訊組 5000 個。

同時，肯定時代給予了光榮的任務，要勇於承擔，努力爭取「十年規劃，一年完成」。〔註 11〕

4 月 25 日，河南省文化局就根據省文聯召開第五次常委（擴大）會議精神制定出了 1958 年《河南省文化藝術工作躍進規劃》（河南省文化躍進規劃 20 條）。在《河南省文化藝術工作躍進規劃》制定的過程中，在規劃的內日內容和指標上經歷了幾次大的改動，最初是確定十六條規劃內容，後增加至十八條，最終確定爲二十條，各項指標也是一再提高，最終下發到各省轄市、專區的全省 1958 年創作指標爲：

民歌、快板 100 萬件；劇本 10 萬個；歌曲 5 萬首；曲藝 16000 段；美術作品 8 萬件；舞蹈節目 1500 個；小說、散文 1 萬篇；詩 1 萬首；文學評論 1 萬篇。〔註 12〕

（省文化局制定的全省文藝躍進規劃指標）

按 1958 年河南的行政區劃分，河南省有鄭州、開封、洛陽、安陽、新鄉、焦作、平頂山、三門峽、鶴壁等 9 個直轄市，新鄉、安陽、商丘、開封、洛陽、許昌、信陽、南陽等 8 個專區，按省文化局制定的文藝大躍進規劃指標，每個直轄市、專區完成的計劃目標平均大致應爲：

民歌、快板 6 萬件；劇本 6 千個；歌曲 2600 首；曲藝 1000 段；美術作品 4000 件；舞蹈節目 100 個；小說、散文 500 篇；詩 500 首。（省文化局向各省轄市及各專區下達的大致創作指標）

但各直轄市、專區在接到省文化局下發的文藝躍進規劃後，都在省文化局下達的指標的基礎上重新制定出更高的規劃指標。

如信陽專區制定出的本專區文藝躍進規劃指標爲：

民歌、快板 20 萬件；劇本 12 萬個；歌曲 1 萬首；曲藝 5000

〔註 11〕杜希唐《讓我省文藝工作也來一個大躍進》，載《奔流》1958 年第四期。

〔註 12〕《1958 年河南省文化藝術躍進工作規劃》，存河南省檔案館，文化局 1958 年卷。

段；美術作品 2 萬件；舞蹈節目 100 個；小說、散文 200 篇；詩 500 首。〔註 13〕

新鄉專區制定出的本專區文藝躍進規劃指標爲：

民歌、快板 24 萬件；劇本 24000 個；歌曲 12000 首；曲藝 3840 段；美術作品 192000 件；舞蹈節目 360 個；小說、散文 4800 篇；詩 1200 首。〔註 14〕

許昌專區制定出的本專區文藝躍進規劃指標爲：

民歌、快板 24 萬件；劇本 1 萬個；歌曲 5000 首；曲藝 5000 段；美術作品 10000 件；舞蹈節目 160 個；小說、散文 1800 篇；詩 2400 首；文學評論 1800 篇。〔註 15〕

商丘專區制定出的本專區文藝躍進規劃指標爲：

民歌、快板 100 萬件；劇本 15000 個；歌曲 10000 首；曲藝 8000 段；美術作品 10000 件；舞蹈節目 150 個；小說、散文 1000 篇；詩 2000 首。〔註 16〕

洛陽專區制定出的本專區文藝躍進規劃指標爲：

民歌、快板 10 萬件；劇本 12000 個；歌曲 4000 首；曲藝 1500 段；美術作品 8000 件；舞蹈節目 400 個；小說、散文 1500 篇；詩 2000 首。〔註 17〕

……

從以上所顯示的省文化局制定的全省文藝躍進規劃指標、省文化局向各省轄市及各專區下達的大致創作指標以及各直轄市、專區在省文化局下達的文藝躍進規劃指標基礎上所制定出的本轄區的文藝躍進指標來看，各直轄市、各專區的指標遠遠超過省文化局指定的預期創作目標。在省文化區制定的各項

〔註 13〕《信陽專區一九五八年文化藝術工作躍進規劃（草案）》，存河南省檔案館，文化局 1958 年卷。

〔註 14〕《新鄉專區一九五八年文化藝術工作躍進規劃（草案）》，存河南省檔案館，文化局 1958 年卷。

〔註 15〕《許昌專區一九五八年文化藝術工作躍進規劃（草案）》，存河南省檔案館，文化局 1958 年卷。

〔註 16〕《商丘專區一九五八年文化藝術工作躍進規劃（草案）》，存河南省檔案館，文化局 1958 年卷。

〔註 17〕《洛陽專區一九五八年文化藝術工作躍進規劃（草案）》，存河南省檔案館，文化局 1958 年卷。

文藝形式的創作計劃，一般幾個省轄市或專區就可以超額完成，甚至省文化局指定的全省快板、民歌要完成 100 萬件的任務，商丘一個專區就可以完成。誠然，文藝躍進規劃指標在逐級下達的過程中，也在一步步的攀高。當這些高指標下達到各縣的鄉、農業社、生產隊進行的創作時，所看到的數字是無法想像的。如河南洛陽專區制定的本專區文藝躍進規劃指標如上所示，已經是非常的高。但在下達到所轄各縣，各縣依照洛陽專區下達的創作計劃制定本地的文藝躍進指標時，各項數字相當可觀。這些已經很清晰的創作數據，迫使著各農業社、生產隊去想盡一切辦法，採取一切措施，設法去完成這些創作規劃，以便盡早的放出文藝衛星。我們看下面河南洛陽專區《欒川縣 1958 年文藝創作躍進規劃指標》〔註 18〕，只看如下的表格，毋庸多言，就會一目了然。

〔註 18〕《欒川縣 1958 年文藝創作躍進規劃指標》，存河南省檔案館，文化局 1958 年卷。

洛陽專區欒川縣文藝創作任務一九五八年計劃表

單位	電影劇本	話劇（部）		歌劇（部）		戲曲（個）		曲藝（個）	舞蹈（個）	革命回憶錄（篇）	小說（本）			音樂		美術						長詩（本）	民歌（本）	民間故事選	報告文學（篇）	論文（篇）	革命史縣志工廣公社史
		1.5至3小時	小型	1.5至3小時	小型	大型	小型				長篇	中篇	短篇	大型（部）	歌曲（首）	油畫（幅）	年畫（幅）	剪紙（本）	國畫（幅）	連環畫（套）	壁畫（本）						
專署分配任務	3	1	10	1	10	3	60	65	20	2	1	4	5	2	5	4	10	2	6	1	2	3	5	3	1	2	1
三川	1	1	12	3	4	4	30	40	20	3	3	5	6	3	6	4	20	2	10	5	4	5	6	4	2	3	
澐頭	1	2	12	2	4	5	30	50	30	4	3	5	6	4	8	5	25	4	20	5	4	6	7	4	3	4	

單位	電影劇本	話劇（部）		歌劇（部）		戲曲（個）		曲藝（個）	舞蹈（個）	革命回憶錄（篇）	小說（本）			音樂		美術						長詩（本）	民歌（本）	民間故事選	報告文學（篇）	論文（篇）	革命史縣志工廣公社史
		1.5至3小時	小型	1.5至3小時	小型	大型	小型				長篇	中篇	短篇	大型（部）	歌曲（首）	油畫（幅）	年畫（幅）	剪紙（本）	國畫（幅）	連環畫（套）	壁畫（本）						
欒川	1	5	12	3	4	6	40	60	40	4	4	5	7	5	10	6	30	5	20	6	5	6	10	4	4	5	
白獅	1	1	10	1	3	3	20	30	15	1	2	3	3	2	4	3	20	2	5	3	3	3	4	2	1	2	
陶灣	1	1	10	1	3	3	25	30	25	2	2	3	5	2	4	3	15	3	15	4	4	4	4	3	1	2	
廟子	1	1	10	2	4	4	30	40	25	4	3	3	5	3	6	3	15	4	5	4	3	3	4	3	2	2	
合峪	1	1	10	1	3	3	20	20	15	2	2	2	4	2	4	2	15	2	5	3	3	2	3	2	1	1	

單位	電影劇本	話劇（部）		歌劇（部）		戲曲（個）		曲藝（個）	舞蹈（個）	革命回憶錄（篇）	小說（本）			音樂		美術						長詩（本）	民歌（本）	民間故事選	報告文學（篇）	論文（篇）	革命史縣志工廣公社史
		1.5至3小時	小型	1.5至3小時	小型	大型	小型				長篇	中篇	短篇	大型（部）	歌曲（首）	油畫（幅）	年畫（幅）	剪紙（本）	國畫（幅）	連環畫（套）	壁畫（本）						
一中	2	2	3	2	3	2	3	40	17	2	2	4	6	4	8	3	13	4	5	3	2	2	2	3	2	3	
澐頭初中	1	1	2	1	2	1	1	2	5	1	1	2	3	1	3	1	3	1	1	1	1	1	1	1	1	1	
三川初中	1	1	2	1	2	1	1	2	3	1	1	2	4	1	3	1	3	1	1	1	1	1	1	1	1	1	
電影隊	1	1	2	1	1	1	1	2	1	0	1	1	2	1	2	1	1	0	0	2	1	1	1	1	0	1	

單位	電影劇本	話劇（部）		歌劇（部）		戲曲（個）		曲藝（個）	舞蹈（個）	革命回憶錄（篇）	小說（本）			音樂		美術						長詩（本）	民歌（本）	民間故事選	報告文學（篇）	論文（篇）	革命史縣志工廣公社史
		1.5至3小時	小型	1.5至3小時	小型	大型	小型				長篇	中篇	短篇	大型（部）	歌曲（首）	油畫（幅）	年畫（幅）	剪紙（本）	國畫（幅）	連環畫（套）	壁畫（本）						
劇團	0	1	3	2	3	3	4	4	3	0	0	0	0	1	3	1	3	0	2	1	1	1	2	1	0	0	
合計	12	18	88	20	36	36	205	320	199	24	24	35	51	29	61	33	163	29	89	38	32	35	45	29	18	25	1

全國其他各省、市也是如此，都是迅速地制定出本省、市的文藝創作躍進規劃指標，及時下發到省內各專區、縣、鄉、農業社，展開以新民歌創作爲主要形式的文藝創作活動。如：

廣西壯族自治區文聯在 4 月 15 日以《全區文藝工作者快馬加鞭齊躍進！——區文聯給全區文藝工作者的公開信》的形式，制定和下發了本區在文藝創作上的 1958 年及今後三年、五年的奮鬥目標，即：

第一，……。使本區文聯會員今年內達到 620 人，三年內達到 910 人，五年內達到 1600 人，五年內工農會員共占 50～70%。

第二，……。現在分一年、三年、五年，提出以下指標。

一年：

①小說、散文、特寫 509 篇（其中長篇小說 9 部）

②詩歌 1500 首　　③話劇劇本 20 個

④戲曲劇本 30 個　　⑤電影文學劇本 5 個

⑥整理民間文學 300 篇　　⑦歌詞 150 首

⑧歌曲 100 首　　⑨繪畫 1000 幅

三年內：

①小說、散文、特寫 3530 篇（其中長篇小說 30 部）

②詩歌 4000 首　　③話劇劇本 60 個(其中多幕劇 8 個)

④戲曲劇本 80 個　　⑤電影文學劇本 30 個

⑥整理民間文學 2000 篇　　⑦歌詞 1000 首

⑧歌曲 1500 首　　⑨繪畫 4000 幅

五年內：

①小說、散文、特寫 5000 篇（其中長篇小說 50 部）

②詩歌 7000 首　　③話劇劇本 120 個

④戲曲劇本 160 個　　⑤電影文學劇本 50 個

⑥整理民間文學 5000 篇　　⑦歌詞 3000 首

⑧歌曲 35000 首　　⑨繪畫 9000 幅

第三，加強文藝理論批評工作。……。我們的指標是：

一年：

①文藝理論及文藝思想評論 100 篇

②文藝作品評介 150 篇

③影劇評介 300 篇

三年：

①文藝理論及文藝思想評論 400 篇

②文藝作品評介 800 篇

③影劇評介 1200 篇

五年：

①文藝理論及文藝思想評論 1000 篇

②文藝作品評介 2000 篇

③影劇評介 3000 篇

……

第五，擴大文藝隊伍，在工農群眾中培養業餘作者，在有條件的工廠、合作社、部隊發展業餘創作組。凡有業餘創作組的地方，制定就近水平較高的會員進行輔導。業餘文藝創作組人數指標是：

一年：文學創作組 300 人，美術創作組 150 人。

三年：文學創作組 3000 人，美術創作組 500 人。

五年：文學創作組 8000 人，美術創作組 1500 人。〔註 19〕

江蘇省 3 月 13 日對上海作協提出的社會主義創作競賽給予回應，「我們江蘇全省文學工作者，相應中國作家協會的號召，贊同作協上海分會的倡議，我們一定在社會主義的列車上，和時間賽跑，立志做政治上的革命派、生產上的促進派和藝術上的革新派，立即行動起來，躍進，再躍進！」，並制定和下發了江蘇省文藝躍進目標，即：

第一、……，全省作家協會分會會員在五年內達到五百人，……，要求每個文學工作者都有有紅又專的具體規劃。

……

第三、堅決貫徹『百花齊放，百家爭鳴』的方針，五年內寫出具有一定質量的文學作品三萬件左右（提倡試寫各種文學形式的作

〔註 19〕《全區文藝工作者快馬加鞭齊躍進！——區文聯給全區文藝工作者的公開信》，載《紅水河》1958 年第五期。

品，特別是爲群眾歡迎、又缺少的形式如特寫、劇本、廣播劇、曲藝等等）：

①小說、散文、特寫 8000 篇

②創作劇本（反映現代生活爲主）1500 個

③整理傳統 2500 個　　④電影文學劇本 70 個

⑤詩歌 5000 首　　⑥歌詞 2500 首

⑦新聞紀錄電影腳本 60　　⑧整理口頭文學 5000 篇

⑨曲藝 5000 篇

第四、……，在五年內完成以下項目：

①文學理論、研究及文學史專著 100 部

②文藝思想辯論及作者評論 500 篇

③編纂中國古典文學選輯 40 部

④電影、戲劇與書刊評介 3000 篇

⑤文藝知識小叢書 50 種

……

第六，爲擴大文學隊伍，在工農群眾中大力培養業餘作者，發展業餘創作組，在五年內有一支八千到一萬人的業餘作者隊伍，成爲縣報及農村俱樂部的創作骨幹，並使廠廠、社社都有業餘創作小組，組織作家有重點地進行輔導，每個作家至少輔導一個組。

用徵文、評獎的辦法鼓勵業餘創作。〔註 20〕

3 月 2 日，四川文藝界也舉行大躍進會議，作家、詩人、音樂家、畫家、劇作家和文藝工作者五百多人，訂出了集體和個人的躍進規劃，許多業餘詩人、作者也制定出了自己一年、五年的創作規劃。如作家戈壁洲五年內完成 1 萬行的長詩一部，出版四本詩集；段可情 1958 年計劃寫詩 1000 行，散文和特寫 50000 字；業餘詩人、工人作者景宗富在兩年內計劃寫短詩四十首，散文十篇。〔註 21〕

另外，有的省市、專區還要求所下的各地方在制定文藝創作規劃時，也要像制定經濟大躍進各項指標一樣，有兩本賬，第一本賬時必須完成的創作

〔註 20〕《江蘇省文藝工作者行動起來》，載《雨花》1958 年四月號。

〔註 21〕《金鼓齊鳴，百花爭放》，載《星星》1958 年第 4 期。

目標，第二本賬是力爭完成的創作目標，如河南省商丘專區在照開全區文藝創作躍進會議時，要求各所轄各縣在制定文藝創作躍進指標時，「每單位必須有兩本賬，要以代表團爲單位回去以專區下達計劃作爲你們的第一本賬，報專一份；還要有作爲專區檢查你們工作力爭完成的第二本賬，報專的一本是必須完成的，爭取的是自己的第二本賬。」〔註22〕

（二）組建創作大軍

面對如此巨大的創作計劃，對任何一個農業社、生產隊而言，都是一項極其棘手的任務，但每一級部門在下達文藝規劃時，都要求各級黨委領導要親自掛帥，把新民歌等文藝作品的創作當作一項政治任務保質保量地來完成。在各項文藝創作任務相繼下到後，各縣市、鄉鎮、農業社、生產隊想盡各種辦法，動員一切可以動員的力量，組建創作隊伍，全力開展創作工作，以期創作規劃的超額完成。

1. 規模性建設文化館（站）、農村俱樂部

在全國文藝生產大躍進的形勢下，各省、市都積極地進行各項文化服務性設施的建設，爲文學創作奠定良好的的基礎。其實，各省市在進行文藝大躍進生產的過程中，在互相學習互相推廣的過程中，採取的措施、方法也大致相同。在各省、市、專區、縣相繼制定和下發文藝躍進規劃各項高指標的情況下，想盡一切辦法去完成這些創作高指標，是每一級人員首先要面臨的課題，而要完成這些創作任務，不僅要有一定的人員從事創作，還要有相關的文化設施提供創作環境，並要給這些創作人員創作時間的充分保證。要獲得一定數量的創作人員，就要有一定的組織機構去聯繫和管理這些人員的創作，那麼，分佈在各省、市基層的兩種群眾性文化機構起到重要的作用，即在各縣、鄉的文化館（站）和在各農業社成立的農村俱樂部。

各縣、鄉的文化館（站）和各農業社的農村俱樂部都是一種群眾性的文化組織，都是爲了繁榮和活躍基層群眾文化生活而設立的一種文化性機構。文化館（站）、俱樂部這些群眾性的組織，在文藝大躍進之前在各鄉鎮、部分農業社已經建立了一部分，但數量較少，一般一個鄉才建設一個公辦的文化站，只有較大的農業社才建設有農村俱樂部這樣的群眾性組織，規模較小的

〔註22〕《商丘專區文化藝術工作全面大躍進誓師代表會議總結》，存河南省檔案館，文化局1958年卷。

農業社一般不建立農村俱樂部，或者幾個農業社聯合建立一個農業俱樂部。

文化館（站）的任務主要是在當地黨和政府的統一領導下，配合完成文化大普及的作用，加強對農村俱樂部的業務領導，結合黨和政府各個時期的政治運動和生產任務。其人員一般利用農閒時間或者平時勞動休息時間，經常深入到各鄉村，組織開展一些豐富多彩的、群眾喜聞樂見的文化活動；進行流動性文化服務，指導群眾業餘文藝團隊建設，輔導和培訓群眾文藝骨幹，提高群眾文化素質；同時，也積極組織並指導群眾文藝創作，收集、整理、研究非物質文化遺產，開展非物質文化遺產的普查、展示、宣傳活動，指導傳承人開展傳承活動；開展一些文化知識、科技知識的普及活動，或進行一些展覽，或宣傳一些時事政策等。歸納說來有五點：組織站辦文化宣傳示範活動；幫助發展與鞏固農村文化組織，收集業餘創作作品；供應給個俱樂部宣傳演唱材料；利用各種業餘形式培養文化活動積極分子；組織全鄉性的各種文藝觀摩評比匯演。〔註 23〕其實，文化（館）站雖然是群眾性的文化事業機構，但它不僅代替鄉人委管理全鄉的群眾文化活動，而且也起著縣、鄉宣傳部門和農村俱樂部關係的溝通作用。

新民歌運動開始後，爲聯繫最多數的的新民歌業餘創作者，以盡快盡早地完成各項創作指標，各縣、鄉開始在各農業社進行以民辦爲主，公辦爲輔的農村文化館（站）建設。建立文化館（站）的具體辦法是：由鄉黨委或鄉主幹會議研究，確定方案後社幹會上貫徹，並指定專人（一般由鄉文教負責）本著「勤儉辦事業的精神，因地制宜，因陋就簡」的原則，開展館（站）的建設工作。人員由文化館（站）所在地的生產隊內選拔政治可靠，群眾中有威信，具有初中文化程度，喜愛文藝工作並有一定文藝專長的人員組成。一是生活問題易於解決，在自家裏吃住；二是各方面都熟悉，有利於開展工作。經費開支兩項，人員待遇（每月 25 個工作日）和業務公雜費（每月 7～10 元）。人員報酬由人員所在農業社解決，業務共雜費有各社共同分擔。文化館（站）經費由鄉財政分夏、秋兩季徵收，或放在鄉自籌內徵收。房子有鄉或當地社解決，實行四室（圖書、閱覽、遊藝、展覽）合一的方法。文化館（站）的設備和用具一般爲：一床、一桌、一案，一條書櫃，數條凳子，一塊黑板，由鄉或當地社解決。通過群眾性的自辦自建，可以充分發揮群眾的力量，節

〔註 23〕《柘城縣群眾文化藝術工作在新形勢下的開展情況與今後意見》，存河南省檔案館，文化局 1958 年卷。

約國家經濟開支，集中力量發展工農生產，增加農村文化工作的輔導力量，促進農業文化事業的繁榮和發展。

各縣在文化館（站）的建設上還實行躍進的方式，以加快建設，如河南嵩縣爲趕在「五一」前完成任務，縣委決定一切會以暫時不開，採取緊急措施，幹部分片包幹，到各鄉貫徹和幫助建設館（站），同時驗收俱樂部。在建設過程中，提出了「跨萬水，越千山，眼熬爛，腿跑斷，鄉鄉都走遍，幫助建立文化站，五年任務要在十天實現」的建設口號。〔註 24〕

而農村俱樂部則完全是各農業社自發成立的一種民間群眾組織，是在農業社黨支部和社區管理委員會領導下，把農村的零星文藝形式組織起來，設一固定的場所，方便社員在業餘時間內到俱樂部去接受教育。它既是社會主義農村的高級文化娛樂形式，又是一種小型多樣的文化活動的綜合而建立起來的組織；通常利用農閒和勞動的空隙，組織一些民間性的自娛自樂式的文藝活動，以繁榮和活躍群眾們的日常文化生活。在俱樂部的建設上，各農業社都是本著勤儉建社、勤儉辦部的方針，採取業餘開展，小型多樣，服務生產，服務社員，閒時集中，忙時分散的原則進行。各縣都規定每個農業社根據本社的規模大小和人員的多少情況，最少要建設一個農村俱樂部，規模較大的農業社可以建設 2～3 個俱樂部，由各農業社的黨支部書記負責總管理，並設有正負主任，四個活動股。宣傳股：宣傳貫徹黨的方針政策，股東生產情緒；文藝股：負責社員文化娛樂活動；文化學習衛生股：負責圖書，農民學習文化，貫徹衛生知識；科學技術股：負責傳授科學技術知識。一般吸收本社的一些文藝骨幹、下放幹部、中小學教師、民間口頭創作者和農業社其他幹部參與管理和開展文藝活動。農村俱樂部還開設有社圖書室，爲社員提供一些圖書、報刊的閱覽，平時有本社中的團委中的人員進行管理。幹部下放後，各農業社也吸收一部分下放幹部充實到農村俱樂部中，充分發揮這些人的文化優勢，幫助社區開展一些文化活動，普及文化知識，教一些農民識字、讀書、讀報等活動，豐富農民的文化生活。這些群眾性機構在文藝大躍進時期，尤其是新民歌的創作活動的開展後，對以新民歌爲主要創作形式的各種文藝活動的開展，起到至關重要的作用。有一首快板概括了俱樂部在文藝創作等方面的活動情況：

〔註 24〕《嵩縣文化普及工作總結》，存河南省檔案館，文化局 1958 年卷。

生產大躍進，氣象日日新；社社俱樂部，文化滿鄉村。

户户黑板報，隊隊讀報聲；人人編民歌，詩歌滿牆頭。

遍野躍進棚，早晚廣播聲；到處是壁畫，標語滿農村。

人人搞文娛，遍地是歌聲；月月有晚會，天天有活動。〔註 25〕

一些縣對俱樂部文化活動也提出了具體要求：

創作似湧泉，歌聲遍全縣，宣傳常帶頭，演唱上前線，展覽到處有，書報到田間，晚會月月辦，內容都新鮮，推動中心好，服務大生產。〔註 26〕

在文藝生產大躍進的號召下，爲盡快地推動各種文藝創作的迅猛開展，各縣、鄉、農業社都提出建設目標，規模性地建設農村俱樂部。以河南省爲例，文藝大躍進後，爲完成各項創作任務，在省委、文化局的動員和號召下，各鄉、各農業社大批量地建設文化館（站）、農村俱樂部，以充分發揮這兩個組織的文藝優勢。河南省在《1958 年河南省文化藝術工作躍進規劃》中提出：我們要大幹一年，做到「月月都有電影看，城鄉都有好戲聽，創作大軍有百萬，遍地都有歌唱聲，社社都有俱樂部，實現文化大革命」的文化躍進總體目標。同時提出，爲完成今年全省的文藝創作目標，要「動員百萬創作大軍，組織十萬業餘作者，建立六萬創作小組，大力開展以反映現實鬥爭爲中心的創作活動。」爲確保這些創作目標的順利完成，要求全省在 1958 年的「五一」以前要普及俱樂部網，社社要建立俱樂部，每個俱樂部至少包括一個圖書室、一個業餘劇團、一個業餘創作組、一個幻燈放映組、一至三塊黑板報。每個俱樂部還要設立圖片等流動展覽點，做到：宣傳鼓動不間斷，書報演唱上前線，文藝晚會月月有，展覽內容月月換。俱樂部普遍建立後，應立即採取措施，使之圍繞黨的中心工作和生產運動開展經常性的文化活動，對生產和中心工作起到推動作用。；每個農村俱樂部的生產隊，要有讀報組，黑板報組，土廣播組，歌舞組，圖書流動站，文藝演唱組。〔註 27〕

全省一些專區、市、縣在農村俱樂部建設上也提出了各自的目標，如：

〔註 25〕《中共汲縣縣委宣傳部 關於如何辦好農村文化站的幾點意見》，存河南省檔案館，文化局 1958 年卷。

〔註 26〕《湯陰縣人民文化館五八年工作規劃》，存河南省檔案館，文化局 1958 年卷。

〔註 27〕《1958 年河南省文化藝術工作躍進規劃》，存河南省檔案館，文化局 1958 年卷。

信陽專區在文藝躍進規劃中提出全區全年要建立俱樂部 20000 個；新鄉專區俱樂部 10306 個；許昌專區俱樂部 60000 個；商丘專區俱樂部 10267 個，；洛陽專區俱樂部 15000，……。

各縣市也在所屬專區計劃下達後，制定出了本縣市的全年俱樂部的建設計劃目標，如：

中牟縣計劃全年建設俱樂部 582 個；鄢陵縣爲俱樂部 700 個；長葛縣爲俱樂部 535 個……。

這些文化館（站）、俱樂部除一小部分爲公辦外，其餘大部分都社各農業社自辦，依靠各農業社動員社員的力量進行自辦，沒有場地，就把文化館（站）、俱樂部建設在社員家裏，沒有書籍，動員下放幹部、在校學生，鄉村教師、社員等人進行捐助，一般都是較爲簡陋的群眾性組織。另外，還要求截至 1958 年上半年，河南省各鄉、農業社、生產隊創建的文化館（站）已達到 4830 個，相當於國家創辦的 33 倍，並都配備了專職幹部。農村俱樂部也由 1957 年的 14345 個發展到 54279 個，增加將近 4 倍。文化館（站）和農村俱樂部的建立，爲新民歌運動的順利開展奠定了良好的基礎，各縣、鄉、農業社以此爲中心，全力指導新民歌創作人員進行以新民歌創作爲主要形式的文藝躍進創作活動。

2. 組建創作大軍，建立創作組

在全國各縣、鄉的文化館（站）、農村俱樂部普遍建立的基礎上，以此爲中心組建起進行新民歌創作的創作人員就成爲各縣、農業社考慮的問題，如何建立起以創作組爲中心的業餘創作大軍，也成爲進行新民歌創作的必須條件。因此，各縣、鄉都根據實際情況，制定出措施和方法，以創建寫作組，組織文藝創作大軍，開展新民歌的創作活動。

每個農業社俱樂部成立後，立刻著手進行對本社的文藝人員狀況進行調查，做好文藝業餘活動骨幹的組織和培養工作。以生產隊爲單位，逐戶進行社員的文化層次、文藝狀況進行登記，然後根據每個社員的現實狀況進行分類，按照文藝特長分成若干小組，有文藝創作組、文學寫作組、宣傳組、廣播組、歌詠隊、演出隊等等，由下放幹部、中小學教師有計劃地根據每個小組的特長進行指導和培訓，不斷擴大業餘文化隊伍的數量和質量。在各地市、縣市的躍進規劃匯總都明確的規定了全年建設文藝創作大軍的數量、建立創作、寫作小組的數量以及發展的業餘作家、作者的數量。如在河南省各專區在躍進規劃中規定在文藝躍進規劃中提出全區全年要建立的創作大軍、創作小組、業餘作者的目標，如：

信陽專區創作大軍 200000 人，創作小組 7000 個，業餘作者 50000 人；
新鄉專區創作大軍 300000 人，創作小組 6000 個，業餘作者 60000 人；
許昌專區創作大軍 200000 人，創作小組 8000 個，業餘作者 80000 人；
商丘專區創作大軍 200000 人，創作小組 10000 個，業餘作者 50000 人；
洛陽專區創作大軍 100000 人，創作小組 10000 個，業餘作者 50000 人；
……

各縣也在所屬專區計劃下達後，制定出了本縣的全年創作大軍、業餘作者和創作組的計劃目標，如：

中牟縣創作大軍 20000 人，創作小組 582 個，業餘作者 3000 人；
鄢陵縣創作大軍 10000 人，創作小組 700 個，業餘作者 5000 人；
長葛縣創作大軍 30000 人，創作小組 535 個，業餘作者 6500 人；
……

全國其他各省、市、專區、縣都制定了類似的要求與規定，以組建具有一定規模的新民歌等文藝作品的創作隊伍。如湖北省全年計劃建立 23000 個創作組，70000 人的工農創作大軍。其中僅紅安縣一縣就有民歌創作對 577 個，爲群眾所公認的「順口溜」業餘作家就有 3650 人。〔註 28〕安徽省阜陽縣王人鄉一個鄉就建立創作組 215 個，發現和培養業餘詩畫作者 33150 人。全鄉 487 個自然村，81239 人，全年共創作詩歌 1376680 首，詩畫合一的壁畫 87000 幅。〔註 29〕

爲了使每個農業社在文藝創作活動上盡快發展起來，一些縣還在本縣農業社文化層次較高、文藝骨幹人員較多、文化活動較爲豐富的俱樂部設立「文藝試驗田」，抽調本縣的專業人員對俱樂部各個小組的人員進行專門的培訓和指導，開展一些與生產活動相結合的文化活動，並組織其他農業社俱樂部的人員以開現場會的形式經常進行參觀學習，推廣先進經驗，幫助每個俱樂部盡快發展起來。在俱樂部發展的基礎上，每個農業社開始有目的地成立文學創作小組，每個農業社的創作組的數量沒有具體規模和人員的規定。但各農業社在進行創作組的建設時，往往是因地制宜地根據本社的情況進行建設。

〔註 28〕《千萬支筆大競賽 工農文壇當主帥》，載《民間文學》1958 年十月號。
〔註 29〕《安徽阜陽縣王人鄉放出第一顆詩畫創作衛星》，載《民間文學》1958 年十二月號。

有的農業社依據本社文藝骨幹人員的數量進行建設，每 2～3 個文藝骨幹爲一個創作組，每個創作組可以吸收 30～100 名社員參加，開展文藝創作工作；有的農業社是按社員的居住情況進行劃分，建設創作組，一般每相鄰的 10～30 戶社員爲一個創作組，將本社的文藝創作骨幹或下放幹部、中小學教師平均分配到每個創作組；還有的農業社按社員的文化層次進行劃分創作組，或者按照文化人員的年齡段進行劃分，建立創作組。每個創作組，又分成三個小組，大致爲一個創作小組：全力進行新民歌等文學作品的創作；一個是搜集小組：每天在從事生產勞動的過程中，搜集一些可以進行新民歌寫作素材，集中起來交到創作小組；另一組是宣傳小組：負責將寫好的新民歌進行匯總、張貼和上報社區等工作。三個小組之間有明確的分工，並且相互合作。另外，各鄉、農業社還在一些中小學、民辦學校、紅專大學裏建立創作組，以班級爲單位，班主任爲領導的創作組，進行新民歌的創作。有的民辦中學還將語文課改爲創作課。每個農業社還在俱樂部內成立一個以社區黨支部書記爲組長創作終審組或者創作終審委員會，成員由文化層次較高的農業社幹部、中小學校長、紅專大學校長、語文課教師、文化館的專業創作人員等組成，負責對每天個創作組上交來的新民歌作品進行質量審核、篩選、整理、加工或重新創作，並且將審核合格的作品匯總上報到上一級新民歌創作或采集機構，或者推薦到報刊、廣播電臺進行發表、播出。如山西省昔陽縣下思樂農業社其中一個創作隊由 106 人組成，這些人員將創作作爲一項日常活動，下分收集、編創、審閱三個組。由 80 人組成的材料搜集組員，又分成八個小組，分佈在八個生產隊中，小組長有記分員兼任。每天晚上記分員（組長）利用到家裏記工分的機會，收集「典型材料」，提供給編輯組。編輯組有 21 個人，多是有寫作能力的人。編輯和收集材料分工並不像工廠生產工序那樣死板，有時也相互根據需要進行隨機組合。編出的作品，交審閱組（支部的負責黨員）「看看有沒有錯誤」，再決定發表或演出。〔註 30〕

在進行新民歌的創作過程中，爲更好地推動和激勵創作人員進行新民歌創作，農業社各創作小組之間還經常開展一些新民歌創作競賽活動。每個創作組都提出創作口號，以激勵創作人員的創作，如河南商丘市有的創作組提出「乘上追風馬，突破文化關，帶上詩人帽，塞過李詩仙」。〔註 31〕河南登封

〔註 30〕朱寨《群眾的歌聲和隊伍》，載《民間文學》1958 年五月號。

〔註 31〕《商丘市人民文化館 1958 年工作總結》，存河南省檔案館，文化局 1958 年卷。

縣的創作組提出「筆磨禿，眼熬爛，五八超召獻，六零和耿振印來挑戰，趕不上李準心不甘」〔註 32〕的創作口號〔註 33〕。農業社還在每天的早上將每個創作組昨天的創作情況進行張榜公佈，先進的創作組用紅紙公佈，落後的創作組用白紙公佈。有的農業社還規定，連續先進的創作組給予增加工分等方式的獎勵，以刺激各創作組進行創作。還有的農業社開展創作評比的「躍進臺」、「升降表」活動，如河南密縣以衛星、火箭、飛機、火車、汽車、馬拉車、人力車，以各種圖案表示不同的速度，來表示各創作組的躍進和落後，以激勵創作人員，使創作人員「一看躍進臺和升降圖表，渾身是勁，就像機器上抹了油一樣」，「我們寧願眼熬爛，腿跑斷，咬緊牙，突難關，生產躍上去，不乘衛星也要架火箭，堅決不把小車搬」〔註 34〕每個縣也在全縣各農業社之間開展類似的創作競賽活動，以完成全縣的創作計劃。

對於各類文藝作品的創作質量，在各級文藝創作規劃中也都有明確規定，一般以在公開刊物上發表的情況爲依據。如在《1958 年河南省文化藝術工作躍進規劃》中規定：

> 民歌、快板 100 萬件，縣、市、專發表和推廣 30%，計 30 萬件，省出版、發表、推廣 5%，計 5 萬件；劇本 10 萬個，縣、市、專發表和推廣 5%，計 5000 個，省出版、發表、推廣 0.5%，計 500 個；歌曲 5 萬首，縣、市、專發表和推廣 10%，計 5000 首，省出版、發表、推廣 2%，計 1000 首；曲藝 16000 段，縣、市、專發表和推廣 50%，計 8000 段，省出版、發表、推廣 10%，計 1600 段；美術作品 8 萬件，全部能展出，省裏展出 1600 件，出版 500 件；舞蹈節目 1500 個，都能演出，省發表、推薦 100 個；小說、散文 1 萬篇，出版、發表 8%，計 800 篇；詩 1 萬首，出版、發表 5%，計 500 篇；文學評論 1 萬篇，出版、發表 10%，計 1000 篇。〔註 35〕

新鄉專區在《一九五半年文化躍進規劃》中規定：

〔註 32〕孟召獻、耿振印爲當時登封縣享譽全省的新民歌作者，河南作家李準當時被下鄉到登封縣農村進行勞動鍛鍊。

〔註 33〕《登封縣關於 1958 年文化藝術全面大躍進方案（草案）》，存河南省檔案館，文化局 1958 年卷。

〔註 34〕《密縣牛集鄉豐收俱樂部是如何配合中心服務生產作好今年的夏收夏耕工作的》，存河南省檔案館，文化局 1958 年卷。

〔註 35〕《1958 年河南省文化藝術躍進工作規劃》，存河南省檔案館，文化局 1958 年卷。

民歌、快板24萬件，縣、專區發表、推廣30%，省推廣發表5%；劇本24000個，縣、專區發表、推廣5%，省推廣、發表0.5%；歌曲12000首，縣、專區發表、推廣10%，省推廣、發表2%；曲藝3840段，縣、專區發表、推廣10%，省推廣發表5%；美術作品192000件；全部能展覽，省出版120件；舞蹈節目360個，都能演出，省裏推廣100個；小説、散文4800篇，出版發表12.5%；文藝評論2400篇，發表10%；詩2400首，發表20%。〔註36〕

許昌專區「1958年全區共創作文藝作品276216件，達到省出版水平的8810件，分數指標如下：

快板、民歌240000件。每縣150000件，每市5000件；每縣推廣500件，每市200件，達到省出版水平的8000件。

劇本10000個。每縣650個，每市100本；縣市印刷推廣780本，每縣50本，每市10本，達到省出版水平的8000件。

歌曲5000支。每縣市280支，每縣市印發30支，達到省出版水平的100支。

曲藝唱詞5000個。每縣市280個，每縣市印刷50個，達到省出版水平200個。

美術10000幅。每縣市600幅，達到省出版水平100幅。

舞蹈創作整理216個。每縣市12個，達到省出版水平的10個。

小説散文18000篇。每縣市100篇，每縣市發表10篇，達到省出版水平的100篇。

詩2400首。每縣市150首，縣市發表表360首，每縣市20首，達到省出版水平的100首。

文藝評論1800篇。每縣市100篇，縣市發表180篇，各縣市10篇，達到省出版水平的100篇。〔註37〕

信陽專區潢川縣在《1958年潢川縣文化藝術工作躍進規劃》中規定：

〔註36〕《新鄉專區1958年文化藝術工作躍進規劃（草案）》，存河南省檔案館，文化局1958年卷。

〔註37〕《許昌專區1958年文化藝術工作躍進規劃（草案）》，存河南省檔案館，文化局1958年卷。

> 民歌、快板、順口溜、小調 10 萬件，縣裏發表、推廣 60%，省裏推薦發表、出版 10%。〔註 38〕

信陽專區淮濱縣在《1958 年淮濱縣文化藝術工作大躍進規劃 20 條》中規定：

> 民歌、快板、順口溜 10 萬件，縣裏發表、推廣 30～40%，省裏推薦發表、出版 0.1%。〔註 39〕

3. 進行新民歌創作

（1）搜集

1958 年，新民歌的搜集和創作是同時進行，相輔相成的兩項活動。新民歌創作運動的廣泛開展，使民歌的搜集運動也得到極大的發展，同樣新民歌的搜集也推動了新民歌的創作運動的迅猛開展。眾所周知，進行民歌搜集、採風，是我國很早就有的一項制度，也成爲歷代統治者「觀民情」、「察民風」的有力措施，從民歌來瞭解人民對統治者的態度，以觀民心之相背。《禮記 王制編》所言，「天子五年一巡狩，歲二月東巡狩，……令大史陳詩以觀民風」。《漢書 食貨志》記載，「孟春之月，群居者將散，行人振木鐸徇於路以采詩，比其音律，以聞於天子」。《公羊傳》也記載，「男年六十，女年五十無子者，官衣食之，使之民間求詩」，以「知政治之得失，考俗尙之美惡」。顯然，1958 年的新民歌搜集與創作運動，已不是此意義。進行新民歌的收集工作通知下發後，各級單位幾乎都建立了新民歌的採風機構，由各省、市的黨委宣傳、文化部門統一進行指導和管理，展開新民歌的搜集和整理工作。因而，來自不同部門、不同行業、不同團體的新民歌的採風機構根據各自的需要進行新民歌的收集，如水利部門的採訪機構主要收集一些有關社會主義農田水利建設方面的民歌作品，科技部門的主要搜集一些有關技術革新、農具改革等方面的新民歌，衛生部門的大量地收集有關衛生防疫、除四害方面的民歌，林業部門的大量收集植樹造林、綠化祖國方面的民歌，文教部門的主要搜集有關文字改革、掃盲教育等方面的新民歌……。各採風機構雖根據各自不同的搜集要求、搜集需要，進行有重點地進行收集，但並不是說每個部門僅僅收集自己所需要的民歌作品，對其他民歌作品不收集。相反，每個民歌收集機

〔註 38〕《1958 年潢川縣文化藝術工作躍進規劃》，存河南省檔案館，文化局 1958 年卷。

〔註 39〕《1958 年淮濱縣文化藝術工作大躍進規劃 20 條》，存河南省檔案館，文化局 1958 年卷。

構雖然基於不同的需要，但在收集過程中還是最大限度地將各類民歌進行收集。因而，每個省、市、專區、縣的來在不同部門的搜集人員，搜集的新民歌作品往往有很大的重複性。

1958 年中國新民歌搜集工作，一開始就確定了「全面搜集，以今爲重點」的方針。如安徽省委的通知中，規定民歌的搜集範圍，「一、解放以前的民歌；二、解放以來的民歌；三、在當前工農業大躍進中的新民歌。由於時間關係，目前可著重收集生產大躍進以來的民歌。」中共河北省委宣傳部在關於開展「歌頌大躍進，回憶革命史」一千萬件群眾文藝寫作計劃中，提到要以搜集、記錄和整理本省社會主義建設大躍進中出現的民歌、民謠爲主。〔註 40〕

因而，每個新民歌收集機構的收集人員，在進行新民歌的搜集過程中，一般都是採取有主次、有重點的開展收集工作。民歌收集人員總是先最大限度地搜集、整理 1957 年冬季以來已經創作出的新民歌作品。這些新民歌作品創作的時間較短，在民眾中流傳較廣，有很多群眾都可以背誦，因而，比較利於收集。從內容上來說，又較適合當前的大躍進、進行社會主義建設的新形勢，更利於在其他民眾之間進行傳播。創作組的每個成員挨家逐戶地去搜集已經在社員們中流傳的新民歌作品，或者直接向一些創作新民歌的民間藝人、鄉村知識分子、新型農民進行搜集順口溜式的新民歌作品，有的也向一些民間的歌手去搜集，根據這些民歌的口頭創作者、歌手的口述，記錄下來。有的具有音樂素質的文藝搜集人員還將民間歌手唱出的新民歌即興進行譜曲，以便更好地將這些新民歌作品進行推廣。同時，新民歌的收集人員，在新民歌的搜集過程中，不但對新產生的民歌廣泛收集，也對一些舊時代的民歌作品進行全面收集，採取「今古兼重」的原則，進行收集，將流傳在民間、民眾間的歌謠，廣泛進行收集。

（2）整理

大量的民歌被搜集起來以後，整理是一項較爲繁重的工作，要對所搜集的民歌作品進行重新加工。正如一些農村俱樂部在文化工作總結中所寫，「通過我們組織創作組（以各中隊宣傳員、民眾學生、業小學員等）分任務寫稿，先後收集一堆，經過整理使用，其中多數是快板、詩歌。」〔註 41〕

〔註 40〕《河北省計劃全面搜集民間文學》，載《民間文學》1958 年九月號。

〔註 41〕《生產到哪裏，俱樂部活動到哪裏》，存河南省檔案館，文化局 1958 年卷。

一是改寫。

在新民歌的收集人員進行新民歌的的收集過程中，有的民歌作品已經是經過多人的口頭創作，在形式和內容上較爲成熟完善，可以在直接記錄後，就可以彙集成冊，上報至上一級新民歌採風機構，或者推薦到一些報刊、廣播電臺上進行發表，有的也在一些農村俱樂部辦的農村油印、手寫小報，黑板報、宣傳欄、街頭報、牆頭報等群眾性的宣傳媒介上進行發表。但民歌搜集人員搜集到的大量新民歌，在形式和內容上較爲粗糙，有的非常短小，僅有兩、三句，還不能構成作爲民歌的基本要素；有的民歌雖在內容上是積極向上、活潑明快的，但語言較爲庸俗，不宜在群眾之間傳播；還有的新民歌在創作過程中間雜著較多的民間方言、土話、俚語，即使民歌發表後，也不可能在較大範圍內進行流傳，爲群眾們所熟悉；還有更多的收集到的民歌是新民民主以革命以來、或者鴉片戰爭後的作品，甚至是更爲久遠的作品，雖然在民眾間進行流傳，但這些民歌的基調已經和進行社會主義建設的熱潮不吻合，必須進行新的改寫才能成爲適應新時代、新形勢要求的新民歌。因而，對新民歌的搜集、整理人員來說，將搜集到的大量新民歌作品進行改寫，是必不可少的環節。郭沫若、周揚在《紅旗歌謠》的《編者的話》中也談到，「在不損害原作風貌的情況下，我們也作了一些個別字句上的改動和潤色。」〔註42〕詩人柯仲平在談到自己搜集、整理新民歌經驗時也說，「有些新民歌，給它稍改一兩個字，或者在某些地方，把前後稍稍移動一下，就更飽滿，更有力，更動人。」〔註43〕

基於民歌收集人員搜集到的大量新民歌的上述情況，民歌收集人員必須對所搜集的民歌作品，進行一些改動，就可以成爲適應時代要求的新民歌作品。其實，民歌搜集人員進行的新民歌搜集、整理工作，本來就是兩個過程的合一。首先就是搜集，將流傳在民間、群眾中的民歌作品最大限度地搜集過來；然後進行整理，按照不同的標準、不同的要求進行歸類，也就說，新民歌的收集工作是搜集和整理兩項工作的合一。新民歌的收集人員在對搜集到的新民歌作品進行改寫的過程中，主要是從新民歌的形式著手，在語句、詞語上進行必要的修改、加工，根據不同的情況進行不同程度的修改、加工與整理。有的是將新民歌作品每句之間的次序進行調整，使之更爲順暢、群

〔註42〕郭沫若、周揚《紅旗歌謠》，人民文學出版社，1979年，第3頁。
〔註43〕柯仲平《新民歌如同海潮起》，載《延河》1958年第6期。

眾朗誦起來更爲上口；有的是將一些不押韻的新民歌，經過句尾的字的更改，使之押韻易讀；有的是將在語句上重複的新民歌作品進行刪除，更改，變換，或者將一些語句進行合併、簡化，成爲更爲精鍊的新民歌作品；還有的是將新民歌作品中的土話、俚語、典故等詞語用新的、爲大眾所共知的詞語進行替換，成爲大眾通俗易懂的民歌作品等等。顯然，整理工作佔據著較爲重要的角色，是比搜集更爲繁重的一項工作。而在新民歌的改寫過程中，也有的是在一些原有的民歌、民謠中，稍微變動幾個字，將民歌的舊主題主題變爲新時代的主題，在群眾中進行流傳。如在新民歌搜集整理過程中，廣西壯族自治區的一些縣的民歌搜集、創作人員，把搜集到的一些較好的舊民歌、民謠，在大躍進的建設高潮裏，改爲豪邁的山歌、民歌。在廣西流傳很久的一首男女之間互相表達愛意的一首情歌：

大路不平石板鑲，
石板上面寫心腸。
深深刻下七個字：
千年萬載不丟雙。

在新民歌運動時期，廣西忻城縣的鋼鐵遠征大隊，遠道支持南丹縣煉鐵。新民歌作者在隊伍出發前，爲他們創作新民歌以壯行：

遠征大道石板鑲，
石板上面寫心腸。
深深刻下七個字：
不創奇迹不還鄉。

在南丹縣的群眾在歡迎這些遠道而來的志願者們時，也創作了一首新民歌，貼在煉鋼爐上：

鋼鐵紅旗四海揚，
高爐上面寫心腸。
深深刻下七個字：
要叫鐵水奔流長。

而由於南丹縣的青年男女都到鋼鐵煉鋼高爐基地去了，農村中年齡較大的老人婦女，毅然把糧食生產的的任務負擔起來。他們一邊耕田一邊唱：

豐產田裏泥土香，
手把犁耙寫心腸。

深深刻下七個字：

不打萬斤不收場。

廣西作家蕭甘牛曾談到過他在農村收集新民歌時，就根據需要對所收集的新民歌進行了改寫。如他收集到一首農村青年創作的新民歌：

吃煙要吃梗子煙，

買田要買妹門邊。

半夜三更來看水：

屋邊月亮又團圓。

蕭甘牛認爲這首歌在思想上不夠健康積極，如稍作改動，就成爲一首活潑、向上的新民歌，於是，就將第二句「買田要買妹門邊」改爲「種田要種妹門邊」。

還有一首收集到的一位婦女在擔糞勞動時唱的新民歌：

挑了一趟又一趟，

我兒莫牽媽衣裳。

爲了我兒生活好，

肩挑大糞鼻孔香。

在整理過程中，也做了一些修改，將第三句「爲了我兒生活好」改爲「爲了大家生活好」。〔註 44〕

二是重寫。

新民歌的收集人員對收集到的新民歌作品進行重寫，主要是從新民歌的內容上來說的，對於收集到的新民歌作品，有的內容是積極向上的，也與社會主義建設的大躍進形勢相一致，但由於這些民歌的創作者創作出來的畢竟是順口溜式的作品，口語化較重，不是簡單在形式上做一些修改，就可以加工成的，因而對這些作品進行整理時，新民歌的收集人員要根據這些民歌的內容、主題進行重新寫作。也有的新民歌作品，在創作上思想上較好，但創作能力上較單一，能夠昇華一下，就能夠成爲一首震撼人心的新民歌作品。如爲當時全國各地所熟知的陝西安康新民歌作品《我來了》，1958 年在《安康報》上發表之後，接著被《人民日報》、《詩刊》、《群眾日報》等全國幾十家報刊轉載，後又被選入郭沫若、周揚編選、紅旗雜誌社出版的《紅旗歌謠》

〔註 44〕蕭甘牛《採風小記》，上海文藝出版社，1959 年，第 21、22 頁。

一書。1961 年，還被北京出版社選在北京中學生《語文》試用課本上，繼之被選入當時的全國小學通用教材。如下：

天上沒有玉皇，
地上沒有龍王；
我就是玉皇，
我就是龍王；
喝令三山五嶽開道：
我來了！

這首在社會主義水利化大躍進建設中出現的新民歌，就是一首經過不同人重寫、被郭沫若和周揚稱作「《紅旗歌謠》三百首的壓卷之作」、「大躍進詩歌運動的扛鼎之作」的作品。1958 年 2 月 19 日，《安康報》第 3 版頭條發了由 9 首詩爲一組的「農民詩選」。9 首詩全用楷體排成。標題下方，有括號括起來的「水利」二字。9 首詩的署名是「本報輯」。

這 9 首詩都沒有標點符號，每首也沒有小標題，而是冠以一至九，《我來了》列第四首。據老報人、當年安康報社編委、農業組組長黃祖德回憶說，這首新民歌的作者就是 1949 年春畢業於華北大學中文系，當時爲《安康報》普通編輯的于邦彥。作者把這首詩草成之後，很興奮地請黃祖德看，並希望提出修改意見。黃看過之後很讚賞，以爲頗有氣魄，建議把「三山五嶺」的「嶺」字改爲「嶽」，「三山五嶺」的「嶺」字不夠味道，「嶺」變爲「嶽」字，不就成了五嶽，富有全國的氣概了。

其實，于邦彥在創作這首新民歌時，就是基於兩首群眾創作的新民歌的的重寫。1957 年 12 月 10 日《安康報》第 3 版，刊載了署名「地委宣傳部供稿」的《說在地頭》和《寫在地頭》的兩首小詩。

《說在地頭》3 段共 12 句——

天上沒有玉皇，
水裏沒有龍王，
靠天吃飯靠不住，
幸福不是從天降。
打井修渠，
廣修梯地，
汗水落地摔八瓣，

換來豐收年。

人人動手，

社社修渠，

渠渠長流水，

堰堰保灌溉。

《寫在牆頭》，兩段共8句——

與河爭地

向水要糧

強迫惡水讓路

硬逼石頭搬家

流不盡的水

積不盡的肥

莊稼一枝花

全靠糞當家

可以看出，《我來了》和《說在地頭》的第一句完全一樣，《我來了》第二句和《說在地頭》詩，一是「地上」，一是「水裏」，意思相近。《寫在牆頭》詩裏的「強迫惡水讓路，硬逼石頭搬家」的意思，在《我來了》裏成了「喝令三山五嶽開道」，也有相通之處。但細讀之，兩詩的意境完全是不可同日而語的。雖然都是比興開始，一個氣魄如虹，排山倒海，一個十分具體，沒有多少藝術的審美可言。〔註45〕

（三）進行新民歌創作

在對已經創作出來的新民歌作品搜集、加工和整理基本差不多的情況下，新民歌採風機構的人員以及農村各農業社創作組的人員，開始進行新民歌作品的創作。

一是創作內容。

民歌是人類文明史上產生最早的語言藝術形式之一，也是最古老、最具有文學特質的一種文學形式。我國是一個擁有燦爛文明、悠久文化的國度，民歌在我國的發展具有深遠的歷史。數千年來，中國詩歌的發展源遠流長，

〔註45〕王帥、陳聖強《「我來了」氣壯山河：誰在陝西留下這樣的詩句——中國當代民歌史上的疑案解密》，載《陝西日報》2010年2月5日。

以其豐富的想像、富有節奏感、韻律美的語言和分行排列的形式，高度凝練地反映社會生活，抒發思想情感的獨特特徵，爲歷代民眾所喜愛。

按照馬克思主義的藝術生產理論，歌詩起源於人類的生產勞動中，是在勞動人民的日常勞動中，有感而發產生了詩歌。原始社會以歌詩爲代表的藝術活動一開始就是原始勞動實踐活動的重要內容，遠古的人們在艱苦勞動中，爲協調動作、減輕疲勞、增強勞動效果，喊出有節奏的勞動號子，形成民歌最早的雛形——原始歌謠，後隨著民歌的不斷發展，成爲了民眾抒情言志、表達思想的重要口頭創作形式。《毛詩序》:「在心爲志，發言爲詩。情動於中而形於言，言之不足故嗟歎之，嗟歎不足故詠歌之，詠歌之不足，不知手之舞之足之蹈之也。」《尚書》:「詩言志，歌永言」。

中國民歌發展到春秋時期，出現了專門的民歌采詩官，並出現了最早的各地民歌的彙輯，即《詩經》中的《國風》。西漢武帝時期，成立了專門的採風機構——樂府，從事民歌的搜集、整理和入樂工作，從而使民歌的創作成爲一種思想內容豐實、藝術表現手法多樣的成熟藝術形式。後歷經漢賦→漢樂府詩→建安詩歌→魏晉南北朝民歌→唐詩→宋詞→元曲→明清詩歌→現代詩的發展歷程後，已成爲更兼完善的文學樣式，一直成爲數千年來文學史的主流，也形成了自己光輝的創作傳統。

同樣，大躍進時期的新民歌也是產生於日常勞動之中，人們在辛苦的勞動中，有感而發，抒發自己對社會主義新農村建設的感慨，用最通俗易懂、樸實生動的大眾化語言記述下來，這就形成了大躍進時期農民創作出來的新民歌。在第一章中，我們已經談到大躍進新民歌最早起源於 1957 年冬、1958 年春在廣大農村開展的興修水利和積肥運動。在 1957 年，全民進行社會主義建設獲得初步成效、令人鼓舞的形勢下，廣大農民充分利用這段農閒時間，積極開展水利建設和積肥運動，爲來年的農業大豐收奠定良好的基礎。在興修水利、積肥運動和進行社會主義新農村建設的過程中，農民的積極性、主動性得到高度發揮，各種建設取得了令人滿意的效果，也湧現出了一些令人振奮的事蹟。在這種令人鼓舞的建設形勢下，一些作家、詩人、知識分子和農村中相對文化水平較高的教師、下放幹部、高中畢業生等人，開始寫作一些詩歌，歌頌人民進行社會主義建設的激情，對社會主義的由衷讚美，就形成了最早的新民歌，拉開了大躍進新民歌創作的序幕。正如作家徐遲所說，「產生這些歌謠的是生活，是群眾性的水利工程，是被稱爲冬季生產戰役、春耕戰役的生產熱潮，是熱火朝天的建設工地，是全民性的大躍進。」〔註 46〕其實，1958 年，中國社會政治經濟的每一變化，都緊緊貫穿於新民歌創作的整個過程之中，新民歌以其最大的時代感，記錄共和國 1958 年的風雲變化，記錄著全國人民進行社會主義建設的激情。

文學是時代的傳聲筒，留聲機，文學的使命就是眞實地記載、反映社會歷史的變遷。從新民歌的創作來說，每階段的新民歌的創作，都是這段社會歷史的寫照。1958 年的新民歌創作的作者，總是隨著政治生活的變化，利用民歌的形式去反映，去寫照這段歷史。而社會政治生活的每一個變化，都爲新民歌的創作提供了新的創作主題和內容，提供了取之不盡的素材，誠如「創作來自於生活」所言。正是全國人民進行社會主義新農村建設不斷湧現出來的躍進活動，爲新民歌的創作提供了源源不斷的創作內容。因此，新歌的作者在進行創作時，總是緊扣時代的命脈，創作出反映時代、躍進氣息較濃重的新民歌作品。

新民歌作者的創作主題也正是不斷地隨著社會、政治生活的變化而變化，從時間順序上來說，：1958 年春季的興修水利、積肥、植樹造林、綠化祖國、除四害等活動；夏季的掃盲運動、搶收運動、抗議英美侵略中東等活動，秋季的大煉鋼鐵、人民公社、公共食堂等；冬季的共產主義教育運動等。還有一些常年性的主題，如農具改革、技術革新等，新民歌作者都創作出了大量的新民歌，對這一些列活動進行歌頌。

二是創作主題。

新中國成立後，人民成了國家的主人，「大躍進」新民歌雖繼承了舊時代民歌民謠的現實主義傳統，但在思想內容上已經大大拓延了傳統民歌的表現領域，在新時代下有了新的表達，以當家作主的新姿態歌頌黨，歌煩社會主義，歌頌幸福的新生活。從民眾中不斷湧現出的新民歌、新民謠，充分表達了勞動者在勞作中的興奮心情，眞實地反映出勞動者抗旱奪豐收的喜悅心理，及其在勞作中你追我趕、不甘而後的竟進精神和勞動者開天闢地、征服自然的豪邁氣魄，也反映出「大躍進」時期農業豐收、興修水利、抗旱除害、大煉鋼鐵等激動人心、熱火朝天的社會主義建設勞動場景，使新民歌在新的時代下，有了更爲豐富、更爲充實的思想主題，大大推進了中國民歌創作的新發展。

〔註 46〕徐遲《人民的聲音多嘹亮》，載《文藝報》1958 年第 4 期。

除此之外，還有以下創作主題：

一是獲得翻身後的勞苦大眾在人民當家作主的新時代下，以樸素、明快的語言，發自內心地對黨、對領袖、對祖國和對新社會的眞誠感激之情。如在甘肅民歌《好不過人民當了家》中：

武山的大米蘭州的瓜，
疼不過老子愛不過媽，
親不過咱們的共產黨，
好不過人民當了家。

勞動人民通過的農民式口語創作，表達了勞動人民在新時代下，政治上、經濟上翻身、翻心的無比喜悅，和對讓他們翻身解放領導者的內心感激。山東民歌《陰山背後見太陽》、雲南民歌《我們幸福了》、新疆民歌《太陽照暖了草原》、河北民歌《太陽的光芒萬萬丈》等新民歌都表達了同樣的主題思想。

二是在社會主義建設的新時期，表現官民打成一片，團結竟進，共克難關的畫面。如河北民歌《又當司令又當兵》：

千軍萬馬齊出征，
燈籠火把通夜明，
幹部個個帶頭幹，
又當司令又當兵。

四川民歌《縣長擔水走前頭》：

喜笑顏開汗水流，
縣長擔水走前頭，
社員緊緊跟後面，
好像端陽劃龍舟。

山西民歌《縣長同志你不要走》：

一把拉住縣長的手，
縣長同志你不要走，
你又耕田又插秧，
渾身泥濘汗直流。
煙沒抽一袋，
水沒喝一口，
我們不能放你走！

這些新民歌，都歌頌了新時期官民之間建立的一種血濃於水的魚水之情。

三是通過新舊時代的鮮明對比，歌頌新時代下人們生活的幸福甜美。如河北民歌《一隻籃》：

奶奶用過這隻籃，
領著爹爹去討飯，
媽媽用過這隻籃，
籃籃野菜度荒年，
我今挎起這隻籃，
去到食堂領花卷。

遼寧民歌《過去和今天》：

鷹脖嶺、靠虎山，
過去生活難上難，
早晨稀飯照人影，
晚上月亮進了碗，
要想河口清泉水，
半夜三更下山擔。
如今在看鷹脖嶺，
模樣改變心喜歡，
繞莊引上自流水，
村千村後是果園，
一天三頓變了樣，
大米變成家常飯。

四是新民歌反映了在新社會下婦女地位的提高和對知識文化的新追求，以及婦女婚姻觀的改變，要靠自己選擇愛情，靠雙手創造幸福生活。如江蘇民歌《豐收》：

過去走娘家，
談雞又談鴨，
現在走娘家，
姐妹比文化。

四川民歌《妹在學習不敢喊》：

十五月亮圓又圓，
很想約妹玩一玩，
走到妹家窗前看，
妹在學習不敢喊。

侗族民歌《不奪紅旗誰愛你》：

社裏工分數他少，
盡唱山歌把妹戀，
歌在好聽魚再肥，
不奪紅旗誰愛你。

甘肅民歌《引水上山再結婚》：

叫聲哥哥你放心，
我也不是落後人，
不當模範不見你，
水不上山不結婚。

五是與傳統民歌相比，新民歌在表達勞動者的生產激情時，表現出了一種人定勝天的思想境界。在傳統的民歌民謠的創作中，創作者往往把自然神化，表現出民眾在自然面前無能爲力，無所作爲。而新民歌在創作中，勞動者表現出一種敢爲天下先的豪壯氣概，破除靠天吃飯的迷信，建立人定勝天的革命思想，敢於與神挑戰、敢於與自然較量，並在人與神、人與自然的較量中，人總是勝利者。如在河南民歌《兩手掌握地和天》中，新時代的勞動者同聲唱出六億人民征服大自然不可抗拒的聲音和豪言壯語：

中國人民坐江山，
兩手掌握地和天。
叫天能下及時雨，
讓地變金不費難。
高山峻巔都讓路，
大江大河聽使喚。
全國人民齊動手，
定能改造大自然。

在「大躍進」新民歌的創作中，勞動者的想像力也得到了充分的發揮，通過廣泛的取材，結合自我的豐富想像，將新民歌的藝術創作推向一個新的階段。

許多新民歌從中國古典神話中尋找素材，玉皇大帝、龍王、牛郎、織女、孫悟空、嫦娥、土地等神話傳說中的人物廣泛出現在新民歌的創作中，充分體現出新民歌的浪漫主義精神。如：

月宮裝上電話機，
嫦娥悄聲問織女，
聽說人間大躍進，
你可有心下凡去？
織女含笑把話提，
我和牛郎早商議，
我進紗廠當女工，
他去學開拖拉機。

也有的新民歌創作從民間歷史傳說中取材，進行「大躍進」民歌的創作，如：

千軍萬馬上戰場，
幹勁賽過楊家將。
愚公移山決心大，
也敢於他來較量。
——河南民歌

長阪橋頭張飛吼，
大吼三聲水倒流，
社員更比張飛猛，
命令將水上山頭。
——四川民歌

男女老少齊出征，
青年勁頭賽趙雲，
壯年力氣賽武松，
少年兒童像羅成，
老人幹活似黃忠，
幹部策劃勝諸葛，
婦女賽過穆桂英。
——河南新民歌

三是創作方式。

在新民歌創作人員進行新民歌的創作過程中，每位人員都是各自按照自己的創作方式、創作興趣開展創作。創作人員之間一般不在一起進行創作，但經常會在一起利用創作、勞動的空隙時間，進行創作交流，探討一些創作問題。在新民歌的創作中，各地都要求新民歌創作人員隨時發現創作素材，隨時進行收集，隨時進行創作。河南魯山縣、郟縣、寶豐等縣要求創作人員在日常生活、勞動中，要做到「三帶」「五勤」。「三帶」，即：帶書、帶筆、帶紙；「五勤」，即：勤記、勤問、勤學習、勤開會、勤研究。通常每個成員在每天勞動開始後，隨身帶上墨汁、毛筆、紙張等進行新民歌創作的必須用品，一邊勞動，一邊隨時發現可以進行新民歌創作的素材，或者隨時記錄下社員們在勞動中即興說出的順口溜，或利用勞動間的休息時間，將創作出的新民歌作品讀給社員們聽，聽取社員們對民歌的意見，結合群眾們口語化的建議隨時進行改寫。如一個新民歌創作者在談到自己的創作體會時，就講到自己是如何在勞動中即興創作新民歌的經過：

> 我在稻場幫助堆稻子，……開始堆稻子，我就想出了「稻堆腳兒擺得圓」這麼一句，可是第二句再也接不上來。社員張老漢掌這座堆子，我們一捆一捆地上，他一層一層地堆。午後了，張老漢站在稻堆上，撐起身子解下腰間的毛巾，擦擦臉上的汗水，俯視稻場上的社員們，搖擺著手中的毛巾，高興地喊道：「不要上了，稻把夠了，再上就要頂天了」，「頂天了」新鮮的話兒，我不禁擡頭一看，只見張老漢手中的毛巾，在南風裏隨風飄揚，和藍天上的白雲混爲一色……這時，偏西的太陽，就好像在老漢的身邊。轉過身去，伸手可以摸到……

於是，作者就寫出了這首後被在全國群眾中廣泛流傳的作品：

稻堆腳兒擺得圓，
社員堆稻上了天。
撕片白雲揩揩汗，
湊著太陽吸袋煙。

河南安陽縣的廣大社員中形成了你編我也編的創作方式，你一句，我一句，想一想，湊一湊，有的自編自寫，有的不會寫找人寫，根據勞動的內容和隨時隨地看到的場景進行新民歌創作。如看到今年麥子大豐收，不由自主地邊唱「毛主席來了不簡單，一畝麥能打兩三千」；表揚青年隊打場勁頭，「躍進青年隊，稱號眞不錯，打場人拉滾，拉滾還唱歌，不知不覺打一場，三天的生麥一天確」；結合推水車編出快板，「推水車，澆稻子，大米乾飯肉臊子，肉臊子，大米飯，都得咱們勞動換」；結合深耕土地，「竹板一打嘩啦啦，聽我把那紅薯誇，種紅薯好處大，每畝能創兩萬八，想增產，有辦法，深翻土地二尺八」；看到創辦農忙食堂，「農忙食堂眞是好，婦女顧慮打破了，不套磨，不做飯，快快樂樂去生產。」〔註 47〕

每天勞動放工後，創作人員回到家裏，利用晚飯後的時間，將白天搜集、記錄的材料篩選、整理，開展創作。在新民歌創作運動剛開展時，創作組的人員都是邊參加勞動，邊進行創作，白天從事生產，晚上進行創作。後來，隨著各地文藝衛星的相繼開放，創作先進的縣、鄉、農業社被作爲模範典型，受到表揚和經驗推廣，如河南禹縣郭連的衛星人民公社在新民歌開始的十天內就創作出 312000 件作品；新安縣城關鎮郭道山、宋清兩位書記在參加縣文教會，聽過縣裏對文化躍進工作的安排後，當晚組織 8 個人，連夜創作出 251 首新民歌作品等，都受到了省、專區的通報表揚。〔註 48〕而創作後進的縣、鄉、農業社自然會受到批評和責令整改。如河北省在新民歌創作初期，由於工作成效不大，就受到過批評，責令整改。基於這種情況，一些農業社規定農業社中的骨幹創作人員可以少參加農業生產勞動或者不參加勞動，專心進行新民歌創作。爲激勵這些創作人員的創作主動性、積極性，各農業社規定雖不從事農業勞動的創作骨幹人員，但與從事勞動生產的人員同工同酬，每天按一等勞動成效進行發放工分。這些文藝創作骨幹每天在自己家中或俱樂部、圖書室進行新民歌創作。創作的素材由創作組的搜集人員或社員進行口頭提供，或者每個農業社的記分、評分人員將每天晚飯前到各家去記分、評分，向社員搜集創作素材，稍作記錄後，提供給創作人員進行創作。每位創作人員在作品的搜集中，還結合各個時期的中心生產運動，做到「三及時」，及時搜集、及時整理、及時推廣。

隨著每個農業社進行新民歌創作速度的不斷加快，數量不斷增加的情況，農業社對創作人員提出了新的要求，規定每個創作人員每天、每周、每

〔註 47〕《安陽縣 1958 年農村文化工作總結》，存河南省檔案館，文化局 1958 年卷。
〔註 48〕《禹縣 1958 年開展全民創作運動的初步總結》，存河南省檔案館，文化局 1958 年卷。

個月創作新民歌的最低數量，創作組要堅持每天的晨夕會制度。創作組人員每天晚上開夕會，對每天的創作情況進行總結，張榜公佈每個人的創作情況，每天早上要召開晨會，安排每個人的創作計劃。河南魯山縣要求各農業社要以創作組爲單位，制定出可行性創作制度，每天按時召開晨夕會議，學習或研究作品，進行修改，做到「三統一」、「一提高」，即「統一搜集、統一研究、統一修改，提高大家的寫作水平」。河南開封縣要求每位創作人員成爲「四員」，生產戰鬥員、創作員、搜集作品修改員、政治宣傳鼓動員；並做到「四深入」，深入工地、深入田間、深入生產過程、深入瞭解情況。河南民權縣紅旗人民公社規定每個創作人員每天創作新民歌作品不少於 5 首，每周不少於 40 首，每月不少於 160 首，每個創作人員每月至少在縣級以上報刊、廣播電臺上發表 1 篇新民歌作品。

在新民歌的創作過程中，各地還對民間藝人提出更高的創作要求，如河南新鄉專區要求每個說唱藝人全年學習 20～30 短新唱詞，培養 5 個業務說唱演員，自己創作 30 段能夠配合中心工作的唱詞。〔註 49〕許昌專區要求全區職業、半職業曲藝藝人，全年要學會 30～50 個新節目，創作 10～15 個反映現代生活的快板詩唱段，並積極挖掘整理精彩唱段 5 個，培養 5～10 個業餘曲藝人員，教會 2～6 個唱段；〔註 50〕商丘專區也要求民間藝人全年學會 40～60 段新詞，培養 8 個業餘說唱員，一個新生力量，創作 20 段民且配合中心工作的新詞。〔註 51〕

在新民歌運動期間，各地都按照「普遍發動、重點培養、量中求質、多中求精」的原則，緊密配合中心工作，深入生產鬥爭前線，開展群眾性的創作活動，在生產鬥爭中創作出優秀作品，用這些有優秀作品去鼓舞生產。爲完成新民歌的創作任務，創作人員結合每一時期的生產躍進情況進行創作，但由於大家每天都在同一個農業社勞動，每天見聞素材都大致相同，難免創作人員之間創作出相同或類似的新民歌作品，在被俱樂部審核時無法計算工作量。再者，即使創作出的作品不相同，也不可能每天都會發現新的素材，

〔註 49〕《新鄉專區文化藝術全面大躍進的意見（草稿）》，存河南省檔案館，文化局 1958 年卷。

〔註 50〕《許昌專區 1958 年文化藝術工作躍進規劃（草案）》，存河南省檔案館，文化局 1958 年卷。

〔註 51〕《商丘專區文化藝術工作全面大躍進誓師代表會議總結》，存河南省檔案館，文化局 1958 年卷。

致使每天規定的創作任務無法完成，受到領導的批評。所以，一些創作人員就走出去，到別的農業社去發現新的創作素材、找到新的創作靈感。在新民歌創作時期，經常有不同農業社的創作人員在各個農業社之間相互走動，也會經常看到不同農業社的人員在一起研究新民歌的創作方法、創作素材等等。還有一些農業社的創作人員實在沒有創作的靈感，一時創作不出新民歌作品，又必須完成當天的創作任務，不得已去臨近農業社去偷詩，將別的農業社創作的、張貼出來的新民歌作品抄下來、或趁人不注意撕下來，回到農業社做些修改、或重新進行加工，創作出新作品。後各農業社察覺了這樣的事情，加強了防範。一些創作人員就在夜間步行幾十里到更遠的農業社，甚至鄰近縣的農業社去偷詩。還有的農業社爲完成創作任務，將創作指標按人頭分配給每個社員。無論社員有無文化，一律平均分配。大部分不識字的社員，只得求助於創作組的人員進行代寫。有時間創作組的人員來不及寫作，而上交時間又迫在眉睫，只得求助於在本農業社被監視接受勞動改造的「右派」分子替寫。作家聶紺弩在 1958 年被錯劃爲「右派分子」，來到北大荒八五零農場第五隊勞動時，針對「人人天天都要寫詩」的全民造詩現象，寫下了「整日田間力已疲，下工回屋事新奇。解衣磅礴床頭坐，燭齊明共寫詩」，「低頭笑問老頭兒，我本文盲做甚詩？你替胡謅二兩句，明朝任務我完之。」〔註 52〕的諷刺詩歌。

四是創作措施。

爲鼓勵和加快新民歌的創作，一些省、市、縣還開展一些與新民歌創作相關的激勵活動。

1、開展新民歌創作評獎活動

爲更快更好地推動新民歌運動的迅猛開展，盡快盡早的放出文藝創作衛星，全國從中央到地方，都定期或不定期地舉辦一些激勵新民歌創作的優秀作品評獎活動。如河南省文化局在《1958 年河南省文化藝術工作規劃》中提出，省文化局設立文學藝術創作基金，各專、市、縣均應根據當地情況，舉辦評獎活動；評獎辦法可採取定期評獎和專題評獎的方式；各級文化主管部門要與有關部門密切合作，建立省、專、市、縣、鄉各級評選、推薦組織，並且要訂出徵集、推薦、發表群眾作品的辦法；各市縣制定出本市縣的優秀

〔註 52〕聶紺弩《聶紺弩詩全編》，學林出版社，1992 年，第 206 頁。

作平評獎辦法，開展定期和不定期的新民歌優秀作品徵文、評獎活動；在評獎的過程中，作者可以直接向報刊投稿或自下而上地采集、推薦相結合的辦法，大力徵求群眾作品。〔註 53〕河南許昌專區文教局 5 月份就下發了《關於迅速做好業餘創作和民間藝術作品展覽評獎工作的通知》，對全區的文藝創作評獎工作、評獎辦法進行了安排和部署。鄭州市郊區制定出《鄭州市郊區 1958 年群眾文藝創作評獎及收集群眾創作評獎辦法》，並在各種評獎中，明確規定獲獎的標準都是根據作者的創作數量而定：「獎項的獲得主要根據創作、搜集的篇幅多少而定，千篇以上一等獎，五百篇以上二等獎，百篇以上三等獎，九十篇以上那個四等獎」。〔註 54〕

同時，國內的各級報刊、出版社也業積極開展文藝創作躍進徵文、徵稿活動，以更好、更快地推進以新民歌創作爲主要內容的文學創作。《奔流》、《萌芽》、《新苗》、《文學青年》、《文藝月報》、《邊疆文藝》、《山花》、《海燕》、《處女地》、《蜜蜂》、《青海湖》、《紅岩》等各省市在全國較有影響力的文學刊物紛紛以不同的主題開展文學創作徵文、評獎活動。一些刊物還聯合起來進行徵文，以擴大徵文的範圍和刊物的影響力。以上海市爲例，上海的新文藝出版社舉辦「上海的一日」、「大躍進中的上海」徵文活動；《文藝月報》舉辦「社會主義新上海」爲主體的徵文活動，並進行評獎，一等獎 200 元，二等獎 100 元，三等獎 50 元；中國作協上海分會、《解放日報》、《文匯報》、《新聞日報》、《新民晚報》、《勞動報》、《青年報》、《文藝月報》、《萌芽》、新文藝出版社等單位以「上海大躍進中的一日」爲題，進行聯合徵文。其他各地市也進行此類徵文活動，如作家出版社開展「大躍進的一天」徵文活動；中國作協重慶分會六月舉辦「社會主義建設大躍進」徵文活動；貴陽市舉辦「貴陽市業餘創作評獎徵文」，獲獎優秀作品刊載在《山花》4 月號上。

在報刊、出版社徵文活動的影響下，全國一些縣的文化館（站）、較大的農村俱樂部也開展推進新民歌創作的有獎徵文活動。如貴州都匀縣文化館辦在 1958 年 4 月舉辦第一次山歌、快板寫作比賽。在 6 月下旬評選結束時，兩個月共收到全縣各區、鄉、社參加評比的山歌作品 1 萬多件，取得了較爲滿意的效果。文化館 7 月底再次舉辦第二次新民歌創作徵文活動。

〔註 53〕《1958 年河南省文化藝術工作規劃》存河南省檔案館，文化局 1958 年卷。

〔註 54〕《鄭州市郊區 1958 年群眾文藝創作評獎及收集群眾創作評獎辦法》存河南省檔案館，文化局 1958 年卷。

有的文學刊物還專門向工農兵業餘作者徵文、徵稿，如文學期刊《紅岩》第八期，專門向工農兵業餘作者開展徵文、徵稿活動。《文學青年》八月號專門開展「青年專號」徵文活動。〔註 55〕有的刊物或文化部門還設立組織、推薦獎，對於組織創作較好、推薦作品較多的縣市以及一些文化館（站）、農村俱樂部的負責人給予獎勵、表揚。

2、搞好賽詩會

賽詩會、誦詩會是在農村積極開展新民歌創作活動的一種行之有效方法，是繁榮群眾新民歌創作的有效途徑。在新民歌運動時期，全國一些縣的農業社積極利用陰雨風雪天氣生產休息的時間，將群眾組織起來，開展各俱樂部、創作組、生產隊之間的賽詩、誦詩活動，以生產活動為內容，幹啥寫啥。創作人員、社員都可以即興進行書面或口頭創作，進行對詩、賽詩、誦詩。再由新民歌的搜集、創作人員將賽詩會、誦詩會上創作的新民歌統一進行加工、修改。如河南泌陽縣縣委領導親自參與和領導定期舉行的群眾性的賽詩活動，召開萬人賽詩、獻詩活動，掀起全民性的寫詩高潮。在 12 月 12 日的一次賽詩活動上，利用誦詩臺、獻詩塔等形式，200 多人就送詩 11000 首。〔註 56〕

賽詩、誦詩活動，一般都和每一階段的生產躍進的中心任務相結合，開展新民歌的集中創作活動。如山西省都昌縣，在夏收夏種時，舉辦了「畝產萬斤賽詩會」後，又舉辦了「大煉鋼鐵」、「人民公社」、「反對美英侵略中東」等賽詩活動。〔註 57〕

3、搞好作品展，樹立創作典型

在新民歌的創作過程中，一些農業社還採取樹立創作的典型的方式，以推動新民歌創作的快速進展。創作先進典型有的是創作小組，有的是創作個人，在本社或本鄉樹立成為大家學習的典範。河南盧氏縣通過搞試驗田和開現場會的方式，對各農業社的文藝創作情況不定期進行評比，對優秀創作組、創作人員的作品由文化館（站）以黑板報、牆報、宣傳板等形式在全縣各鄉進行展出，組織其他農業社的創作人員參觀學習，以推動群眾文藝創作的更好開展。〔註 58〕河南商丘縣縣委宣傳部抽調兩名專職幹部到文化基礎較好的

〔註 55〕《「青年專號」徵文啓事》，載《文學青年》1958 年八月號。
〔註 56〕《河南泌陽縣 1958 年文化工作總結》，存河南省檔案館，文化局 1958 年卷。
〔註 57〕文升傑《賽詩會》，載《星火》1958 年第 13 期。
〔註 58〕《盧氏縣群眾文化藝術工作基本總結》存河南省檔案館，文化局 1958 年卷。

道口、郭村兩鄉搞文藝創作試驗田，培養旗幟，樹立榜樣。5 月份，組織全縣各鄉的宣委、文教幹事、完小校長等人參加的三個戰地會議，進行實地參觀。參觀人員通過觀摩和學習道口鄉 30 個文藝形式，250 個文藝節目的大表演，受到極大鼓舞，一致提出「學道口，趕道口，不趕上道口不罷休」的口號。〔註 59〕河南密縣也重點抓好打虎亭、米村、觀音堂等幾個農業社的俱樂部，搞出文藝試驗田後，組織全縣進行參觀學習；在上述幾個農業社召開 8 次現場會，通過參觀評比，交流經驗，前期了學先進、趕先進、超先進的熱潮。〔註 60〕河南葉縣重點抓好創作個人典型，「早上有模範，上午就宣傳，上午出模範，下午上黑板，下午出模範，晚上幻燈演。」〔註 61〕安陽縣縣委書記在全縣四級幹部會議上，親自個郭王度、東上莊、王家窯三個農業社發獎品，還特別通知享譽全國的快板詩人李隨元參加會議，讓他在會議中間自編自說會議內容的快板。〔註 62〕

有些農業社還根據創作人員的不同情況，組建不同形式年齡段的創作團體。如湖北應成縣的「七香」新民歌創作組，七個只有十八歲的姑娘，因其個人名字中都有「香」字而組建。該省應城縣還有「五蘭」、「七鳳」、「八菊」、「十三英」等以名字命名的創作組 20 餘個，並互相提出競賽。〔註 63〕還有的地方婦女組成「穆桂英」、「梁紅玉」、「花木蘭」、「婦女團」、「女子隊」、「巾幗組」等創作小組，老年男子組成「老黃忠」創作組，還有的回鄉從事農業生產的初高中落榜學生紛紛組建起「賽李白」、「贏杜甫」、「超三蘇」等創作小組，復員軍人積極組建「英雄創作隊」、「尖兵創作連「青年創作營」等等，都成爲當地創作新民歌數量較多的創作典範。

4、創作衛星周、創作競賽月活動

在新民歌運動中，一些地方還根據實際情況，適時開展一些短期的文藝創作競賽活動，緊扣社會政治生活或生產運動的一個階段性主題，開展一天、一周、半月或一個月的突擊創作活動。如河南禹縣 11 月 4 日至 10 日，在全縣各農村俱樂部中，開展「以生產帶動創作，以創作帶動生產」新民歌創作衛

〔註 59〕《商丘縣群眾文化藝術工作基本總結》存河南省檔案館，文化局 1958 年卷。
〔註 60〕《密縣文化館 1958 年工作總結》，存河南省檔案館，文化局 1958 年卷。
〔註 61〕《葉縣文化局群眾文化工作總結及今後意見》存河南省檔案館，文化局 1958 年卷。
〔註 62〕《安陽縣 1958 年農村文化工作總結》存河南省檔案館，文化局 1958 年卷。
〔註 63〕《一棵共產主義的幼芽》，載《民間文學》1958 年十一月號。

星周活動，縣委提出要求「每人要寫百篇，全縣完成二千萬篇」的創作目標。全縣群眾積極行動，全力進行新民歌創作，七天內全縣創作新民歌作品 22000000 篇的衛星。其中紅旗社郭村戰鬥營，在創作衛星週裏，結合深耕土地，突擊種麥活動，七天放出 70 萬篇的大衛星。〔註 64〕登封縣在 4 月份，在全縣開展「新民歌創作月」活動，不到半個月的時間，全縣就創作快板、順口溜式的新民歌作品 281282 篇，其中，大冶區穆桂英創作隊，寫出了一本厚厚的婦女民歌專集。商丘市在全市範圍內開展「讀千篇，寫萬卷，百萬詩歌大決戰」活動。滎陽縣周村紅星人民公社黨委在 9 月 30 日向全體社員發出《告幹部社員》緊急信，開展「萬篇創作日」活動，以萬篇創作向國慶獻禮；在 10 月 1 日收集電話彙報時，寫出了以新民歌爲主要題材的作品 13000 多篇作品。選出二百多篇，編印成《躍進歌聲》第一集；又於 11 月份由開展了「百萬篇創作周」活動。〔註 65〕

全國其他各省市，也舉辦了類似的創作活動，還有的縣提出全年創作總數量，以相互競賽的方式進行創作。如江蘇省江都縣在全縣範圍內開展「爲社會主義歌唱」創作百萬篇運動，即劇本三百個，小演唱一千個，故事二百篇，快板小調四十萬篇，順口溜、街頭詩五十萬篇，搜集民歌三萬篇，其他形式如春聯、謎語……六萬八千篇；提出「培養作者超兩千，創作材料百萬篇，2%能發表，3%傳遍縣」的口號。在創作競賽活動中，制定出性詳細的規劃和措施。在全縣社社、廠廠、鎮鎮建立一千個創作組，每組大致十個人，每人每月創作三篇；發動全縣中、小學教師，幹部，下放幹部、工人五千人，每人每月創作兩篇；發動民間藝人，業餘劇團，俱樂部積極分子 3 萬人，每人每月創作一篇；發動全部中學生和小學五年級以上的學生 3 萬人，每人一年創作五篇；發動全鎮各行業人員和市鎮居民 5 千人，每人每年創作八篇。〔註 66〕

5、創作輔導工作

對新民歌業餘作者進行創作輔導，是新民歌運動期間必不可少的一項工

〔註 64〕《禹縣 1958 年開展全民創作運動的初步總結》，存河南省檔案館，文化局 1958 年卷。

〔註 65〕《滎陽縣人民公社周村紅星管理區文化宮創作股工作總結》，存河南省檔案館，文化局 1958 年卷。

〔註 66〕《人人爲社會主義歌唱——江都縣展開群眾創作百萬篇活動》，載《民間文學》1958 年五月號。

作。在農村俱樂部建立的創作小組的業餘創作人員，很大部分人員是沒有眞正從事過文學創作，更談不上具有一定的文學創作知識、創作技巧和創作經驗。因而，要對這些創作人員有專人進行集中或分散，定期或不定期的創作輔導，以提高他們的創作水平。顯然，分佈在全國各地鄉村的一些文化館（站）起到不可替代的作用，擔當起組織和進行創作輔導的角色。

在新民歌運動期間，全國每個文化館（站）都對全區、全市、全縣、全鄉的創作力量的情況進行了全面的調查，熟悉掌握各類人才的分佈狀況，並經常加強聯繫，積極進行創作輔導，不斷交流和推廣創作經驗，提高創作水平。定期、不定期地選取一些優秀新民歌作品，在各鄉、農業社間進行巡迴展覽；及時發現和樹立創作典型，組織優秀創作人員進行創作經驗交流活動，以提高整體創作水平；還組織相關人員到創作狀況較好的農業社進行參觀學習。文化館（站）的人員分片包幹，邀請一些專業作家、詩人或者親自講授，對轄區的創作人員進行巡迴輔導。另外，還充分發揮每個創作組中的上山下鄉的作家、下放幹部和中小學教師等骨幹人員的作用，讓其經常對本組其他人員進行創作輔導，大力開展師傅帶徒弟活動，規定每個骨幹人員培養徒弟的數量，手把手地教會新民歌創作。有的縣還鼓勵社員進行順口溜式的新民歌創作，隨時向創作人員口述自己創作的民歌作品。新民歌質量審核人員對每位創作人員送來的作品在審核時細緻、負責，對作品進行認眞修改，並對每位創作人員的創作狀況及時進行評價，提出創作建議，指出不足。如魯山縣社員郭全生在看到審核組人員給他提出的創作建議後，非常高興，在給審核組寫感謝信是說到：「過去我寫東西，寫好後個人看不出問題和不足。可是創作組建立後，大家幫助修改，缺點、問題都找出來了，並且還學會了許多新東西。」〔註 67〕一些期刊還開闢專門的欄目，讓一些新民歌作者談創作新民歌的經驗與體會。《熱風》雜誌開闢「農村文藝活動積極分子談文藝」，《萌芽》雜誌開闢「筆談會」欄目，《山花》開設「農民談創作，談農民創作」欄目，《奔流》雜誌開闢「工農兵談創作」欄目，還有《星星》、《紅岩》、《新苗》、《處女地》、《邊疆文藝》、《民間文學》等刊物也開辦了類似的欄目，經常拿邀請一些專業作家、詩人對「工農兵」如何創作新民歌進行輔導，或登載一些新民歌作者如何進行新民歌創作的經驗就行文章，如《山花》登載的遵義農民朱昭仲《創作山歌和花燈的體會》，蔡恒昌《過去想唱不能唱，今天要唱

〔註 67〕《蓬勃開展的禹縣業餘創作活動》，存河南省檔案館，文化局 1958 年卷。

唱不完》等進行新民歌創作經驗介紹的文章。《民間文學》11 月號開闢的「工農談創作」欄目，登載了湖北省應城縣紅旗人民公社「七香」創作組《一棵共產主義的幼芽》，農民作者張慶和《把家鄉變成詩山歌海》，工人黃聲孝《我是怎樣寫民歌的》，農民作者習久蘭《一次深刻的教訓》等談創作體會的文章。一些報刊也開闢了類似的欄目，如《河南日報》開闢「工農兵談創作」專欄，定期登載一些工農兵作者的創作體會。一些出版社還將各地新民歌作者談創作的文章彙集成書進行出版，在全國各地發行。如作家出版社出版的《民歌作者談民歌創作》，介紹了王老九、黃聲孝、殷光蘭、康朗甩等享譽全國的新民歌作者的創作體會；

6、培養新民歌作者

在新民歌運動期間，全國的文學類期刊、雜誌在制定躍進規劃時，都將培養工農兵作者當成一項重要職責來完成，制定出具體的培養數量和作者質量的要求，以推動新民歌創作的更好進展。如《文藝月報》在 1958 年躍進規劃中談到，一年內要發現並經常聯繫新作者 60 人，重點培養出較有成就的新作者 5 人；作品要求及時反映沸騰的社會主義現實生活，每期要有表現地方特點的作品五分之二以上。在 5 月號，《文藝月報》編輯部又向《長江文藝》、《紅岩》、《延河》、《作品》、《處女地》、《新港》、《長春》等刊物倡議開展社會主義的友誼競賽，在新作者的發現和培養上展開競賽。《長江文藝》編輯部也積極做好培養新作者的工作，擴大文學創作隊伍，規定全年培養 70 名新作者，其中工農作者要占三分之一；爭取每位新作者發表兩篇以上作品，每位新作者有專人負責；每位新作者的創作水平，力爭達到刊物發表的一般水平，使他們的創作能力不斷提高；全年發表的作品，其中新作者作品的比重要二分之一以上。《新港》編輯部提出全年聯繫作家及青年作者達到 150 人，五年內增加和鞏固到 400～500 人；每年培養出較有成就的文學青年作者 5～10 人，五年內爭取成爲本刊基本作者的四、五十人。《紅岩》雜誌編輯部保證百分之八十以上的作品反映社會主義建設和工農兵生活，兩年內重點培養工農作者 20 名。《處女地》期刊提出，1958 年將培養出新作者 50 人，其中較有成績的 5 人；每期刊物至少五分之二以上的作品反映東北人民的躍進生活，力求短小精悍。《延河》期刊提出三年內聯繫和培養新作者 100 人，每期發表反映當前生活鬥爭的作品二分之一以上等等。

有的省市還提出，要求每位專業的作家、詩人要聯繫一定數量的工農兵作者，定期對所聯繫的人員進行輔導，以這些業餘作者在期刊上發表新民歌等文學體裁作品的數量，作爲衡定每位專業作家是否融入工農之中的重要標準。如作家李準下放到登封縣三官廟農業社，共培養了 12 名業餘作者，人人都在縣報以上級別的報刊上發表過作品，有的業餘作者創作的新民歌作品還被《人民日報》、《民間文學》等報刊轉載。有的地方在培養工農兵業餘作者上展開競賽，如福建省省委還在專業的文藝工作者中開展「文藝創作和培養工農作者」比賽，看哪一個地區，那一個文藝團體在發動和組織文藝工作者進行文藝創作方面，反映本省社會主義建設上做的又多又快又好，看哪裏培養的工作者、輔導工農作者的工作，做的多、做得好；可以比作品質量高低，作用大小；可以比培養了多少工農作者，取得了較好的成效。〔註 68〕

新鄉專區還要求每個文化館（站）要直接聯繫有各種文化藝術的積極分子每社 5 人，做到心中有數，使他們變成文化館的助手和骨幹，採取集中訓練，分片傳授，個別聯繫，隨時隨地指導的方法進行培養。〔註 69〕湯陰縣要求每個俱樂部爭取培養業餘創作骨幹 30 名，爭取 60 名。〔註 70〕

7、將新民歌的創作與一些會議及文化、生產活動相結合

在新民歌運動期間，利用各級、各類會議推動新民歌創作，成爲各地方廣泛利用的一種卓有成效的形式。在第一屆全國人民代表大會五次會議上，來在全國各省市的領導在發言時，都將本地區在農田水利建設過程中產生的優秀新民歌作品帶到會場，寫進發言稿中。老詩人蕭三將這些「最好的詩」集中搜集、整理後，在《人民日報》上刊出，〔註 71〕開創了全國利用會議推進新民歌創作的先例，爲後來各地所傚仿。如河南泌陽縣緊抓全縣掃盲活動的契機，以鞏固掃盲成果爲目標，把寫作新民歌作爲掃盲學員平時寫練的主要內容，給各位掃盲學員布置寫詩、新民歌的任務，並規定每天具體的任務和數量。該縣還利用全縣開各類幹部會議的機會，布置寫新民歌的任務，並進行張貼評比，進行批評與表揚，提高寫作新民歌的積極性。要求每次會議召開前，每位幹部都要彙報本階段新民歌的開展情況，還要將優秀的新民歌

〔註 68〕陳虹《進一步深入開展整風運動，爭取文化工作的大躍進》，載《熱風》1958 年 3 月號。

〔註 69〕《新鄉專區文化藝術全面大躍進的意見（草稿）》，存河南省檔案館，文化局 1958 年卷。

〔註 70〕《湯陰縣人民文化館五八年工作規劃》，存河南省檔案館，文化局 1958 年卷。

〔註 71〕蕭三《最好的詩》，載《人民日報》1958 年 2 月 11 日。

作品帶到會場誦讀，進行評比。在全縣一次文教會議上，第一天誦讀和評比的新民歌作品只有 42 首，沒有詩歌的幹部受到批評後，第二天就完成 500 首。〔註 72〕

還有的是中央、各省、市、專區、縣不定期地召開一些文學創作的專門性會議，邀請一些專業作家、批評家、新民歌作者和一些來自農村的業餘作者，共同進行新民歌創作的經驗交流，相互學習，提高創作能力，將優秀的創作經驗及時推廣。如 1958 年召開的全國民間文學文藝工作者大會，吉林省 9 月 18 日召開的民間文學工作會議，湖北省 9 月 21 日召開的群眾文藝創作躍進大會等等，都是來自全省各地的工農作者、民間歌手、民間藝人、文化館幹部、以及專業文藝工作者。全國一些省市的省轄市、專區、縣也召開了類似的創作經驗交流會議，如河南省許昌市文教局、團委、工會聯合於 8 月 22 日，〔註 73〕潢川縣於 8 月 13 日，〔註 74〕葉縣於 7 月 29 日，〔註 75〕偃師縣於 12 月 20 日，〔註 76〕都相繼召開來來自本轄區的專業作者、業餘作者參加的創作交流會議。

還有的一些縣的文化部門要求各全縣各鄉文化館、農村俱樂部在制定文藝創作躍進規劃時，最好能用新民歌的形式表達，易於群眾記憶創作計劃和目標。如河南省新安縣《一九五八年農村文化工作總結》、《1959 年文化工作躍進規劃》都是用快板詩的形式寫成。其中的文藝躍進創作計劃如下：

> 新安變成文化縣，月月都有電影看，鄉鄉都有好戲聽，創作大軍十五萬。遍地都有歌唱聲，隊隊舞蹈在田間，到處都有俱樂部，文化革命要實現。社員人人搞創作，組織萬名創作員，建立組織五百個，反映現實來自編。各種指標要訂好，全黨全民大動員，電影劇本 30 個，歌劇大劇一百三。小大戲劇三百部，曲藝唱詞一千篇，創造舞蹈二百個，歌詞歌曲六百三。改編整理是任務，質量問題是

〔註 72〕《河南沁陽縣 1958 年文化工作總結》，存河南省檔案館，文化局 1958 年卷。

〔註 73〕《關於召開業餘文藝創作躍進會議的通知》，存河南省檔案館，文化局 1958 年卷。

〔註 74〕《關於召開農村業餘創作者座談會的通知》，存河南省檔案館，文化局 1958 年卷。

〔註 75〕《關於召開業餘創作會議的有關準備工作的通知》，存河南省檔案館，文化局 1958 年卷。

〔註 76〕《偃師縣人民委員會關於召開業餘創作會議的通知》，存河南省檔案館，文化局 1958 年卷。

關鍵，小說散文一千五，文藝評論是一千。各種繪畫五百部，國畫油畫和連環，詩歌快板一百萬，百行長詩一千篇。民間故事三十本，報告文學六十篇，各個單位史一本，革命回憶30件。〔註77〕

〔註77〕《新安縣1959年文化工作躍進規劃》，存河南省檔案館，文化局1958年卷。

第四章　新民歌的傳播研究

在文藝創作躍進形勢的鼓舞下，新民歌運動在全國各地轟轟烈烈地開展起來，從鄉村到都市，數以億計的新民歌作品被源源不斷地創作出來，全國各地都沉浸在詩歌的海洋之中，處處都是新民歌的歌聲，六億人民齊聲歡呼同一個聲音，演奏著新民歌這一共同的音符，人人都是詩人，人人都在傳誦著新民歌創作出來的躍進樂章。

數以億計的新民歌作品被創作出來，作品在民眾之間傳誦，有的新民歌作品成爲了全國人民出口能誦的作品，如大躍進時期陝西安康新民歌作品《我來了》就是一首全國各地人人盡知的作品，被各地報刊、廣播電臺轉載、播送，廣爲民眾所熟知。河南登封的新民歌作品《編花籃》還成爲河南代表性的民歌，一直到今天，仍然爲大家所喜愛，人人皆可演唱。還有很多大躍進時期創作出來的新民歌作品，在全國、各省、市、縣所流行，深受民眾所喜愛，在民眾之間相互傳誦，直到今天。然而，這些新民歌作品被作者創作出來，是怎樣短時間流傳起來的？又是怎樣從一個地域流傳到其他地域，甚至成爲全國人人盡知的新民歌作品的呢？也就是大躍進時期，新民歌作品是怎樣傳播的？或者說是靠什麼方式傳播、流行起來的？本章試對這一課題做以下探究。

在新民歌運動期間，新民歌作者創作出來的眾多新民歌，大致通過兩種方式在民眾之間相互傳播，即口頭傳播和媒介傳播。口頭傳播，也可以稱之爲非媒介傳播，是不借助任何的媒介（報刊、廣播、電話、網略、宣傳單、宣傳報、通知、通告、海報、文件等）形式，直接通過人與人相互口述的方式在民眾之間相互流傳，也是一種直接的傳播行爲，不經過其他的外部輔助手段，只借助於口語化的語言，夾雜一些表情和肢體語言進行交流。新民歌在傳播的過程中，一部分是在作者創作出新民歌作品後，直接通過口語的形式在民眾之間傳播，但大部分的新民歌還是借助不同的媒介形式進行在不同範圍進行傳播。我們把這些借助媒介進行傳播的新民歌，依據傳播的範圍不同，劃分爲民間傳播和官方傳播兩大類。在各個農業社，群眾（主要是創作人員）自發地組織起來，通過張貼或創辦黑板報、牆報、手抄報、宣傳板、宣傳欄、油印報刊等形式在群眾之間傳播；一般傳播的範圍較小，只是在農業社內部或附近農業社的群眾間進行交流與傳播，我們把這種傳播方式稱之爲民間傳播。與之相對應，通過一定組織、團體或機構把作者創作出來的新民歌作品搜集、征集起來，經過一定的程序加工、整理後，在公開發行的刊物上進行發表、刊載，或經由正規的出版機構，集結成冊進行出版，或者新民歌的作者直接向不同級別的報刊、廣播電臺、出版社進行投稿，將創作出的新民歌作品公開發表，在較大範圍內傳播，我們將這種傳播行爲稱爲官方傳播。

我們下面試談談新民歌作品是如何通過民間和官方兩種傳播方式在民眾間進行傳播的。

一、民間傳播

在大躍進新民歌運動時期，新民歌作者創作出的新民歌作品大致經過以下幾種途徑在群眾中進行傳播：

（一）大字報、牆報、黑板報、宣傳欄、展覽板

新民歌運動時期，通過大字報、牆報、黑板報、宣傳欄、展覽板等形式進行新民歌作品的發表，是最常用的傳播方式，也是當時在農村最直接、最簡單、最快捷的傳播方式，是廣大民歌作者經常選用的宣傳、傳播方式，也深受群眾們喜愛。這種傳播方式，一般在農村可以就地取材，容易取得比較直接的效果。

大字報這種傳播途徑，其實在新民歌運動之前，自 1957 年反右傾運動以來，已經是人們較爲熟悉、經常使用的一種宣傳方式。「大字報曾被認爲是社會主義民主的大發展，大字報能充分發揮群眾的政治積極性和主動性，提高他們的主人翁責任感」，「鼓勵提倡說老實話的運動」。〔註 1〕在發動「大躍進」

〔註 1〕羅平漢《牆上春秋——大字報的興衰》，福建人民出版社，2001 年，第 89 頁。

的成都會議上，毛澤東明確指出：大字報在農村可以推廣。他列舉了在廣大農村推廣大字報的四條好處：一、可以議論國、社大事；二、幹部能聽話；三、群眾便於說話；四、不怕報復。還說，這次會議要作出一條決議，發一個指示，讓農村普遍貼大字報。〔註2〕

因此，在隨後進行的1958年農村整風整社運動中，大字報得到了廣泛的運用。1958年4月2日，中共中央發出《關於整風問題的指示》，要求在農村應結合生產，進行整黨、整團、整社，並明確規定：「無論是城市和農村的所有基層單位，無論在整風運動中和今後日常工作中，為了開展批評和自我批評，糾正錯誤，表揚先進，改進工作，都應該廣泛使用鳴放辯論和寫大字報的方法。」〔註3〕在《紅旗》雜誌創刊號上，毛澤東在《介紹一個合作社》這篇文章中，再次對大字報給予了極高的評價。他說：大字報是一種極其有用的新式武器，城市、鄉村、工廠、合作社、商店、機關、學校、部隊、街道，總之一切有群眾的地方，都可以使用。已經普遍使用起來了，應當永遠使用下去。清人龔自珍詩云：「九州生氣恃風雷，萬馬齊喑究可哀。我勸天公重抖擻，不拘一格降人材。」大字報把「萬馬齊喑」的沉悶空氣衝破了。〔註4〕

由於毛澤東對大字報的一再推介，加上中共中央在文件中明確規定在農村整風整社中也應該廣泛使用大字報，因而大字報之火在農村點燃了，而且很快形成燎原之勢。在大躍進生產運動全面開始後，大字報的運用就更為廣泛，逐漸成為廣大農村「促進生產大躍進」的最有效的手段。在大躍進時期，利用大字報的形式促進生產、推廣生產經驗的事例比比皆是，以致最終成為各條戰線進行生產放衛星的工具，形成「家家貼大字報，人人都鳴放」的景象。據1958年6月13日《人民日報》報導：到6月初，廣東省農村的整風整社運動已蓬勃開展，「大字報已經被農村裏廣大群眾所掌握，成為發揚民主的新式武器，推動著當前的生產，改善著人與人之間的關係，解放了幹部和群眾的思想」。〔註5〕

新民歌運動開戰後，大字報這種大鳴大放的傳播形式也在農村被運用得淋漓盡致，成為新民歌作者進行傳播其作品的有效手段。一些新民歌作者在

〔註2〕李銳《「大躍進」親歷記》，上海遠東出版社，1996年，第195頁。
〔註3〕《建國以來重要文獻選編》，第11冊，中央文獻出版社，1992年，第232、233頁。
〔註4〕《建國以來重要文獻選編》，第7冊，中央文獻出版社，1992年，第178頁。
〔註5〕《廣東人民掌握發揚民主的新武器》，載《日民日報》1958年月13日。

創作出新民歌作品後，馬上以大字報的形式在全村進行張貼，或者用線繩將大字報穿起來懸掛在行人來往較多的村口，道路傍，田地邊，有的將寫有新民歌作品的大字報張貼或懸掛在公共食堂裏、煉鐵高爐上或會議室裏，以便讓更多的群眾參觀、誦讀、流傳自己創作的新民歌作品。有的農業社還在新民歌作者之間展開創作競賽，利用大字報張貼創作出來的新民歌作品，每隔一段時間還根據作者創作新民歌的數量和質量進行評比，比一比哪些新民歌作者創作出的新民歌作品多，哪些作者的新民歌作品被群眾們傳誦得多，哪些新民歌作者創作出的新民歌作品最受群眾們喜愛，優勝者還會獲得鄉、農業社頒發的喜報和獎狀。有的新民歌作者利用大字報的形式，在本社各創作小組之間，或者與其他農業社進行新民歌創作挑戰，互相下挑戰書。每個創作小組爭分奪秒地進行創作，作品一旦創作出來，馬上就以大字報形式張貼出去，向對手進行示威挑戰。對手也會以最快的速度將自己創作出的新民歌作品張貼出去。競爭者之間，你一張、我一張的不斷張貼上去，互不服氣。往往會引來很多群眾在大字報下駐足觀看、誦讀，在群眾中之間進行流傳。有的創作小組連夜進行寫作，一夜之間將全村的高低牆壁，張貼得比比皆是，寫有新民歌作品的大字報懸掛得到處皆是。

新民歌運動時期，爲更快地使新民歌作品在廣大民眾之間流傳，僅靠大字報張貼的形式是不夠的，大字報張貼出去後，經歷風吹雨淋，保留時間較短，再加上新的民歌作品不斷被創作出來，舊的大字報會很快被新張貼的所覆蓋，有些新民歌作品，群眾還沒有看到，就被撕掉或者覆蓋，影響了在群眾之間的流傳。因而，在新民歌運動時期的中國農村，人們又充分利用了街頭詩、牆頭詩、牆報、牆畫等媒介形式，以推進新民歌在群眾間的有效傳播。在新民主主義革命時期，街頭詩、牆頭詩這些傳播媒介是最爲常見的一種形式，爲各地所廣泛運用。作家田間曾記述過 1938 年 8 月的延安牆報、牆畫、牆頭詩、街頭詩的興盛狀況，「延安城內，大街小巷，槍頭和城牆上，張貼其一首一首的街頭詩」，「大街的中心，懸掛著九幅紅布，紅布上面，也是寫著街頭詩」，「在各地的廟子裏，岩壁上，時有所見」。〔註 6〕爲克服大字報時效性較短的弊病，一些農業社開始利用牆報、牆畫的形式進行傳播新民歌作品。一開始是將本村主乾道、平日群眾來往較多的路段兩邊的住戶家的牆壁、院牆用白石灰進行粉刷，用毛筆將民歌作者創作出的公認較好的、農民易學的

〔註 6〕田間《寫在「給戰鬥者」的末頁》，載《詩刊》1958 年第 1 期。

新民歌作品寫在白牆上，以便供群眾們長時間誦讀、瀏覽、傳誦。後來，隨著新民歌運動的廣泛開展，規模越來越大，一些農業社將牆報的範圍不再局限於本村主乾道，一些偏僻小巷住戶的院牆也利用起來，進行新民歌宣傳、傳播。最後，發展到家家戶戶的院牆都被利用起來，並且創辦的牆報也不再單調，內容、形式都開始豐富起來。用的農業社專門買來各種顏料、畫筆，讓本村學校或下放幹部中寫毛筆字較好的教師進行書寫，讓美術教師在上面用各種顏料根據新民歌的內容進行作畫，形成詩配畫、畫配詩的牆報新形式。有的農業社還從縣城裏專門請來書法家、畫家進行設計、製作牆報，圖文並茂，山水、素描、油畫、水粉畫等等，一時間成爲大躍進新民歌運動時期中國農村一道靚麗的風景。牆報的內容一般隔一段時間，根據大生產運動情況，如掃盲運動、除四害運動、植樹造林運動、人民公社運動、公共食堂運動、大煉鋼鐵運動等等中心任務的不同，進行定期或不定期的更換。有的縣還將譜過樂譜的新民歌作品以牆報的公佈，供群眾們學習和傳唱。有的縣爲配合掃盲運動、鞏固掃盲運動的成果，還將牆報上的新民歌作品加上漢語拼音，爲新脫盲或正在脫盲的群眾提供便利的誦讀方式，加快新民歌在群眾間的傳播。

爲推動牆報這種有效的新民歌傳播方式，一些縣的宣傳部門、文化部門結合各鄉、農業社的文化館、文化站還定期對各農業社辦的牆報進行評比，頒獎。還組織各農業社的新民歌創作人員到牆報辦得較好的農業社進行參觀學習。還將寫有新民歌作品、辦得較好的牆報拍成照片，在各農業社間巡迴展覽，有的是在相鄰幾個縣之間進行聯展，既推廣了牆報這種有效的傳播形式，又擴大了優秀新民歌的傳播範圍。

黑板報、宣傳欄、展覽板也是大躍進時期各群眾戶家使用較爲廣泛的新民歌傳播形式。新民歌運動時期，農業社每家每戶都用各自不同的的方式，傳播所屬創作組創作出來的新民歌作品。有的以黑板報的形式、有的以展覽版的形式、有的也以宣傳欄的形式進行新民歌的宣傳。這些傳播形式一般都設在每戶人家的門口，就地取材，根據各家的情況辦黑板報、豎展覽版、建宣傳欄等形式，將本創作組創作出的最新作品及時圖文並茂地宣傳出去。有的農家在自家大門口的兩邊牆壁上，專門用水泥或白灰建造兩塊泥板，用黑漆塗黑，設計成黑板的形狀，也有的農戶用木板做成黑板支在大門的兩旁，用粉筆作爲書寫的工具，把所屬創作小組創作出的新民歌作品書寫在黑板上，讓來往的群眾觀看、誦讀。各家將黑板報辦成圖文並茂的彩板，用不同顏色的粉筆書寫、繪畫。還有的農家將黑板報辦成系列，按期辦板報，每期還設有不同的欄目，不同的主題等等。

展覽版是一種較爲綜合的新民歌宣傳形式，每個創作小組或每個俱樂部定期將本創作小組或俱樂部創作出來的優秀新民歌作品，集中起來，抄寫在展覽版上，加上一些圖畫，放在俱樂部進行展覽，供群眾們參觀、傳閱。有時，俱樂部也根據生產運動的需要，以固定的主題或內容要求各創作組進行創作，然後將各創作組創作出來的優秀作品，張貼在展覽板上，利用群眾開大會的機會，擡到會場進行展覽，或者把展覽版放在田間地頭，供農民在勞動休息時間進行觀看、閱讀。有的鄉文化館（站）也根據需要，組織一些優秀作品展，以擴大新民歌作品的傳播範圍。

（二）歌詠活動

中國民間歷來就是一個民族文化底蘊豐厚的地方，中國很多優秀的民歌作品都來自於民間，爲了使這些作品更好更快的傳播與流傳，一些民間的藝術家將這些民歌作品譜上曲，供一些民間歌手進行演唱，代代相傳，使優秀的民歌作品保留下來。中國漢代就設有專門性的音樂機構——樂府，爲民間采集來的民歌進行譜曲，以便在民間更好地流傳。從古至今，在中國民間都有一些愛好歌唱的民間歌手，這些歌手發自內心的喜愛，去唱一些民歌作品，尤其我國有很多少數民族都是能歌善舞的民族，都在通過自己的演唱，傳承和延續著本民族創作出來的優秀民歌作品，直到今天，在中國的民間，仍然存在著這些繁衍民族文化的原生態鄉土歌手。這些歌手雖然沒有經過專門的樂理知識培訓，但都具有一定的音樂天賦，略通音律，平日裏喜歡歌唱，經常在勞動之餘爲村民們進行演唱，深受村民喜愛。中國民歌都有一定的創作調式，作曲家在對民歌作品進行譜曲時，也是按照這些調式進行譜曲。民間歌手雖有的不懂或者略通音律，但憑藉自己都年來已經會唱歌曲的積累，會很快掌握各種民歌的調式，進行演唱。這些民間的歌手在大躍進新民歌運動時期，對新民歌作品的傳播，起到了至關重要的作用。

新民歌運動時期，全國各省市都在新民歌作品的傳播上做出過規定，要求不僅掀起全民創作新民歌的熱潮，而且更要形成一個全民高唱社會主義新民歌的熱潮，從而構成一個創作、傳播相結合的完整新民歌運動。也就是說，1958年中國新民歌運動，不僅僅包括新民歌作者進行新民歌創作運動，而且還包括全民範圍內進行新民歌曲及其他一些優秀音樂作品的傳唱活動，在全民之中形成一個創作、傳播的高潮。因此，各省市在其文藝躍進規劃中，對新民歌作品通過傳唱的形式在群眾中進行有效傳播，都做出了明確規定。以河南省爲例，在《1958年河南省文化藝術工作躍進規劃》中，做出了明確規定：

（4）今年（1958年）「七一」以前全省做到隊隊有歌手，到處有歌聲。每個青年社員58年「七一」以前保證會唱4～5首新歌曲。具體措施是：

1、省、專、市、縣要立即召開協作會議，與工、青、婦、教育等部門密切合作，訂出計劃，組織力量，統一行動，開展一個「萬人教，全民唱」的群眾性歌詠運動。

2、各級文化主管部門要立即推薦一批優秀的群眾歌曲，並且可以利用群眾喜聞樂見的民間歌曲填寫新詞。

3、利用有線廣播定期教唱新歌；利用會前會後，課前課後，工間休息，下地走路的時間，一傳十，十傳百。

4、鄉鄉建立新歌傳授站（可設在中心俱樂部內），經常舉辦音樂會。

5、每縣要重點輔導一個鄉，使每個生產隊至少有一個能夠認識簡譜、教唱新歌的骨幹。〔註7〕

在1958年春節前夕，河南省文化局在《河南省文化局關於開展春節群眾藝術活動的幾點意見》中也提出，「爲了有力地鼓舞勞動人民的生產熱情，從今年春節開始，應大力發展群眾性歌詠活動，要求通過今年春節達到『隊隊有歌手，到處有歌聲』的要求，各地文化部門立即採取措施，大力開展此一工作。各縣、市結合本地情況選擇四、五首優秀的，又是易學易會的好歌曲，印發給各個農業社，並依靠下放幹部、復員軍人，青年學生中有教唱特長的人才隨時隨地唱歌教歌，並廣泛建立新歌傳授站。每個俱樂部裏都建立歌詠隊，每個生產隊裏都建立歌詠組。各地還可以選擇適當時機以社、鄉、區、縣爲單位舉辦歌詠比賽，以推動歌詠運動的開展。」〔註8〕

〔註7〕《1958年河南省文化藝術工作躍進規劃》，存河南省檔案館，文化局1958年卷。

〔註8〕《河南省文化局關於開展春節群眾藝術活動的幾點意見》，存河南省檔案館，文化局1958年卷。

在河南省宣傳、文化部門的統一規劃下，全省各直轄市、專區、縣在制定本市、縣文藝躍進規劃時，都做出了進行新民歌教唱活動的安排。在教唱新民歌的過程中，充分發揮具有識譜能力人員的最大作用，並制定出詳細、可行的教唱計劃。如洛陽專區在《1958 年文化工作躍進規劃》中，對新民歌的教唱活動做出了細緻安排，要求今年「七一」前，全區農村中做到「隊隊有歌手，處處有歌聲」;「十一」前，每個社員要學會 5 首新民歌歌曲，年底前，每個社員要學會 8 首。在具體做法上：全區各縣聘請各自城關中心學校的音樂教師，在縣有線廣播電臺進行教唱；縣文化館中具有一定音樂水平的人員，定期到全縣各俱樂部對音樂骨幹分子進行傳授新歌；骨幹分子學會後，再利用會前會後，課前課後，工前工後，工間休息，上下工的路上進行一傳十、十傳百的方式進行教唱；每個農村俱樂部的民間藝人全年要學會 40 段新詞，其中要創作新詞 5 段，帶會一個徒弟，培養 5 個業餘說唱宣傳員。有的縣將社員按年齡分成幾個階段，每個階段規定要學會不同數量的新民歌。新鄉專區要求全區各縣要「利用有線廣播站，定期教唱新歌，利用會前會後，課前課後，工間休息，下地走路時間，教歌唱歌，一傳十，十傳百的辦法串聯著青壯年唱歌」,「全年要求青壯年每人學會新歌 4 至 5 個」〔註 9〕商丘專區要求全區各農業俱樂部「隊隊有歌手，到處有歌聲，每個青年社員到年底要學會 10～20 首新歌。」〔註 10〕湯陰縣要求各農業社隊隊有歌手 1 至 3 人，保證全年每個青壯年學會 30 首新歌曲，爭取 40 首新歌曲。〔註 11〕輝縣各農業社每個生產隊都有一個文藝演唱組，有歌手 1 至 3 人，有黑板報 1 至 3 塊，有讀報員 2 至 3 名，全年每個青壯年學會 4 至 8 首歌曲。〔註 12〕

各縣農村俱樂部在具體做法上根據各自的情況，也制定出具體有效的教唱措施。有的充分利用遍佈於個農業社的縣有線廣播，利用中午、晚上下工的時間，請在縣城的中小學的音樂教師、文化館的音樂人員、縣劇團的演員輪流在廣播電臺進行教唱。經濟條件相對較好的還將這些人員教唱的新民歌用錄音機錄下來，按時在廣播電臺進行播放，教唱新民歌。每當廣播電臺教

〔註 9〕《新鄉專區文化藝術全面大躍進的意見（草稿）》，存河南省檔案館，文化局 1958 年卷。

〔註 10〕《商丘專區文化藝術工作全面大躍進誓師代表會議總結》，存河南省檔案館，文化局 1958 年卷。

〔註 11〕《湯陰縣人民文化館五八年工作規劃》，存河南省檔案館，文化局 1958 年卷。

〔註 12〕《輝縣 58 年文化工作躍進規劃》，存河南省檔案館，文化局 1958 年卷。

唱新民歌時，各生產隊的生產隊長將社員組織起來，聚集在生產隊的有線廣播下，大家跟著電臺的教唱人員進行學唱。學唱結束後，全體社員進行合唱，鞏固學唱的效果。有的俱樂部將本社的中小學音樂老師、下放幹部中通曉樂理的人員、民間藝人、民間歌手組織起來，將本俱樂部創作出來的優秀新民歌作品，以舊曲新詞或者進行新的創作等形式，創作出一些新民歌歌曲，在社員間教唱。有的將帶有樂譜的新民歌油印後，分發個每位音樂骨幹、民間歌手，利用一切時間，隨時在社員中進行教唱。有的俱樂部還將生產隊的廣播架設到田間，煉鐵高爐旁，在社員勞動進程中，由生產隊的歌手進行反覆唱新民歌，加快新民歌在社員間的傳唱、傳播。有的新民歌作品在社員中廣泛傳唱，取得社員們的好評，被上級部門征集或被推薦到縣、市、專區、省，在更大範圍內教唱，傳播的範圍更廣大，爲更多的社員所熟知，所傳唱和流傳。如上文我們已經談到過的河南登封一首新民歌作品《編花籃》被作者鍾庭潤創作出來後，被當時的音樂人員郭復善譜曲後，在社員間廣泛教唱，層層被向上推薦，傳唱、傳播的範圍越來越來，以致新民歌《編花籃》成爲河南民歌的代表作品，直到今天認爲人所喜愛，傳唱。

在各方面的共同推動下，新民歌教唱運動在全國各地都取得了較好的傳播效果。還以河南省爲例，河南省文化局在 1958 年全省文化工作總結中談到，全省「社會主義的歌詠運動正蓬勃地發展著。據不完全統計，現在全省農村歌詠隊已有三萬多個。僅信陽專區就有 11595 個。他們採用萬人教，全民學，一傳十，十傳百，領導幹部帶頭學，教師教學員，學員教群眾的傳授方法教新歌；專區許多縣的縣委書記、縣長都參加歌詠隊，和群眾一起唱歌。」「禹縣梁北鄉組織了「佘太君」合唱隊、「梁顥合唱隊」等等。「夫妻對唱，母子合唱」的事情已經不再使人感到奇怪了。〔註 13〕

另外，汲縣還編選了四期新民歌《歌曲選集》，利用中小教師、下放幹部、復員軍人，中小學畢業生和一切有識譜能力的人，普及了「社會主義好」、「農業綱要四十條」、「我們是紅色青年」、「生產大躍進」、「歌唱總路線」等十首新歌曲。〔註 14〕西平縣紅光農業社在全社組織 10 個歌唱隊，每隊都有 20 人到 25 人，大部分都是中小學畢業生和有歌唱能力的民校學員，這些隊員都是

〔註 13〕《河南省文化局關於河南省群眾文化工作發展情況的報告》，存河南省檔案館，文化局 1958 年卷。

〔註 14〕《汲縣文化館五八年工作總結》，存河南省檔案館，文化局 1958 年卷。

唱歌能手。在群眾中普及唱歌活動主要是依靠當地學校的音樂教師，重點培養唱歌骨幹，再以骨幹教唱群眾，並提出「會者主動教，不會者主動學」的口號。〔註 15〕

文化館（站）的幹部也加強輔導工作，與群眾打成一片，通過生產組織歌舞隊，推動歌舞活動。提出口號「手幹活，嘴唱歌，休息時間把舞學。白天鬧生產，晚上搞聯歡，歌舞活動好，生產情緒高」，廣泛地開展群眾性歌舞活動，社社形成了「俱樂部內鬧鬨鬨，田野歌聲到處聽，吃飯以前把舞跳，大會場內賽歌詠」、「沒牙奶奶蹦蹦跳，七十爺爺把歌哼。小孩頑童也歌舞，青年活動更是凶」〔註 16〕的壯觀局面。

（三）對歌活動

在以教唱的形式進行新民歌傳播的過程中，有的縣的農村俱樂部充分利用一切機會開展新民歌的傳唱活動，其中在各俱樂部、生產隊之間開展的新民歌對唱活動是農村中較爲流行的新民歌歌詠活動。有的是利用田間勞動的休息時間，每個生產隊的隊長將本隊的社員組織起來，由民歌歌手進行領唱，與其他生產隊展開對歌比賽活動。全隊社員齊唱已學會的新民歌，生產隊長邊指揮邊打著節拍，將對歌的氣氛烘託至高潮，既舒解了緊張勞作中的疲憊，又加快了新民歌在社員們間的流傳。有的縣在公共食堂開飯前，組織社員進行對歌、對唱活動；有的縣在每次會議開始前，進行各生產隊輪流的唱歌活動；有的紅專大學、民辦中學、夜校在上課前，學員們一般都唱幾首新學的新民歌。

（四）賽詩活動

賽詩活動是新民歌運動時期，中國農村普遍採取的一種民歌傳播方式。賽詩活動也是中國很早就有的一種文學性創作活動，是一些才子佳人通過對詩、賽詩、酬答等形式，展示自身橫溢才華的一種形式。而在農民之間開展轟轟烈烈的寫詩、寫民歌、賽詩活動，從古以來，鮮有耳聞。在大躍進新民歌運動時期，在中國廣大農村開展了廣泛的農民寫詩、賽事活動，成爲農村中前所未聞的運動。人人都可以上臺賦詩，獻詩、誦詩，或者新民歌的寫作者之間進行創作挑戰，奪魁比賽，或者擺下詩擂臺，開展寫作新民歌的攻擂、守擂活動。

〔註 15〕《西平縣邵莊鄉紅光農業社俱樂部在夏收夏種工作中開展活動的經驗總結》，存河南省檔案館，文化局 1958 年卷。

〔註 16〕《靈寶縣文化館 1958 年工作總結》，存河南省檔案館，文化局 1958 年卷。

新民歌運動時期，賽詩會、賽詩臺等形式的民間賽詩活動，是中國廣大農村最常見的新民歌創作、傳播形式之一，也為社員們所喜愛和樂見。新民歌運動剛開始時期，一些創作小組的新民歌作者，經常利用晚飯後、社員們全天勞動結束歇息的時間，將本創作小組所聯繫的社員組織起來，或在固定的農戶家裏，或在生產隊的麥場裏，或在生產隊的牛屋，或在村口、路旁的大樹下，社員們圍坐在一起，邊進行勞動經驗心得交流，邊聽本小組新民歌作者誦讀一天來創作出來的新民歌作品，每個創作者輪流上去誦讀自己的作品，也可以委託別人讀自己的作品，並且讓每位社員聽後根據新民歌的內容提些建議，隨即進行修改。朗誦者，尤其是一些下放幹部、民間藝人、鄉村知識分子在進行朗誦自己創作的新民歌作品時，往往聲情並茂，極富激情，時而喜悅、時而嚴肅，時而活潑、時而沉靜，常常將自我的創作情感感染倒在場的每位社員。社員們既可以通過聽創作者朗誦新民歌作品，獲得精神上的愉悅，又可以將自己一天來的見聞、素材提供給新民歌的創作者。有的新民歌創作者不僅現場對作品進行修改，而且還根據社員們提供的素材進行當場創作。這種以讀、誦、寫為形式的新民歌創作活動，最初在農村被稱作誦詩會或詩歌朗誦會，一般都是在本創作組速聯繫的社員之間進行，幾乎時每天如此，風雨無阻，似乎社員們都行成了一種習慣，晚飯後自發地聚集在一起，聽創作者朗誦詩歌。後來隨著新歌運動的廣泛開展，一些創作小組為將創作出的新民歌為更多的社員所聽，就將誦詩的地點固定化，進行簡單的搭建，有的選擇在本村的舊學堂、舊私塾裏，有的選擇在舊祠堂裏，有的選擇在學校的場院裏，還有的將誦詩的地點選在村口、田地間，進行簡單的搭建等等。總之，各創作小組根據情況，就地取材，建立誦詩、讀詩的地點，以便每位社員都可以根據愛好到各個誦詩點聽創作者朗誦新民歌。賽詩會還有很多其他的舉辦形式，如河南鎮平縣在各農業社舉行詩歌朗誦會，有三種形式：一種是抓住各種會議，利用會前會後，選擇有關會議內容的詩歌當眾宣讀。一種是專題朗誦會。另一種是村村設立朗誦會，利用工休時間，自編的優秀詩歌拿到誦詩臺上進行朗誦，進行經驗交流，表揚先進，搞好宣傳，啓發後進，推動生產。〔註 17〕

這些新民民歌創作者為顯示自我與眾不同的文學、文化氣質，還給自己創作小組誦詩的地點都起上各不相同的雅稱，有的叫做詩棚、詩屋、詩房、

〔註 17〕《鎮平縣安子營鄉元明寺「寫作齊開花，文盲變詩家」》，存河南省檔案館，文化局 1958 年卷。

詩坊、詩府、詩門等，有的叫做詩臺、詩壇、詩苑、詩亭、詩堂、詩閣、詩廊、詩軒等，有的稱作詩林、詩園、詩海、詩社、詩欄、詩窗、詩碑等，還有稱作誦詩臺、獻詩臺、讀詩臺、賽詩臺、對詩臺、挑戰臺等，另外還有較多的稱呼，如民歌欄、民歌碑、鼓動碑、鼓動臺等等，將誦詩、賽詩這種形式的新民歌傳播活動發揮到極致。每個創作小組還將賽詩點進行設計、裝飾，設有張貼新民歌作品的宣傳欄、宣傳窗、展覽板，供來往社員進行誦讀。還設有社員留言欄、意見欄，其他創作小組創作出的新民歌作品也可以進行張貼。有的還建設成文人學壇，以新民歌形式創作出配合中心社會、政治、生產任務的對聯，張貼或懸掛在賽詩點的兩側，如「下鄉上山奔向勞動戰線，千錘百鍊養成文武全才」、「增產勝過搖錢樹，節約如同聚寶盆」、「五好四五爭模範，千軍萬馬建農村」、「百花齊放，加強城鄉互助；萬象更新，鞏固工農聯盟」、「民主辦社，千里江山千里秀；勤儉持家，萬戶豐產萬戶新」、「鄉鄉牛馬壯，豐衣足食餘糧社；社社豬羊肥，能寫會算文化村」、「人人除四害，男男女女學文化；處處五穀香，家家戶戶講衛生」等等。

詩擂臺是各農村俱樂部定期組織、在各創作組之間開展的一種新民歌創作、傳播活動。在每個農業社都搭建有專門的賽詩擂臺、賽詩挑戰臺、或誦詩擂臺，一般都搭建在俱樂部門口或本村繁華的街口。由農業社的幹部每三天、一周或半月定期進行組織，各創作組都將創作出來的優秀作品，依次拿到詩擂臺上進行誦讀，由評委組進行綜合評定，獲得冠軍者成為擂主，農業社頒發獎狀，張貼喜報。擂主將進行守擂，迎接下一期擂臺賽其他創作人員的挑戰。連續優勝者，還會獲得一定的物質獎勵。評委組人員一般有鄉文化宣傳幹部、鄉文化（館）站文化幹部、農業社幹部、從縣城回社居住的離退休幹部、中小學校長、社員代表等人員組成。評定優勝的標準，不僅根據創作組創作新民歌的數量和質量，而且主要看創作組創出的新民歌在社員中的傳播情況，看新民歌作品被誦讀後，經過一段時間後，能夠傳誦這些民歌作品的社員數量進行評定。詩擂臺舉辦的時間一般是在全天勞動結束後的晚飯後進行，有的安裝上電燈、照明燈，距離村莊較遠的擂臺，安裝電燈不便，就安裝上沼氣燈，用來照明。詩擂臺有專門的主持人，對賽詩現場進行安排、組織。在詩擂臺上誦讀的新民歌作品，一般都是固定的主題、內容，根據每一階段中心任務的不同確定詩擂臺的主題，本期將下期的主題進行提前公佈，各創作組圍繞主題進行新民歌創作，也有的是現場指定主題進行由新民歌作者即興創作，或者指定主題後，創作小組之間進行對詩創作，一首接一首，將創作出來的新民歌作品進行誦讀，在規定時間內接不上來的被淘汰。

新民歌運動期間，賽詩活動在全國各地都得到廣泛開展。江蘇常熟白茆鄉兩個生產合作社民歌對唱，連唱三夜，聽的人每晚有五千多人。〔註 18〕廣西容縣春耕生產誓師大會上萬人下應戰書，進行新民歌的創作、誦讀挑戰。優秀的新民歌詩歌被《紅水河》期刊第四期給予刊載。〔註 19〕「山西省舉行全省民間音樂匯演。參加匯演的主要是來自全省各地農村的民間歌手、歌詠隊。會場上有從農村來的男男女女、老人小孩，有懷抱吃奶孩子的媳婦、打扮新鮮的姑娘，還有穿著黃色、紫色袈裟、帶著樂器，從五臺山下來的和尚」，「全城打扮得像家家辦喜事一樣，街道小巷都是五彩繽紛，熱鬧新鮮。」〔註 20〕河南汲縣李元屯人民公社成立了 12 個賽詩委員會，123 各創作組，採取勞動時間想，休息時間寫，生產創作大統一的辦法，建立了賽詩亭，賽詩路，賽詩臺，留詩壁，賽詩欄，詩歌展覽館，對詩會，詩園等，大街小巷每個角落都貼滿了優美動人的詩篇。〔註 21〕河南商丘市和平農業社結合共產主義教育活動舉行一千餘人的賽詩大會；第一中學在第一次賽詩會上就創作詩歌 3600 篇。〔註 22〕靈寶縣五麼、朱陽等農業社在街上，俱樂部內，食堂裏，都設了賽詩臺或詩歌園地，群眾將自己寫的文章貼在賽詩臺上和別人比賽；西章、川口兩個農業社組織創作日，將群眾集中起來寫作，看誰寫得多，有很多農業社、學校，將賽詩作品整理油印後進行展覽。〔註 23〕

（五）油印報刊、詩集

新民歌運動時期，一些農業社爲加快新民歌作品的傳播，創辦了一些內部交流性質的民間油印小報，將創作出的新民歌作品，油印出來，在社員之間進行交流。最初是農業社的一些創作組小組定期將本小組創作出來的優秀民歌作品辦成手抄報，每期用兩開的白紙，正反面都抄寫上新民歌作品，根據新民歌內容加上一些彩色插圖，加上報刊題目，懸掛在村主乾道兩邊，供

〔註 18〕路工《拜民歌爲師》，載《民間文學》1958 年 6 月號。
〔註 19〕《擂臺之歌》，載《紅水河》1958 年第四期。
〔註 20〕朱寨《群眾的歌聲和隊伍》，載《民間文學》1958 年五月號。
〔註 21〕《汲縣文化館五八年工作總結》，存河南省檔案館，文化局 1958 年卷。
〔註 22〕《商丘市人民文化館 1958 年工作總結》，存河南省檔案館，文化局 1958 年卷。
〔註 23〕《靈寶縣文化館 1958 年工作總結》，存河南省檔案館，文化局 1958 年卷。

社員參觀、瀏覽。後由於這種形式進行新民歌傳播，影響範圍較小，並且手抄報的懸掛受天氣影響很大，不易保存，並且每期只有一份，不利於各農業社之間進行傳播、交流。基於這種情況，一些由中小學教師組成的創作組，充分利用各學校的教學資源，將學校期中、期末用於印製學生考試試卷，其他時間基本上閒置的手推油印機利用起來，用鐵筆將創作出的新民歌作品刻製在蠟質上，用油印機油印出來，散發到社員中進行傳播，取得較好效果。其他的創作小組也紛紛傚仿，自籌資金從縣城買來鐵筆、蠟紙、油墨、油印機等油印設備，將創作出來的新民歌作品油印出來，在各創作小組、農業社見進行交流，以擴大傳播範圍。

在油印機油印新民歌作品進行傳播過程中，一些創作小組的成員，有來自省、專區、縣報社、出版社、新華書店或在一些機關單位的宣傳、文教部們的下放幹部，爲進一步推動新民歌作品的傳播，開始嘗試以報刊的形式創辦一些油印的小報。按照正規報刊的創辦形式，定期出刊，在社員之間免費傳閱。各農業社還將這些油印的小報上交到鄉、縣，供領導傳閱或向上級部門、報刊推薦。另外，還將一部分油印小報通過每天來往於各鄉、農業社間的有的人員，傳遞到其他鄉、農業社，相互進行交流、學習和傳播。

這些油印小報一般製作得都很精緻，參與小報設計、製作的創作人員，有的本身就是出版社、報社的文字、美術編輯，有著豐富的辦報經驗，每期小報都很新穎、別致，深受群眾們喜歡。每份油印小報都有報刊名稱，但根據當時形式的需要，一般都將報刊名稱命名爲：「躍進報」、「XX 快報」、「XX 戰報」、「躍進之歌」、「躍進快報」、「XX 歌聲」、「戰地報」、「生產線」等等。油印小報是社員自己辦，自己受教育的一種刊物，內容能夠緊密的配合中心，並及時推動中心工作。形式生動、短小，出的快，用紙省，稿一來，只要好，馬上登，有一篇登一篇，有兩篇登兩篇，只要中心需要，一天可以出許多次，很快傳到工地、田間。文章主要採用快板詩的形式，也有有的農業社將油印小報辦成綜合性報刊，不但登載新民歌作品，而且還看在一些生產大躍進情況，在大躍進生產中湧現的新人新事，還有的小報刊載一些其他文藝作品，如一些小通訊，各項中心工作的緊急指示，小常識以及根據生產季節選登的一些優美農諺，豐收喜訊，天氣報告，總路線貫徹，快板，民歌、漫畫等。〔註 24〕這些油印小報

〔註 24〕《打虎亭鄉民辦文化站是如何開展工作和輔導各社隊俱樂部的》，存河南省檔案館，文化局 1958 年卷。

一般都是四開雙面四版，都是圖文並茂，刊頭套紅設計，正文使用黑、藍兩種顏色的油墨印刷，文字都是手寫，採用橫排、豎排的形式，分爲定期、不定期兩種出版形式。在欄目設置上，一般在第一版報眉部分設有本期導讀，特別推薦，第四版或中縫位置設有下期內容目錄；除新民歌作品外，還開設有其他隨機欄目。

在新民歌運動期間，幾乎每個縣的農業社都辦有這種形式的小報，河南偃師縣在 1958 年上半年，就創辦了《湯泉小報》、《邙山報》等 170 餘種躍進小報，全年共創辦小報 250 餘種。〔註 25〕密縣在 1958 年上半年文化工作總結中，要求全縣農業社小報在 51 處的基礎上，年底要達到 402 處，每社都有報紙。〔註 26〕靈寶縣文化館選擇各農業社創辦的小報上的較好的詩歌、快板、民謠等文藝作品彙集成冊，編印了《靈寶躍進歌聲》、《俱樂部小報》、《詩歌特刊》等共 5000 多份。〔註 27〕汲縣除將各農業社小報上的優秀作品選出送上一級民歌採風部門外，還編印了《汲縣躍進詩歌選》一集和《群眾創作詩選》四集。〔註 28〕滎陽縣挑選一些精彩的詩歌印成《躍進文藝》兩集，第一集分三部：歌頌人民公社；鋼鐵文藝；多產鐵，多打糧，狠狠打擊美國狼。第二集分五部：一定要解放臺灣；人民公社無限好；鋼鐵文藝；向科學文化大進軍；詩欄文化朵朵鮮。第三集正在搞。〔註 29〕

這些油印小報在當時產生了廣泛影響，在促進大躍進生產和新民歌的傳播上起到了不可或缺的效果，在當地成爲了小有名氣的報刊，如河南駐馬店專區嵖岈山農業社創辦的《嵖岈山快報》，滎陽縣廣武農業社出版《前進報》、《水庫小報》，西平縣邵莊鄉紅光俱樂部的《生產快報》，密縣打虎亭鄉民辦文化站創辦的《生產快報》、《夏收夏種快報》（根據中心任務不同，期間性報刊），等等。

在油印小報的開展過程中，一些創作量比較大的新民歌作者，開始將自己創作的新民歌作品，歸類整理起來，集結成詩集，進行油印自費出版，以

〔註 25〕《偃師縣一九五八年文化藝術工作總結》，存河南省檔案館，文化局 1958 年卷。

〔註 26〕《密縣人民文化館 1958 年工作規劃（草案）》，存河南省檔案館，文化局 1958 年卷。

〔註 27〕《靈寶縣文化館 1958 年工作總結》，存河南省檔案館，文化局 1958 年卷。

〔註 28〕《汲縣文化館五八年工作總結》，存河南省檔案館，文化局 1958 年卷。

〔註 29〕《滎陽縣人民公社周村紅星管理區 關於建立勞動人民文化宮的總結》，存河南省檔案館，文化局 1958 年卷。

贈閱的形式，在其他新民歌作者、社員間進行傳播。有的新民歌詩集被文化館所收藏，有的油印作品被推薦到縣、專、省正式出版。

二、官方傳播

新民歌的官方傳播是相對於民間傳播而言的，一般新民歌在農村進行流傳，範圍較小，傳閱者的範圍受到一定程度的限制，傳播的新民歌作品也都是非公開發表的作品，有的作品只是在民眾之間口頭流傳，沒有形成實際的文字記錄，只是一種民間傳播方式。而相對於民間傳播來說，新民歌的官方傳播是通過公開發表的形式，使新民歌作品傳播範圍較廣、受益人群較多的傳播方式，借助一些媒體、媒介或其他的方式，進行公眾間的交流、傳播。

（一）採風機構的傳播

1958 年，全國上下生產在大躍進，文化也在大躍進，數以千百萬計的新民歌源源不斷地在各處湧現，一個全國範圍的大規模的新民歌採風運動瞬間開展起來，來自不同城市、不同地域、不同行業的採風人員遍及城鄉的各個角落，進行新民歌的搜集、整理和加工。

民間採風，是中國很早就有的一種民歌搜集、整理工作，經過歷代的發展和不斷完善，也成爲一項優秀的民族傳統。早在春秋時期，在中央就還設置了專門的採風機構和採風官員，採詩官、採風官經常到全國各地進行民歌的搜集工作。中國第一部詩歌總集《詩經》中「風」的作品，幾乎全部是通過採詩官在廣大農村進行詩歌、民歌採風活動，搜集到的勞動人民創作出的民歌作品。從古至今，中國歷代的統治者都非常重視民歌的採風工作，極大地推動了中國民歌的發展。

大躍進時期的新民歌採風運動和以前歷代的採風運動有很大不同，它的最顯著的特點就是由中央從上到下層層發動，各級黨委政府組織領導，全體民眾共同參加的民歌搜集運動，是一場聲勢大、規模廣、有組織、有領導的全民採風運動。

3 月 22 日，在成都會議上，毛澤東提出進行新民歌的搜集和整理工作建議後，4 月 14 日，《人民日報》在社論《大規模地收集全國民歌》中提出，躍進新民歌「是促進生產力的詩歌，是鼓舞人民，團結人民的民歌，只要把這些作品從群眾中搜集得來，再推廣到群眾中去，就一定能夠受到很大的效果」，而且「對今天的新詩創作也將起到一定促進作用」，「成爲詩人們吸取營養的取之不盡的源泉」。〔註 30〕全國各地對這次民歌搜集工作的重大意義都非常重視。雲南省委率先在全國向全省發出搜集新民歌的號召，其他各省市、專區乃至各縣委、區委、鄉、社支部，都先後發出收集民歌的通知，做了層層布置。雲南省委宣傳部在採風通知中提出，這些「歌頌生產大躍進的民歌，豐富著人民的文化生活」，「應該十分注意把它們搜集起來」。湖南省委在通知中提出這些民歌「是眞正的藝術品，同時也是寶貴的歷史資料」，「認眞做好搜集整理工作是一件很有意義的事」。《雲南日報》也報導，「就是讓人人變成鑽探機，大家搜集民歌，形成群眾性的採風。」安徽《蕪湖報》在發表《大家搜集藝術珍寶》社論時，在肯定各地重視民歌收集工作的同時，也特別提出了有些地區「沒有充分發揮群眾來做的」的缺點。〔註 31〕

除發佈民歌收集通知之外，許多省市、專區、縣的的領導親自參與，組織和領導民歌的收集工作。廣東省在向全省發出民歌收集通知後，4 月 16 日，省委書記區夢覺親自召開省市文化局、作協廣州分會、報社、出版社、群眾藝術館等單位的負責人參加的會議，研究搜集民歌工作。陝西省委宣傳部於 5 月 10 日召集了省內有關單位的負責同志參加的會議，交流民歌收集情況和工作進程中出現的問題，宣傳部長葉光宇在會上提出了進一步收集民歌的具體建議和可行性措施；湖北省委爲推動民歌收集工作的順利進行，成立了以省委書記許道琦爲組長的採風委員會。四川省委在省黨代會上作出決定，全省各縣的民歌收集工作，縣委書記要親自抓。其他各省市如上海、江蘇、河南、安徽等省市也都是如此。

在整個採風運動中，爲了有組織地進行搜集工作，全國各地區按照黨委要求，都建立了專門的採風機構，並有專人負責。各省市成立的採風機構名稱雖然不盡相同，如上海市稱作「民歌編輯委員會」，天津市稱作「民歌編選委員會」，湖北省稱作「採風委員會」，山東省稱作「民歌編輯組」，青海省稱作「民族民歌收集整理辦公室」，江蘇省稱作「收集民歌民謠委員會」，河南省稱作「民歌整理編輯組」，吉林省稱作「民間文學工作委員會」等，但機構的人員組成和職能大致相同，基本上都是從宣傳、文化、教育、文聯、群眾藝術館、學校、新華書店、出版社、報社、廣播電臺等部門抽調業務精、農

〔註 30〕《大規模地收集全國民歌》，載《人民日報》1958 年 4 月 14 日。
〔註 31〕常辰《全黨全民收集民歌》，載《民間文學》1958 年月號。

村經驗足的人員進入搜集機構，制定制度和措施，具體領導和開展全省、市的民歌搜集工作。如雲南省委宣傳部在9月5日召開專門會議，成立民歌編選小組。有袁勃親自負責，協助重點地區調查、搜集、研究，抽調雲大、師院中文系三年級學生及部分教師及省文化局人員116人，組成工作組，分別於9月15日先後出發去思茅專區，德宏傣族景頗族自治州，麗江專區，楚雄彝族自治州，大理白族自治州，文山壯族自治州開展工作；提出「完成這個任務的根本辦法是：全黨動手，發動群眾；同時要組織一定的專門力量來做這個工作。省級文學藝術團體，文化局和大學中文系應抽調相當的力量專門進行這個工作。各專區、自治州、各縣都要組織一定數量的專人進行這個工作。」〔註32〕「專業作家和詩人們不但自己要很好的向民歌學習，而且要把幫助群眾收集、整理民歌當成自己的一項很重要的政治任務。」〔註33〕

其實，遍及在全國各農村、社區的這些新民歌採訪人員在盡心新民歌的搜集過程，無疑也是對新民歌的有效傳播過程。因此，這些人員對新民歌的搜集與新民歌的傳播緊緊連在一起，新民歌的搜集過程就是新民歌的傳播過程，二者在相輔相成中完成新民歌的搜集與傳播。顯然，這個構成是搜集與傳播無法分開的過程。

新民歌收集人員在新民歌的收集過程中，大致採取自上而下或自下而上兩種收集形式進行。

自上而下的形式，就是中央、省市、專區、縣等地方成立的新民歌收集部門的人員，按地域的不同分成小組，深入到各農業社，開展新民歌的搜集工作。這些新民歌搜集人員都是長時間地深入到各農業俱樂部，與社員同吃、同住，也適當參加一些體力勞動，有選擇地根據情況參加從業生產。這些搜集人員在與社員相處的時間裏，有計劃、又步驟、有重點、有側重地全面進行搜集。如第三章所言，首先搜集已經爲勞動人民所熟知、在民間流傳較爲廣泛，一般都是在勞動人民之間代代口頭相傳的民歌作品。這些民歌作品在相互流傳的過程中，已經爲歷代創作者和傳播者不斷地豐富、完善，成爲較成熟的民歌作品，但這些優秀的作品仍依靠傳播人的記憶進行口頭傳播，還沒形成完整的書面記錄。因此，民歌搜集人員在搜集這些民歌作品時，往往向一些民間歌手、民間藝人、民間知識分子及社員直接進行搜集，將這些口

〔註32〕袁勃《把民族民間文學工作推向一個新階段》，載《邊疆文藝》1958年十月號。
〔註33〕《大家都來手機民歌》，載《邊疆文藝》1958年5月號。

頭創作的作品書面化、文字化。在全面搜集整理的基礎上，有重點地進行整理編選成冊。其實，採訪人員進行編選的標準，都是一些對社會主義生產躍進運動相合拍的，富有教育意義的作品，在群眾中流傳較廣的優秀民間作品。因此，民歌搜集人員到達各農業社後，充分利用勞動休息時間，到一些社員家裏去進行民歌的搜集，民歌的流傳人員口述，採風人員記錄，將流傳在民間的口頭優秀作品文字化。這些作品幾乎全都沒有作者，歷經了數代相傳，不斷豐富、完善，已經是勞動人民集體智慧的結晶，所以採風人員搜集這些優秀作品是無法署名，只是在哪兒搜集到的作品，署名某地民歌，但這些優秀的新民歌作品，雖署名「XX 民歌」，如「河南民歌」、「陝西民歌」、「信陽民歌」、「登封民歌」、「開封民歌」、「禹縣民歌」等，並不是說這些民歌只在這個地方流行或者說是這些地方的人民創作出來的，作品後的署名只是說明這些民歌在民歌搜集人員進行搜集的的地點。有些民歌流傳範圍很廣，同一首民歌有時全縣、全專區、全省，甚至全國範圍內都在流傳。對這類民歌的搜集和整理工作，相對而言較爲輕鬆，因爲這些民歌已經是創作出很久，在民眾中流傳很長時間，人人皆可口述的作品。

民歌搜集人員進行做大工作的是新民歌運動中不斷湧現的新民歌作品，這些作品規模大、數量多，每天都有新作品創作出來，在搜集和整理上，要下更大功夫。在這些新民歌的搜集上，搜集人員深入到每個農業社，根據農業社的大小和新民歌創作小組的多少，將人員進行分配，每個搜集人員聯繫多個創作小組，熟悉每個創作人員的創作情況，直接向創作小組的人員進行新民歌搜集，將創作人員創作出的作品全面搜集、進行整理，同創作人員共同研究新民歌作品的創作與修改，幫助新民歌創作人員提高創作能力。在各創作小組新民歌創作人員進行民歌創作，不便去打擾的時候，搜集人員就對每個生產隊、農業社張貼、懸掛在全村各處的新民歌作品進行抄錄，進行歸類整理。充分利用同社員一起勞動的機會，向社員搜集流傳在群眾中的新民歌作品，及時記錄一些社員在勞動中即興創作的順口溜、打油詩作品，進行記錄，重新加工，成爲完善的新民歌作品。一些社員在勞動中隨口說出的順口溜，一般都較爲簡單，一句、兩三句，口語化較濃，有的間雜著很濃重的方言、俚語，必須要經過重新加工、加工完善，才能成爲民歌作品。

農村俱樂部經常舉行的定期、不定期的賽詩會，是民歌收集者進行民歌搜集的大好時機。每當進行賽詩會時，這些民歌搜集者都佔據靠近詩擂臺、賽詩臺、誦詩臺最有利的位置，擺放幾張桌子，備足筆墨紙硯，早早進場，以便記錄每一首作品。在賽詩會進行過程中，搜集人員認真記錄每位誦詩人員創作出的口頭、書面作品，有的作品來不及記錄或記錄不完整的，就及時向民歌的朗誦者請教，將民歌補充完整，有時還將賽詩人員書面創作的作品的手稿搜集過來，進行重點整理和加工。

搜集人員將搜集的民歌作品，進行定期的整理，按照民歌的內容進行分類整理，不符合搜集標準的作品被刪除；符合搜集標準但質量較低的作品，進行重新的修改與創作。將這些作品，集結成冊，重新進行謄抄，上報至上一級民歌搜集機構，依次篩選、逐級上報，或直接將優秀的作品推薦到報社、出版社進行發表、出版。有的搜集人員本身就是報社、出版社的編輯人員，或者是報社、出版社直接成立的搜集機構人員，給這些優秀作品的發表、出版，提供了快捷的途徑。

新民歌的另外一種搜集方式是自下而上地進行，一般都是新民歌的作者，鄉、農業社負責人，文化館（站）的人員將一些優秀作品，直接上報各採風機構，或者向一些報刊、出版社的採風機構投稿。

在一些新民歌搜集、整理人員進駐農業社、生產隊進行搜集的同時，一些新民歌的作者，或農業社、或創作小組、或文化站將創作的優秀作品，向搜集人員推薦。有的是書面的文字記錄，有的社員將自己創作出來的順口溜、打油詩類的作品自己或委託他人記錄在香煙盒，小學生作業本背面，餅乾等食品包裝紙上，甚至是自己手掌上、胳膊上等等，主動上報給搜集人員。有的創作小組將油印的小報、手抄報、宣傳報以及個人手寫、油印的詩集提供給搜集人員。還有的民歌作者直接將自己創作出的作品，向報社、出版社投稿，或者參加一些報社、出版社的徵文活動。有很多創作者的新民歌作品在《人民日報》、《中國青年報》、《民間文學》、《詩刊》等多家刊物上發表或轉載。有的也在各地較有影響的報紙、刊物，如《文匯報》、《四川日報》、《河北日報》、《雲南日報》、《河南日報》、《鄭州日報》、《開封日報》等上發表多篇作品。有的新民歌作者還被一些有影響的出版社給出版了多部詩集，在新民歌的傳播上了廣泛的影響。徐遲講述過他在河北暖泉采集新民歌時，一些民歌歌手、作者主動向他交作品，「常常有農民跑來找我們，從兜裏掏出民歌來，有的寫在極小的小紙片上，有的寫在包香煙紙的反面。」〔註 34〕

〔註 34〕徐遲《暖泉民歌大家評》，載《詩刊》1958 年 9 月號。

（二）報刊發表

新民歌運動時期，爲快速傳播迅速增長的新民歌作品，加快新民歌作品的影響、傳播範圍，全國各地的報刊都紛紛登載新民歌作品，並逐步加大登載的規模、數量，以致後來越來越多的報刊，登載新民歌的數量遠遠大於其他類文學作品，成爲大躍進時期中國報刊業發展中的一個特殊景象。

在新民歌創作繁榮時期，一些報刊盡一些辦法，最快、最多地傳播新民歌作品，擴大優秀新民歌作品的影響。大致有以下幾個方面：

1、開設欄目，大量登載優秀新民歌作品

在新民歌運動的蓬勃開展下，全國從中央到地方的各級報刊，都根據報刊的性質，登載一些新民歌作品。一些在全國有很大影響的報刊，如《人民日報》、《中國青年報》、《文藝報》、《文匯報》、《光明日報》等報紙，《詩刊》、《民間文學》、《星星》、《紅岩》、《處女地》、《蜜蜂》、《邊疆文藝》、《長江文藝》、《延河》、《人民文學》、《解放軍文藝》、《星火》、《火花》等期刊，以及一些在各省、市產生影響較大的報刊，如各省的黨報《北京口報》、《河南日報》、《四川日報》、《雲南日報》、《山西日報》、《甘肅日報》、《陝西日報》、《河北日報》、《廣州日報》、《山西日報》、《河南青年報》等報紙，以及如《天山》、《四川文學》、《青海湖》、《奔流》、《牡丹》、《新苗》等在一些地方影響較大的期刊，一些專區、縣的報刊上也大量登載新民歌作品。

在一些黨報上，都設立副刊，開設一些登載新民歌的欄目，如《人民日報》從 2 月份起，開設的「來自農村的詩」、「新山歌」、「新民歌選」等，登載一些來自工農兵的新民歌作品，還專門登載一些地方的新民歌專輯，如「河南新民歌選」、「湖北紅安新民歌選」等。一些地方的黨報也模仿《人民日報》，在副刊中開設登載新民歌作品欄目，登載一些本地的新民歌作品。在一些文學類的期刊上，也陸續開闢一些登載工農兵新民歌作品的欄目，登載一寫優秀的新民歌作品，《詩刊》第二期、《民間文學》三月號分別以「獻給農村的詩」、「大躍進的歌謠」爲欄目，登載新民歌作品。《詩刊》第 2 期登載來自河南、山西、安徽等地農民創作的四首以《鼓舞革命幹勁的詩歌》爲總題目的新民歌時，在編者按中說，「我們這一期選刊了四首來自農村的、鼓舞革命幹勁的詩歌。我們認爲這是很好的詩。我們希望讀者把流傳在群眾中的這樣的詩歌，源源不斷地寄給本刊，我們將以更多的篇幅來發表勞動人民的創作」，

〔註35〕拉開了報刊登載工農兵新民歌作品的序幕。其他刊物紛紛傚仿，一時間來自工農兵的新民歌作品，充斥著每家文學類刊物；有的文學刊物還開闢詩歌專號，幾乎整期全部登載新民歌作品，如《山花》5月號開闢「工人作品特輯」，7月號開闢「農民作品特輯」；《文藝月報》8月份設立「詩歌特輯」，以三分之二的篇幅發表充滿社會主義激情的詩；《邊疆文藝》6月出「各族民歌專號」，登載雲南邊疆十多個民族反映大躍進的民歌民謠，並有評介民歌、談向民歌學習以及介紹搜集整理民歌經驗方面的文章，集中地反映新民歌創作的高潮，還將這些新民歌分成幾個部分：歌唱生產大躍進、歌唱黨和領袖的歌、工礦歌謠、情歌和解放前的民歌；《蜜蜂》、《處女地》也都開闢「七月詩歌專號」，《蜜蜂》發表了150多首新民歌，《處女地》也發表了126首；一些綜合性的刊物，也開始開設文藝副刊，登載新民歌作品，極大地推動了新民歌的傳播和影響範圍。

下表對1958年全國一些主要的文學期刊發表的新民歌作品進行大致匯總：

刊名	登載時間	開設欄目	工農兵新民歌作品
山花	2月號	農村短歌	《晚歸》《雨啊，雨啊》《上山下鄉歌》《涼風埡工地詩抄》
	3月號	農村短歌	《寫在躍進潮田》《暴風雨留下的足跡》《劈山號子》《女農具手》《挖渠》《車水》《田野上的一個新農民》《造林》《山歌十一首》（農民社員作品）
	4月號	工廠農村短歌	《講比》《技術》《擂臺下的姑娘》《找個竅門很關火》《生產小唱》《主任從貴陽回來》《比一比》《躍進美名傳後人》《堤上堤下》《打夯》《一定要把底寨河修好》《躍進山歌二十八首》（署名農民作品）
	5月號	工人作品特輯 農村戰歌	《涼風埡之歌》（六首）《新手》《隧道工人之歌》（五首）《通車前夜》《離別之夜》《勘測短歌》（三首）《支部書記打風鑽》《工地短歌》（二首）《築路小唱》（廝守）《不眠的鑽探手》《新來的實習生》《擡工》《試製新產品》《躍進喜訊到農村》《黨對農民太關心》《要叫遍地出黃金》《群眾力量比天大》《秋來多收萬擔糧》《新式農具到田間》《一片春光照山崗》
	6月號	農村處處是歌聲（選自各縣縣報的作品）	《生產指標似火箭》《大躍進》《學習紅軍艱苦勁》《黨委帶頭人人忙》《神仙也擔憂》《牽起龍潭山上走》《水庫就是金銀庫》《齊向技術來進軍》《要用機器種莊稼》《三年實現機械化》《建設國家有信心》《社員見了笑嘻嘻》《三角叢植呱呱叫》《永遠要聽黨的話》《豐收去見毛主席》《臉上笑起酒窩窩》

〔註35〕《鼓舞革命幹勁的詩歌》，載《詩刊》1958年第2期。

刊名	登載時間	開設欄目	工農兵新民歌作品
山花	7月號	農村作品特輯 工人詩歌	《山上山下》《鋼鐵廠工地》《在時間前面跑》《不眠的汽車保養場》（二首）《風鑽工之歌》《機械工人的話》《又一爐新產品誕生》《勘探隊的豪語》《山村牆頭詩》（18首）《出工》（外一首）《雞公車》（外二首）《農村短歌》（五首）《種棉花》《幹活抓時間》《躍進短歌》（八首）《夜戰隊頌》《修溝挖塘》（外一首）《歌唱工人老大哥》《村支書檢查夜戰》《東風吹得百花開》（民歌百首）《勸哥趕快搞春耕》（山歌對唱）
	8月號		《東風吹得百花開》（民歌百首）《一座高爐在雲間》（外四首）
	9月號	躍進歌聲震山河	《太陽照進侗家心》（侗族民歌28首）《鮮花向陽朵朵紅》（布依族民歌22首）《大山裏頭出黃金》（苗族民歌8首）《山區彝家志氣強》（彝族民歌 7 首）《水族人民齊歡笑》（水族民歌 3 首）《總路線照亮我們的心房》《在躍進高潮中》《進夜校》（外三首）《築堤》（外三首）《月夜》（外二首）《苗家修路勁頭足》（外二首）
	10月號	黔桂鐵路特輯	《火車來了》（外三首）《工地黎明》《開山歌》《心裏有一顆永恒的太陽》《隧道工人的詩》《給調車員》《工地二首》《鐵路短歌》《幹勁碰天天要穿》《號子在怒吼》《火車的話》《躍進臺上比武藝》《歌唱人民公社》（民歌17首）《鐵水奔流映紅大》（民歌7首）《貴鋼工地詩抄》（4首）《出鐵》（六首）
	11月號	鋼花鐵水映紅天歡呼公社慶豐收	《萬座土爐青煙起》《鋼鐵元帥掌大印》《遍地鋼爐擺擂臺》《土爐戰歌》《第一爐鋼》《鋼鐵之歌》（民歌 77 首）《人民公社頌》（民歌 28 首）《公社紅旗全國飄》《入社詩》《張老漢頌公社》《豐收歌聲震山川》（民歌32首）《搶收》《秋收》《送公糧》
	12月號	鋼花朵朵　苦戰四秋	《鋼鐵之歌》（民歌80首）《鋼鐵組詩》《黃土變成金坡》《使衛星飛得更高》《土地大翻身》《秋耕秋種鬧翻天》（民歌 19首）
天山	5月號	獻給五月的花束	《粗紗工》（外二首）《我的師傅》《築路短詩四首》《勞動的樂曲》《十八磅鐵錘一根纖》
	6月號	新山歌	《躍進計劃在牆中央》《金銀花開滿天山下》（22 首）《各族農民高歌躍進》（15 首）《工人躍進歌》（15 首）《葵花永遠向太陽》
	7月號		《爸爸爲啥不回家》《兩個小夥子的對話》《落紗工似尖兵》《寫在農村黑板報上》（四首）《歌唱大躍進》《農村街頭詩選》（8首）
	8月號	在總路線的照耀下	《鐵路工人的詩》《搶修高爐》（三首）《天山腳下山歌多》（民歌11首）《回族民歌》（三首）《山名也應改換》《生產高潮來》《李大媽學文化》《草原上的歌聲》（哈薩克族新民歌7首）
	9月號		《維吾爾民歌一百首》《天山南北頌豐收》（17首）

刊名	登載時間	開設欄目	工農兵新民歌作品
天山	10 月號		《戰鬥在景峽關》（9 首）《築路工人小唱》《築路工人不知難》《「老鐵路」走新疆》《我要征服大自然》《天山在顫抖》（二首）《要給隔壁換衣裳》《順風機》《競賽》《乘上巨龍過天山》《在天山開路》（二首）《開山》《鐵路工人之歌》《天山》《把幸福送到新疆》《築路平車跑的歡》《慶豐收 建公社》（6 首）《民歌十一首》《農村散歌》（五首）
	11 月號	紡紗工人詩輯	《寫在紡紗機旁》（18 首）《躍進的號角》（六首）《贈給落紗工》（六首）《歡度中秋》《請吃躍進飯》《不吃苦，甜不來》《爭紅旗》《短詩四首》《生產豐收開紅花》《革新謠》《迎新工》《生產大躍進》《土高爐眞是好》《大躍進》《打夯》（三首）《塡海擔山》
	12 月號	火焰山下紅旗飄	《鋼鐵工人》《煉鐵忙》《木工大煉鋼鐵》（四首）《天山裏》（五首）《放聲唱公社》（二首）《吐魯番新民歌》《田間的花朵》《婦女採油工的歌》（三首）《克拉瑪依人的詩》（十首）
文學青年	第一期	社會主義的光芒 照耀農村	《來自農村的聲音》《鐮刀》《新社員》《秋收》《山路》
	第四期		《山歌唱滿山，幹勁衝破天》（26 首）《機輪飛轉比干勁》（三首）《海防戰士之歌》《比先進，比生產》《稻秧插在高山上》《紅色傳單》（9 首）《街頭詩》（2 首）《山村春色紅》（7 首）《郵電工人之歌》（5 首）
	第五期	五月的火花 新山歌	《工人的詩》（25 首）《勞動的歌》（13 首）《山裏人家春不盡》（10 首）
	第六期		《歌唱社會主義建設總路線》（6 首）《人人跟著黨，心心向太陽》（3 首）《擂臺詩》（6 首）《花兒朵朵紅，獻給小英雄》（8 首）《採風集》（10 首）
	第七期		《歌唱社會主義建設總路線》（6 首）《鐵錘鐮刀歌》（7 首）
	第八期	小說專號	
	第九期		《鐵錘鐮刀歌》（11 首）《短笛》（10 首）《山歌唱給毛主席》《插秧船》（2 首）《心中有黨沒有天》（3 首）
	第十期		《十月滿天放衛星，高舉紅旗進北京》（6 首）《抗擊美帝侵略，一定要解放臺灣》（9 首）《鋼鐵元帥上戰馬，蹄飛踏開遍地花》（7 首）《人民公社好》（8 首）《鐵錘鐮刀歌》（9 首）《擔著山歌上北京》《社會主義力量大》
	第十一期	青年專號	
	第十二期		《萬里江山一片紅，公社人人喜盈盈》（18 首）《鐵錘鐮刀歌》（13 首）《包鋼組詩》（4 首）《勤工儉學詩抄》（4 首）《夜戰高爐》《豐收情歌》《土爐贊》《姑娘爐》

刊名	登載時間	開設欄目	工農兵新民歌作品
文藝月報	4 月號		《大字報詩抄》（18 首）
	5 月號		《民歌民謠》（19 首）
	6 月號		《民歌民謠》（18 首）
	7 月號	上海工人創作專號	
	8 月號	詩歌特輯	上海民歌民謠：《歌頌共產黨》（6 首）《工人之歌》（33 首）《農民之歌》（42 首）《上海大變樣》（13 首）《上海解放前歌謠》（16 首）《江蘇歌謠》（16 首）《福建歌謠》（16 首）《安徽歌謠》（18 首）《山東歌謠》（18 首）《浙江歌謠》（12 首）《新兒歌》（11 首）
	9 月號		《在躍進的號聲中》《捷報頻傳》《第一爐鐵水》《新戰場》《戰鬥在油海》《挖魚塘》《安徽歌謠》（9 首）《我們社裏唱新歌》
	10 月號		《賽詩會上斥美帝》（11 首）《槍在手裏發熱》（4 首）《礦工歌唱總路線》《車間歌謠》《栽樹要紮根》《躍進鑼鼓震天響》《鋼鐵歌》《鋼花盛開滿城紅》《歌唱人民公社》
	11 月號	上海青年社會主義 建設積極分子特輯	
	12 月號		《福建前線戰士詩選》（17 首）《鋼鐵花開遍城鄉》（25 首）《人民公社詩抄》（10 首）《深夜一點半》《柴達木三首》《煤礦建井歌謠》《打靶》《山村沸騰夜》《小詩一束》（6 首）
邊疆文藝	2 月號	沸騰的農村	《新社員》《一幅美麗的油畫》《插秧女》《東白沙河歌聲高》《豐收之歌》《深夜的小屋》《邊地詩草》
	3 月號		《鹽工的歌》《車間裏的春天》（3 首）《早晨》《兒歌七首》《縣委書記》《走向生活》《挖塘》《高原在歡笑》《洗衣裳》
	4 月號	新的民族，新的生活 工廠牆頭詩	《礦井詩抄》《小推車》《她笑了》《除夕》《願你萬壽無疆》《碉堡當糧倉》《佧佤人修起了第一座水庫》《田野篝火》
	5 月號	各族民歌集錦	《箇舊礦山歌謠》《朵朵紅花迎春開》（6 首）《幸福的日子在前頭》（4 首）《拾來的詩肥》（6 首）《向天要水，向地要糧》（4 首）《彝族民歌三首》《躍進三首》《糧堆比山高》「玉溪山歌唱不完」:《打糠機》《改良農具》《小推車》《打夯機》《挖田》《綠化》《肥料本是農家寶》《彝族情歌》《小英雄》《女將》

刊名	登載時間	開設欄目	工農兵新民歌作品
邊疆文藝	6月號	各族民歌專號	第一輯 躍進山歌飛上天：《幹勁更比蒼山高》（白族民歌 16首）《躍進中的西雙版納》（太族民歌 5 首）《圓湖小唱》（撒尼族民歌 6 首）《新年歌》（哈尼族民歌）《做夢也夢到它》（景頗族民歌）《佧佤人的歌》（佧佤族民歌）《三月採茶茶葉青》（瑤族民歌）《高高的黑雲山吆》（苗族民歌）《春耕小唱》（壯族民歌）《上蒜躍進歌》《社會主義快快來》（31 首）《農村新事唱不完》（8 首）《和白族民歌》第二輯 多多葵花向太陽：《鮮花獻恩人》（彝族民歌 10 首）《共產黨的恩情滿樹掛》（回族民歌）《跟著毛主席》（哈尼族民歌）《毛主席的道理丟不得》（卡瓦族民歌 7 首）《獻上彝家一片心》（彝族民歌 3 首）《毛主席》（俚俚族民歌 2 首）《就像芭蕉一條根》（拉姑族民歌 2 首）《大樹要靠土來長》（6 首）《唱得百鳥落枝頭》（3 首）第三輯 工廠礦山歌謠：《恩情最重共產黨》《黨中央指示傳下廠》《八比頌》《落紗忙》《走進車間像花園》《小哥是鋼妹是鐵》《抄自工廠牆頭詩》第四輯 情歌：《姑娘，你可要勤快點》（傣族民歌 3 首）《不是小枯不能開荒》（彝族民歌 2 首）《滿天白茫茫地霧》（哈尼族民歌）《不知是苦是甜》（藏族民歌 8 首）《你彈口弦我吹笛》（納西族民歌 3 首）《我的歌不是唱給自己聽的》（2 首）《苗族民歌》（4 首）《新疆哈薩克民歌》（3 首）《西蕃族民歌》《獨龍族民歌》《我愛年輕種田人》（佧佤族民歌 2 首）第五輯 千年仇恨記心間：《從頭苦到腳後跟》（4 首）《秋收蕎麥黃又黃》（涼山彝族民歌）《只因爲唱了一支歌》（藏族民歌）《沒有晚飯》（2 首）《眼淚滴在井臺上》（5 首）《妹守孤燈淚漣漣》（9 首）
	7月號	工廠牆頭詩	《工人幹勁衝破天》《七凸坡》《錫礦砂》《新產品》《這是礦工的家鄉》《一隊紅領巾》《車工歌》《苦戰再苦戰》《鐵匠》《深夜》《爲了第一爐鋼》《探礦工人》《染色工》各族民歌集錦：《碧藍碧藍的海邊》（藏族民歌 2 首）《歌唱萬眾懷念的地方》《涼山彝族民歌二首》《團結橋》《改良工具》
	8月號	連隊詩選	《戰士詩歌頌》（3 首）《詩歌千千萬》《李白杜甫拜下風》《學習總路線，當個五好兵》（10 首）《新老戰士》《戰士去野營》《練好本領保邊疆》《月夜練功》《紅花胸前掛》《槍》《大樹蔭下》《互助》《新炊事員》《炊事班》《軍民同唱勝利歌》（4 首）《歌唱鐵道兵》（3 首）《人民戰士堅如鋼》各民族民歌集錦：《力爭上游向前奔》（土族民歌）《涼山彝族民歌三首》《築路工人的歌》（俚里族民歌）
	9月號	工業戰線專輯	《煉鋼》《印花工人手兒巧》《好似在打美國狼》《一幅美好的圖畫》《煤礦組詩》《紅花開遍地下城》《電焊工人之歌》《土推車》（2 首）《濺起火花當太陽》《邊區大變革》《架線工》各族民歌集錦：《見到恩人毛主席》《向高山一樣站了起來》（彝族民歌）《荒山欠我萬石糧》《回族民歌》（5 首）《躍進歌聲四處起》

刊名	登載時間	開設欄目	工農兵新民歌作品
邊疆文藝	10 月號	慶豐收專號	第一輯 鐵水奔流 鋼花怒放：《伸向天空的巨掌》《出鐵水，迎國慶》《煉鐵短歌》《我的小車床》《電工》《巧遇》《夜班工人的歌》《採石》《師傅徒弟》《煉個太陽永不落》《鐵爐修得星星多》《伐木者》《難分天堂與人間》第二輯 紅旗滿地 衛星滿天：《十唱人民公社好》《歡呼人民公社好》《紅旗滿地，衛星滿天》（6 首）《穀子殼兒當船搖》（5 首）《社員站在金山上》《大南瓜》《田邊喜》《中國出了水稻王》（4 首）《大的一個裝一筐》《捧給毛主席把新嘗》《送公糧》《稻穀長進南天門》
	11 月號		人民公社好：《人民公社好》（9 首）鐵水奔流，鋼花怒放：《鋼鐵元帥發命令》《鐵水浪濤滾滾高》《鋼鐵之歌》各族民歌集錦：《一個奴隸的故事》（彝族民歌）《共產主義飛著來》（麗麗族民歌）《請把翅膀借給一用》（藏族民歌）
人民文學	1 月號		《人民文學》一月號就發表一些專業詩人、工人創作的詩。《整風詩抄》（2 首）《拷布工》《印染工人短歌》（2 首）《工廠雜詠》（3 首）《海河邊的夜》（2 首）《豐收》《起重工把頭搖搖》《水力採煤》
	2 月號		《寫在礦工們中間》（2 首）《煤都走馬》（2 首）《噴砂工人的歌》（2 首）《唱給北方》（2 首）《農村四首》《苗山走寨歌》
	3 月號		大躍進的戰歌：《口唱山歌勁頭足》（公木採風輯錄的民歌）一 只要社員決心大，河水也能上山崗（15 首）二 人要文化，山要綠化（12 首）三 除害衛生搞積肥，畝產千斤賣餘糧（9 首）四 生產躍進人心暖，不怕風雪刺骨寒（11 首）五 願吃一年苦，換得萬年福（8 首）
	4 月號		工人的詩：《姑娘，你在藍色海洋裏》《氧氣瓶》《工地詩抄》《本礦消息》（孫友田）
	5 月號		工人的詩：《九里山》《車間詩抄》（2 首）《機床的歌》（3 首）《工廠生活》《記錄員的話》《電線工的豪語》《良宵》《喜「雙反」》
	6 月號		新山歌（27 首）
	7 月號		新山歌（22 首）
	8 月號	群眾創作特輯	《毛主席領導出聖人》（4 首）《穀堆堆進白雲霄》（5 首）《躍進短歌》（8 首）《武鋼戰歌》《水槍的故事》《天高我們要攀》（6 首）《別讓我們的槍生銹》（3 首）《浪頭上的歌》《東鞍山情歌》
	9 月號		新山歌（25 首）

刊名	登載時間	開設欄目	工農兵新民歌作品
人民文學	10 月號		《四面八方大協作 鋼水奔流似黃河》（新民歌 9 首）
	11 月號	小說專號	
	12 月號	百花欣向太陽開（各族民歌選輯）	《一萬個人一顆心》（藏族民歌 5 首）《採茶先敬毛主席》（白族民歌 2 首）《金銀銅鐵亮閃閃》（苗族民歌 3 首）《狀人永跟毛澤東》（壯族民歌）《山民心上的紅線》（鄂倫春族民歌 4 首）《圓湖小唱》（撒尼族民歌）《毛主席的恩情不能忘》（佧佤族民歌）《我們的西雙版納》（傣族民歌）《共產黨的恩情滿樹掛》（回族民歌 3 首）《石榴開花紅又紅》（瑤族民歌 3 首）《鮮花向陽朵朵紅》（布依族民歌 2 首）《彝家有了鋼鐵廠》（彝族民歌 3 首）《全靠有了共產黨》（哈薩克族民歌 2 首）《有了你，毛主席！》（麗麗族民歌）
熱風	3 月號	山歌	農民作品：《新修水力穿山腰》《千隊萬隊爭紅旗》《開荒歌》《農村小唱》（3 首）《新社員》《月亮在天上》《山高沒有腳板高》《山區滿是金和銀》工人作品：《我們在印刷機旁》《修路工》《三個姑娘》《女民工》《新農藥廠的話》《攔河壩上的紅榜》（3 首）《田頭詩》（3 首）《林間短詩》（3 首）《頜文憑》（2 首）《榆林港詩二首》《民兵還在巡邏》《等待》
	4 月號	農村在大躍進	《十朵花》《水利小詩》《短歌唱農村》《幸福的歌兒唱不盡》《山歌五首》《社會主義通天堂》
	5 月號	躍進山歌	《大躍進山歌》《躍進農村鬧盈盈》《幹勁比天高》《千年扁擔一日放》《田間出現車子軍》《攻下文化峰》新採風錄《豪言壯語》（18 首）
	6 月號		《歌唱大躍進》（民歌 50 首）
	7 月號		《歌唱總路線》（街頭詩 15 首）《民歌 20 首》
	8 月號		《戰士的詩》（5 首）《新民歌》（22 首）
	9 月號	群眾創作特輯	《戰士的詩》（15 首）《民歌》（12 首）
	10 月號		《戰士的詩》（13 首）
	11 月號		《戰士的詩》（民歌 8 首）《鋼鐵戰歌》（民歌 9 首）
萌芽	第 4 期		《揭開徐州的面紗》（孫友田）《刨地瓜》《向西！向西！》《高塔短笛》《老鍛工》《金梯》
	第 5 期		《寫在煤壁上》《水電站正在這裡成長》《歇工》《蒸汽錘》《敬禮，紅旗》《西蘭公路上》」鋤頭詩「：《吆！主任呀，可把你凍壞了》《磨鐮刀》《三群與三片》《口糧》《支持》《放牛》
	第 6 期	牆頭文藝	《牆頭詩》（4 首）
	第 7 期	牆頭文藝	「社會主義時代的火花」（大字報詩選）：《躍進之歌》（6 首）《火燒浪費》（8 首）《橫掃五氣》（6 首）「牆頭文藝」：《牆頭詩》（3 首）
	第 8 期	牆頭文藝	「鐵錘和詩句」（4 首）「牆頭文藝」：《牆頭詩》（5 首）
	第 9 期		「鐵錘和詩句」（4 首）「牆頭文藝」：《牆頭詩》（5 首）

刊名	登載時間	開設欄目	工農兵新民歌作品
萌芽	第10期	上海歌謠選	《工廠歌謠》（21首）《農村歌謠》（16首）
	第11期		《水電站工人之歌》《伐木歌》《社員盡頭比山高》《打擂臺》「牆頭文藝」:《牆頭詩》（4首）
	第12期		《工農兵歌唱總路線》（民歌18首）
	第13期		《總路線光芒萬丈》
	第14期	群眾創作推薦專號	《上海歌謠選》（民歌 47 首）《上海滬東造船廠歌謠選》（9首）
	第15期		《海上比武》（海軍歌謠 16 首）「牆頭文藝」:《牆頭詩》（6首）
	第16期		《礦山讚歌》（2首）
	第17期		《上海民歌選》（14首）
	第18期		《賽詩會》（民歌11首）
	第19期		《歌唱人民公社好》《紡織公社好風光》《毛主席給我們扶天梯》《集體力量大如天》《人民公社無限好》《金果銀果望咱笑》《公社果園》
	第20期		《歌唱人民公社》（民歌12首）《三毛哥山歌選》（10首）
	第21期		《鋼鐵戰歌》（民歌13首）《前線的詩》（民歌15首）《七一人民公社民歌選》（10首）
	第22期	大躍進一日徵文特輯	
	第23期		《空軍組詩》（8首）《戰地生活短詩》（5首）
	第24期		《萬里河山飛鋼花》（12首）
民間文學	三月號	大躍進的歌謠（20首）	《懷來新歌》（5首）《壯族民歌選》（14首）
	四月號		《上海工人躍進歌謠選輯》（47 首）《麻城縣生產歌謠》（24首）《新兒歌》（6首）
	五月號		《工人大躍進歌謠》（30首）《農村大躍進歌謠》（34首）《開封新民歌》（12首）《礦山新歌謠》（4首）《陝西南山新歌謠》（8首）《江蘇新民歌》（16首）《陝南紅色山歌》（2首）《粵東的革命歌謠》（8首）《白洋淀漁歌》（11首）《張家口的民謠》（8首）《弔屈原》（湘陰民歌）
	六月號		《十三陵水庫歌謠》（28首）《江西革命歌謠》（《井岡山歌謠》4首、《湘贛歌謠》2首、《贛東北歌謠》5首、《閩西歌謠》5首、《瑞金歌謠》5首、《興國歌謠》1首、《尋鄔歌謠》6首、《贛南歌謠》4首、《湘鄂贛歌謠》4首、《長征歌》1首）《甘肅新花兒》（甘肅民歌 108 首）《廣西壯族大躍進民歌》（22首）《湖南侗族新民歌》（17首）《三岔河水庫》（貴州布依族新民歌）《伊犁哈薩克族新民歌》（7首）《大理白族新民歌》（1首）《箇舊錫礦工人歌謠》（23首）《河南林縣歌謠輯錄》（21首）《治山謠》（禹縣「躍進的戰鼓，勞動的歌聲」第一集民歌選）《常熟新歌謠》（35首）

刊名	登載時間	開設欄目	工農兵新民歌作品
民間文學	七、八月合刊號	《戰士詩歌》（64首）	《少數民族大躍進歌謠選》（蒙古族4首、回族6首、藏族6首、維吾爾族4首、苗族7首、彝族11首、壯族10首、布依族7首、哈薩克族2首、侗族6首、白族5首、傣族7首、佧佤族6首、哈尼族4首、瑤族8首、黎族5首、東鄉族1首、土族2首、傈僳族3首、拉姑族2首、景頗族6首、羌族6首、撒拉族2首、保安族2首、裕固族5首、毛難族2首、麼佬族1首、土家族10首、佘族10首、赫哲族1首、崩龍族10首）
	九月號		《美國鬼子滾出去》（7首）《人民領袖下鄉來》（17首）《鋼鐵翻一番》（12首）《歌唱人民公社》（11首）《謝坊新民歌謠抄》（17首）
	十月號		《鋼鐵紅旗空中飄》（新歌謠9首）《鐵水奔流似長江》（新歌謠10首）《戰士歌謠》（20首）《新兒歌》（30首）《玉門油礦民歌》
	十一月號		《革命歌謠》（《海陸豐歌謠》10首、《井岡山歌謠》11首《湘鄉歌謠》8首《湖南永順歌謠》4首《洪湖歌謠》2首《鎮巴歌謠》1首《川黔歌謠》3首）《中蘇友誼萬古青》（16首）《民間歌手誦詩篇》（6首）《青海花兒》（甘肅民歌15首）《侗族民歌》（2首）《鹽工歌謠》（11首）《貢礦歌謠》（6首）
	十二月號		《志願軍戰士歌謠》（23首）《內蒙古民歌》（《毛主席主意好》17首、《千里雷聲萬里閃》10首、《人民公社鮮花開》13首、《革命河水上山頭》20首、《鐵水奔流放紅光》21首、《東風壓在西風上》7首、《鎖住太陽留住哥》4首）《內蒙古百萬民歌展覽歌唱運動月特輯》
詩刊	第2期		《農村新山歌》（15首）《農村組詩》97首）《工廠大字報上反浪費的詩》（9首）《礦報上的新聞》
	第3期	農村大躍進	《山區新歌謠》（7首）《湖北麻城農民歌謠》（7首）《社員短歌》（7首）《十三陵工地歌謠》（4首）《農村組詩》等
	第4期		《工人詩歌一百首》
	第5期		《民歌選六十首》《農家孩子的歌》（8首）
	6月號		《太陽光芒萬萬丈》（歌頌黨的新民歌四十首）《遍地皆是寫不贏》（新作三是五首）
	7月號		《戰士詩歌一百首》
	8月號		《民歌選一百首》
	9月號		《湖北高額豐收民歌八首》
	10月號		《日出唱到太陽落》（20首）《豐收謠》（5首）《新民歌五十首》
	11月號	雲南兄弟民族民歌特輯	《雲南兄弟民族民歌百首》

刊名	登載時間	開設欄目	工農兵新民歌作品
詩刊	12 月號		《天津海河工地民歌選》《河南登封縣民歌選》《河北豐潤縣萬詩鄉民歌選》《湖北麻城七香姑娘民歌選》路鐵成《人人煉成鋼鐵漢》鍾庭潤《莊稼葉上滾露水》趙改名《全家忙》《指標天天高》《日夜不停把鐵煉》
星星	第 2 期	工廠大字報詩歌	《春》《大字報》《竅門花》《提醒技術員》《金黃色的衣裳》《黨會知道》《昨天提的意見》《大字報頌》《建設社會主義的鋼梁》《主席參加生產》等 17 首《寶成鐵路的歌聲》（15 首）「民歌」《大涼山佘族民歌》《下鄉》《山歌兩首》《馱碳》《新山歌》（2 首）《寫在農村展覽會上》（4 首）《瞎老頭的話》《帆》《戰士》《又投入戰鬥》《過路的客人》《和太陽一起誕生》等 32 首
	第 3 期	工廠大字報詩歌	《晝夜燈》《礦山》《要稱平》《挑戰應戰》《擦鏞》等「民歌」《東方巨龍　乘風破浪》（30 首）「街頭詩」《哨崗》等 21 首，田間輯）
	第 4 期	工廠大字報詩歌	《在生產大躍進中》（4 首）《大小浪費全燒掉》（2 首）《要這樣的管家婆》（2 首）《一支小提琴》《白日電燈光》「民歌」《農村大躍進之歌》（10 首）街頭詩（15 首）
	第 5 期	車間的花朵	《和毛主席歡笑在一起》《毛主席來了》《一切事情能辦到》（2 首）《安裝工人之歌》（2 首）《紡織廠詩草》《小戰書》《贊大字報》《廠長》（2 首）《太陽》《給某車年主任》《江水滔滔能行船》「巴山蜀水百花開」（民歌 27 首）
	第 6 期	車間的花朵	《我不過是平凡的花》（2 首）《車工的歌》《火焰在笑》《排報工的歌》《我們的弓箭》（2 首）《爐旁》《乘東風》（2 首）《個個爭上游》《誰多》《建築工》《水庫》《抗旱》《快馬加鞭》《社會主義東風》（民歌 1100 首）
	第 7 期	車間的花朵	《心花開放朝著黨》《咱就是開山劈嶺人》《煉鋼》《寫挑戰書》《我們的鄭師傅》《有個礦工在換衣室裏睡著了》《夜來鑼鼓聲》《橡膠工人的短歌》（3 首）《告別師傅》《我是一個板車工》《搬運工人之歌》《挖金工人之歌》《紅旗招招遍地花》《木牛》《支持農村開渠》（2 首）等《歌唱毛主席，歌唱共產黨》（四川各民族民歌 19 首）「歌唱總路線」:《人心向北京》《一盞明燈照眼前》《總路線帶來熱和光》《氣死愚公移不完》《個個爭先鼓幹勁》《我們劃著大海船》《我有事和媽媽商量》
	第 8 期	士兵的歌	《巴山的雲呵蜀水的浪》《夜走草地》《沿著紅軍的道路前進》《戰士永遠跟黨走》《星空當靶場》《戰士心中的秘密》《中校炊事兵》《風雪天》《高原三月雪花飄》《士兵在麥田裏》《榮軍頌》《高車炮》等「民歌」:《獻給親人解放軍》（藏族民歌 4 首）《川北革命根據地歌謠》（7 首）《車間歌謠》（12 首）《葡萄靠架好牽藤》（羌族民歌 7 首）《膽大飄洋過海》

刊名	登載時間	開設欄目	工農兵新民歌作品
星星	第 9 期		《詩傳單遍地花》（41 首）「勞動的歌」：下放幹部《紅榜》（6 首）《撒穀種》（7 首）「沸騰的生活」：《大躍進短歌》等 22 首
	第 10 期	「一定要解放臺灣」	《咆哮嚇不到中國人民》（22 首）《社會主義東風》（民歌 63 首）「歌唱野生紡織」：《一朵棉花開四臺》（4 首）《野草把身翻》（2 首）《咱們手藝奪天工》《破棚出現促進派》（2 首）《工人幹勁大》《歌唱十化》（三臺野生紡織廠專輯）「歡呼鋼鐵，歡呼人民公社」：《鋼水和江水》《全民參加煉鋼鐵》《煉鋼爐前》《煉鋼工》（2 首）《鋼，我們歡呼你》《年輕的木工》（2 首）《打個漂亮的鋼鐵戰》《根子紮在鋼鐵上》《巴山頌》《書記督戰》《社會主義大田》（6 首）《上金橋》《歌唱人民公社》《報喜隊》《訪東風人民公社》（2 首）
	第 11 期		「鋼水漫全川」：《我的心似烈火燃燒》《支持前線打勝仗》《高爐是絞架》《全民上陣》《皆爲鋼鐵日夜戰》《月亮照大軍》（3 首）等 35 首「人民公社好」：《人民公社好》《郫縣雜詠》（14 首）等（26 首）
	第 12 期		「鋼鐵衛星飛滿天」：《重重高爐遮斷天》等 32 首
紅岩	第三期	在大躍進的日子裏	《沸騰的山村》（7 首）《短笛》（18 首）
	第四期		《躍進短歌》（14 首）
	第五期		《工人的詩》（15 首）《街頭詩八首》《採風錄》（17 首）
	第六期		《採風錄》（47 首）《歌唱總路線》（17 首）
	第七期		《採風錄》（36 首）《工人的詩》（14 首）
	第八期		《採風錄》（20 首）《重鋼特輯》（22 首工人詩歌）
	第九期		《採風錄》（33 首）《建設機床廠特輯》（工人詩歌 23 首）
	第十期		《採風錄》（32 首）《第一夜》《只准你來不准你走》《鍛工之歌》《破竹工人志氣高》《眼前盛開金黃花》《砌磚工人》等
	第十一期	「躍進中的郫縣」	《千軍萬馬煉鋼鐵》（《採風錄》27 首）《鋼鐵戰線英雄多》（民歌 9 首）《軋鋼姑娘》《寄自煉鋼爐前》（3 首）《太陽出來滿天紅》《毛主席像紅太陽》《黨是活神仙》《智慧原由群眾來》《郫縣人民慶豐收》《人人都是多面手》《民歌三首》《年紀小決心大》《協作眞正好》《堆肥》《糧山》《同開躍進花》
	第十二期		《採風錄》（16 首）《重慶長江大橋工人個》（3 首）《將軍下臉當列兵》（3 首）《社長買拖拉機》《紡織廠短歌》（2 首）《磨工》《給黨委書記》《森林詩草》（2 首）《刻在隧洞閉上》（2 首）《李大媽決心學文化》《傣族民歌》（2 首）《建設者來了》等

刊名	登載時間	開設欄目	工農兵新民歌作品
紅水河	第三期		《農村大躍進詩抄》（5 首）《新歌圩》（16 首）《賀喜》（山歌聯唱 10 首）
	第四期		《新歌圩》（7 首）《雙反烈火燒紅天》（工人大字報詩 4 首）《擂臺之歌》（9 首）《來自水庫工地的詩》（4 首）
	第五期		《工人詩選》（5 首）《春天裏的詩》（7 首）《春耕生產勁衝天》（山歌選輯 16 首）《礦山大字報詩選》（9 首）
	第六期	農村民歌專號	《擂臺上面壁英雄》（16 首）《幹勁衝天萬丈高》（32 首）《地下英雄塞斷河》（55 首）《一夜積肥百萬斤》（15 首）《車幹河水拿龍王》（59 首）《搶插比賽到天光》（27 首）《遍山披上綠衣裳》（11 首）《技術革命開紅花》（11 首）《堅決攻下文化上》（12 首）
	第七期		《大躍進民歌 62 首》《街頭詩》（4 首）《黨給我們掌好舵》
	第八期		《黨代會民歌選》（19 首）《遍地開花映紅天》（工業大躍進民歌 37 首）
	第十期		《鋼鐵之歌》（民歌 23 首）《歌唱人民公社》（19 首）《慶祝國慶山歌聯唱》（4 首）
	第十一期		《鋼鐵花開映紅天》（22 首）《人民公社奇蹟多》
	第十二期		《鋼鐵衛星飛滿天》《扯根禾稈當扁擔》（8 首）
長江文藝	元月號	小說專號	
	二月號	工廠農村的詩	《車間新事》（7 首）《號角》（5 首）《因爲我是個鍛工》（6 首）《信任你，夏書記》（2 首）《整改意見箱》（2 首）《光輝閃耀在農村》（5 首）《我們就在這裡安家》等
	三月號		《麻城生產大躍進詩選》（17 首）「工廠農村的詩」:《東西湖園墾快板》（7 首）《工地山歌聯唱》（7 首）《在水庫工地上》（6 首）《太陽羞紅了臉》（2 首）《挑泥塘》（2 首）《歌贊農村》（9 首）《井下礦工之歌》（2 首）《我們這支拉木隊》《石油工地之夜》《車場》（2 首）等
	四月號	農業大躍進專號	《湖北農村躍進歌》《綠水笑著上山坡》《千人唱來萬人和》（山歌大聯唱）《壯族山歌》《布穀布穀叫得乖》（新山歌 8 首）《一個社員的話》（2 首）《牆頭詩》（王鴻鈞）
	五月號		《大字報詩選》（20 首）《大冶鋼山詩草》（8 首）《武鋼工地戰歌》（2 首）《長途電話》（2 首）《農村躍進中的先進人物》（3 首）
	六月號		《新國風》（47 首）《街頭詩》（10 首）
	七月號	「歌唱總路線」	《新國風》（登封新民歌選 7 首鍾庭潤、趙改名）《武鋼土方公司躍進歌》《撒向街頭，撒向田野》（4 首）《紅色歌謠》（22 首）《湘中革命歌謠》《洪湖歌謠》《日出東方一片紅》
	八月號		《沒有摘日心，難做上天梯》（新國風 39 首）《陣陣清香撲鼻來》《大字報詩化》（14 首）

刊名	登載時間	開設欄目	工農兵新民歌作品
長江文藝	九月號	小小說專號	
	十月號	鋼鐵專號	《「七香」姑娘歌唱人民公社》（山歌聯唱（9首）《人民公社之歌》（短歌13首）《房縣山歌》（6首）《鋼鐵之花》（14首）《歌唱水稻大豐收》（4首）《報喜篇》（7首）
	十一、十二月號	合刊	《槍桿詩》（8首）《鋼鐵萬噸詩萬首》（18首）《人民公社無限好》（14首）《詩堆如山歌如海，工農創作放異彩》（10首）

2、增辦報刊

爲擴大新民歌的傳播和影響，一些地方還通過增辦報刊的方式，來擴大新民歌的刊載數量、規模，如河南許昌專區要求「各縣市要辦一份文藝刊物。」〔註36〕增辦報刊的方式，有幾種情況：一種是直接創辦新的報刊。新民歌運動時期，一些原來沒有報刊的省市的專區、省轄市，開始創辦本專區、本省轄市的黨報，設立副刊，登載新民歌作品。如河南省在新民歌運動之前僅有《鄭州日報》、《洛陽日報》、《開封日報》、《南陽日報》、《焦作日報》一些直轄市、專區報刊。新民歌運動開始後，一些專區、直轄市相繼創辦的報刊有《鶴壁日報》、《三門峽報》、《平頂山日報》、《安陽日報》等；另一種情況，就是在原有報刊的基礎上，創辦一些晚報作爲輔助和補充。如《羊城晚報》在廣州創刊，作爲《南方日報》的輔助和補充；1958年3月，《北京晚報》創刊，爲小型綜合性晚報。還有的就是將市委機關報由日報改爲晚報。如《長沙日報》改爲《長沙晚報》，《西安日報》改爲《西安晚報》，《瀋陽日報》改爲《瀋陽晚報》，《南寧日報》改爲《南寧晚報》，《成都日報》改爲《成都晚報》，《合肥日報》改爲《合肥晚報》，《南昌日報》改爲《南昌晚報》，同一時期創刊的報刊還有《武漢晚報》、《鄭州晚報》等。

新民歌運動之前，全國有報刊的縣，還很少。新民歌運動開始後，在專區、省轄市相繼創辦報刊，登載新民歌作品，擴大新民歌的傳播和影響的同時，全國一些較大的縣也開始創辦本縣的縣級報刊，之後其他縣也陸續創辦了本縣的報刊。到1958年國慶節，全國幾乎所有的縣都有了自己的報刊，這些報刊也幾乎都是以自己的縣的名字來命名報刊。當時在河南發行量較大、影響相對較廣的縣級報刊，如《登封報》、《杞縣報》、《禹縣報》、《魯山報》、

〔註36〕《許昌專區1958年文化藝術工作躍進規劃（草案）》，存河南省檔案館，文化局1958年卷。

《林縣報》、《安陽縣報》、《新蔡報》、《淅川報》、《輝縣報》、《夏邑報》、《太康報》、《羅山報》、《寶豐報》等等，發行量都在萬份以上。這些縣級報刊，一般都是綜合性的報刊，一般都是四開四版，前三版主要登載有關生產躍進方面的新聞，政策宣講等等，第四版是副刊，登載新民歌和其他一些文藝作品。很多縣報創辦的時都是周刊，後根據需要，縮短發行周期，更改爲每周兩期、三期，有的甚至更改爲日報，以適應大躍進形勢的發展，每期副刊都大量地登載新民歌作品，有時幾乎整版都是，對當時新民歌的傳播上起到了較大的作用。報刊數量的增加，也意味著稿件通訊員、采集人員的相應增加，遍佈在全縣各處的報刊采集人員在稿件的采集過程中，也在一定程度上也促進了新民歌的快速傳播。

在報刊上發表的新民歌，不僅有各級報刊成立的民歌搜集機構的稿件采集人員到各農業社搜集、整理出的新民歌作品，也有新民歌的作者直接投稿過來或各鄉、農業社、文化館等單位推薦的作品，也有的是通過「徵文」的方式征集到的優秀民歌作品，還有一部分是轉載其他報刊已經發表的作品。在新民歌運動時期，一些優秀的民歌作品往往被多家報刊轉載、刊登。如上一章已經談到的，當時在全國影響一時的陝西安康新民歌《我來了》，自 1958 年在《安康報》上發表之後，接著被《人民日報》、《詩刊》、《群眾日報》等全國幾十家報刊轉載，並被選入郭沫若、周揚編選的《紅旗歌謠》一書，後又被北京出版社選在北京中學生《語文》試用課本上，成爲當時全國小學的通用教材。

3、擴大報刊發行量

大躍進時期，在生產大躍進的形勢下，全國各行業都不甘落後，紛紛開展躍進工作，報刊的發行工作也不例外，全國各家報紙都採取各種措施，擴大發行量，爭創報刊發行上的衛星。在擴大報刊的發行量、訂閱量上，各家報刊都實施一些措施，以擴大報刊的發行範圍和影響力度。一些本來就較有影響的報刊在擴大發行量的同時，一些省市、專區、縣的報刊也不惜採用行政手段，下發本轄區各部門在黨報、黨刊等報刊的訂閱計劃。以河南省在黨報《人民日報》、《河南日報》的發行爲例，河南省省委宣傳部規定，在全省各縣每個農業社要至少訂閱一份《人民日報》、《河南日報》，每個生產隊要訂閱一份《河南日報》，另外對一些其他報刊如《中國青年報》、《河南青年報》、《河南農民報》、《河南工人》、《奔流》、《河南文藝》、《群眾藝術》等報刊都有相應的訂閱要求。

河南魯山縣基本上達到一戶一份報紙，下湯區全區訂閱《河南日報》、《河南青年報》、《魯山報》等報刊 80000 份，基本上達到一戶一份報紙；四棵村一個鄉 1036 戶，原來只有 100 多份報紙，經過發動訂到 1086 份，平均每戶一份還多。〔註 37〕從而，使群眾也逐漸養成閱讀報刊的習慣，正如河南滎陽縣群眾所說，「一天不讀報，好像睡了覺；兩天不讀報，好像迷了竅；三天不讀報，啥也不知道。」〔註 38〕在一定程度上，推進了新民歌的有效傳播。

另外，各家報刊也爲鼓勵和擴大訂閱、發行，也積極採取一些推進報刊發行的措施。各家報刊實施的最實際的就是「增加版面，降低價格」的有效措施，如《人民日報》率先在全國開展降價發行舉措，在 3 月 2 日、3 日連續刊出降價發行的啓示：「從 3 月 1 日起，每月 2.4 元降爲 2 元。零售兩大張，由 1 角降爲 7 分；一大張（周日、節日），由 5 分降爲 4 分。」並且可以破月訂閱，按實際出版的張數的零售價計算收費。讀者如已按舊價訂閱，從三月份起，一律按新價計算，多餘報費退還讀者。《萌芽》雜誌，將在上海的《群眾文藝》、《工人習作》、《街頭文藝》合併改版後，把價格降爲每期一角五分。其他一些報刊也採取了相類似的促進報刊發行的措施，都在一定程度上擴大了報刊的發行量。

有些期刊還採取相互之間登載廣告的發行形式，以擴大刊物的訂閱量。如《天山》（新疆）期刊上連續登載了《草地》（四川）、《熱風》（福建）、《奔流》（河南）、《北方》（黑龍江）、《灕江》（廣西）、《青海湖》（青海）、《新苗》（湖南長沙）、《工人文藝》（西安）、《蜜蜂》（河北）、《文學青年》（遼寧）、《新港》（天津）、《東海》（浙江）、《邊防文藝》（雲南）；《文學青年》也有《處女地》（黑龍江）、《長春》、《北方》、《天山》、《海燕》、《火花》、《草地》、《奔流》、《萌芽》、《文藝月報》、《蜜蜂》、《新苗》、《紅岩》；《文藝月報》上刊載有《長江文藝》、《北方》、《紅岩》、《江淮文學》、《前哨》、《青海湖》、《隴花》、《邊疆文藝》、《山花》；《邊疆文藝》上《文藝月報》、《新苗》、《處女地》、《青海湖》、《嫩江》、《長江文藝》、《牡丹》、《天山》；《人民文學》上有《邊疆文藝》、《文學青年》、《文藝月報》、《紅岩》、《處女地》、《長江文藝》、《作品》、《延河》、《草原》、《天山》、《解放軍文藝》等等。

〔註 37〕《魯山縣文教局關於實現群眾文化工作躍進規劃情況總結》，存河南省檔案館，文化局 1958 年卷。

〔註 38〕《河南省文化局關於河南省群眾文化工作發展情況的報告》，存河南省檔案館，文化局 1958 年卷。

有些刊物深受讀者的歡迎，每期的印數遠遠不能滿足讀者的需求，以致有些刊物出現脫銷，不得再重新印刷，以滿足讀者的需要。如《文學青年》在五月份將已發行的一二三期，重印再版，以滿足讀者的閱讀需求。有的報刊爲提高訂閱量，對廣大讀者產生吸引力，還在一些在全國發行範圍較大的報刊上，如《人民日報》、《中國青年報》、《民間文學》、《詩刊》等做一些本報刊的發行廣告，進行刊物介紹，有的還刊登上下期或近期本刊的目錄，以吸引讀者訂閱。有的地方性期刊也在省內一些較有影響的、發行量大的報刊上，如《河南日報》、《山西日報》、《羊城晚報》等報刊，做發行廣告，積極擴大報刊的發行量。《文藝報》、《詩刊》、《長江文藝》等也都在全國較有影響的《人民文學》上刊載期刊物的下期目錄。

在這些措施的採取下，各家報刊的發行量、發行範圍、影響度都有了不同程度的提高。以河南省 1958 年 8 月份《人民日報》、《河南日報》的發行量與該年 3 月份相比，有了大幅度提高。8 月份，全省共發行《人民日報》58185 份，增加了 55%，發行《河南日報》353550 份，增加了 41%。至 8 月份，《人民日報》發行率增加三倍的縣有臨汝、尉氏 2 個縣，增加兩倍的有上蔡縣、淮陽縣、民權縣、柘城縣、夏邑縣等 11 個縣，增加一倍的有長葛、太康等 33 個縣；《河南日報》發行率增加三倍的有上栾、新蔡 2 個縣縣，增加兩倍的有汝南、淮陽等 40 個縣，其他縣增加都在一倍以上。〔註 39〕

報刊發行量的增加，最直接的效果就是在一定程度上可以看出報刊發行範圍、影響面、影響度的擴大，增強了報刊的影響力。但由於這些報刊都大量地登載新民歌作品，間接地可以看出新民歌作品的傳播範圍的擴大，傳播影響力的增加，在本期刊在擴大發行數量及範圍的的同時，將刊載的新民歌作品進行更廣泛的地域和人群間傳播。

4、開展發文競賽

新民歌運動期間，在各家報刊盡一切辦法，擴大刊物的發行量和影響力的同時，還相互之間開展發文競賽活動，比一比哪家報刊發的工農兵作品又多又快。爲此，各家報刊紛紛刊出征文啓事，歡迎工農兵的作品。如《人民文學》在《徵稿啓事》中說，「我們現在特別歡迎下列稿件：短篇小說、散文、特別報導、獨幕劇，以及各種各種體裁的詩歌。歡迎短些，越精鍊越好。並希望寫的

〔註 39〕《人民日報、河南日報八月一日與三月一日發行數量比較表》，載《河南日報》1958 年 8 月 26 日。

大眾化一些，力求讓工人、農民、戰士們也愛看，看得懂——或至少聽起來可以理解。詩歌希望寫得能讓工農群眾念得上口，聽得進去。」〔註40〕

《紅岩》編輯部還向各兄弟刊物發出競賽的倡議書：

「在祖國乘風破浪進行社會主義大躍進的時刻，社會主義文學事業需要更加繁榮，才能滿足廣大工農群眾日益增長的文化需要，我們刊物爲了堅決貫徹黨的文藝路線，通過「百花齊放，百家爭鳴」的方針，更好地爲工農兵服務，與資產階級文藝思想作檢出不懈的鬥爭，以保衛馬列主義的思想陣地。根據我們的具體情況，提出以下七項指標以應《文藝月報》和《星星》的挑戰並和《長江文藝》、《延河》、《處女地》、《作品》、《長春》、《新港》、《草地》、《山花》等刊物作友誼的競賽，以期並駕齊馳，共同進步：

一、在創作上，保證百分之八十的作品，反映社會主義建設和工農兵生活，緊密結和政治任務，及時反映現實鬥爭，歌頌新人新事。

二、在兩年內，重點培養工農作者二十名。

三、改革文風，行文要做到準確、鮮明、生動；作品力求短小精悍，形式多樣，通俗易懂。

四、理論批評堅持黨的立場和馬列主義的美學原則，反對學究氣和粗暴。提倡結合實際，深入淺出，短小精悍的文章，重視群眾的批評。

五、保證編輯人員在三年內，輪流參加勞動鍛鍊，做到有紅又專。

六、刊物下廠、下鄉、進營房。

七、爭取在三年內達到企業化。」〔註41〕

5、創辦小型文藝報刊

爲加快新民歌作品的傳播，盡快使優秀的新民歌作品在群眾之間廣泛流傳，一些省、市、專區、縣的宣傳、文化等部門還創辦了一些文藝性質的鉛印小型報刊、小冊子、小詩集等，在群眾之間發放，取得了較好的傳播效果。新民歌運動時期，全國各地創辦、發行較好的小型文藝刊物有：上海市中國

〔註40〕《徵稿啓事》，載《人民文學》1958年一月號。
〔註41〕《本刊向各兄弟刊物提出競賽的倡議書》，載《紅岩》1958年第4期。

作協、劇協、音協、美協四個分會和上海人民美術出版社、音樂出版社、新文藝出版社聯合編輯的《街頭文藝》，甘肅省蘭州市文聯編輯的《工農文藝》，西安市文聯編的《總路線詩宣傳單》，新文藝出版社單獨編印的《總路線文藝傳單》，山西省文化局創辦的《文化周刊》，河北張家口市文聯編印的《浪花增刊》，中共遂寧縣委宣傳部編印的《躍進詩歌》集，安徽合肥市文聯、文化局聯合編印的《合肥民歌選》，中共道江鄉黨委編印的《紅旗小報》等等。這些小報、小刊、小本、小詩集，有的兩天一期，有的三天一期，有的五天一期，也有不定期的；篇幅大小不盡一致，從4開到64開都有；這些文藝小刊物所發表的作品，都是短小精悍、生動活潑、通俗易懂、豐富多彩，正如《街頭文藝》的創辦方針中所說，「迅速反映時代，表現英雄人民，大家齊動手，培養工農文藝，形式短小精悍，內容生動活潑，每期都有說有唱，做到圖文並茂，力求通俗易懂，爭取家喻戶曉。」〔註 42〕篇幅都較短小，攜帶方便，可以裝載口袋裏，在車間或田間勞動空閒的時候，拿出來隨手翻看、閱讀和朗誦。這些小報、小本本、小詩集在當時產生了廣泛影響，受到群眾的廣泛歡迎，把創作出的文藝作品紛紛郵寄到編輯部，《總路線宣傳單》編輯部在半個月內，就收到群眾的詩歌作品1200多首。

（三）印刷出版

在全國各行業全面發動大躍進運動的同時，出版界也不甘落後，掀起了出版大躍進運動。出版界的「大躍進」運動，是緊隨著1957年整風、反右運動結束轉人「反浪費、反保守」的「雙反」運動後開始的。文化部於3月10日至15日在上海召開「全國出版工作躍進會議」。會議提出，在全國全面大躍進的形勢下，出版工作也要來個大躍進。3月15日，會議公佈了《鼓起革命幹勁，爭取出版工作大躍進，更好地爲生產大躍進服務，爲社會主義建設服務》的總結發言，向全國出版工作者、全國地方出版社發出倡議書、躍進競賽書。同時召開新華書店經理會議，向全國圖書發行工作人員的倡議書。在「倡議書」中提出要縮短出書時間三分之一，保證圖書的發行冊數比1957年增長80%的『躍進」指標。這次會後，在全國出版發行系統立即掀起了一場聲勢浩大的「學先進，趕先進，比先進」的「大躍進」出版高潮。

〔註 42〕朱樹鑫《爲新創辦的許多小型文藝報刊歡呼》，載《文藝報》1958年第13期。

7月，文化部直屬的23個出版、印刷、發行單位，報送2217件展品，參加文化部舉辦的「大躍進」展覽會。各單位都提出了「大躍進」的目標，如人民出版社提出：「苦戰兩年，改變面貌，爭取成爲世界上宣傳共產主義思想的最好的書籍出版社之一。」人民文學出版社提出：「苦戰三年，成爲世界上最先進的文學書籍出版社之一。出版一批足以震動世界的『巨著』，裝幀印刷質量三年內超過日本，趕上德國。」中華書局提出要在十年內，「用馬列主義觀點，從5萬種古籍中選出5000種彙編成100套叢書」，等等。

各單位提出的躍進指標中都突出表現了「一天等於二十年」的「大躍進」速度：人民出版社決定7月份大戰一個月，發稿種數要完成原定計劃的60000，發稿字數要完成計劃的45000。人民文學出版社提出在7月中旬「苦戰五晝夜，出書四十種」，結果完成 89 種。有的出版社提出「三個一」的加快出書時間速度指標，即出一種書最快的一天、次之是一旬、一般的是一個月，最慢不超過四個月，並稱：「字數多少不管，因爲字數再多也首先必須服從政治上的需要。」

共和國成立後，從1950年起，相繼成立了科學出版社、人民出版社、人民教育出版社等專業出版社，到1957年底，全國出版社已達到103家，其中中央55家，地方48家。1958年，圖書出版受到「大躍進」的影響，許多地區和縣都辦起了出版社，有的地方還辦起了民辦的出版社，到1959年，地區和縣辦出版社就達到114家。在大躍進形式的鼓舞下，全國各出版社之間也搞起了出書競賽，有的十幾個小時就出一本書，使得1958年的全國出書總量達到了45495種，比1957年增加了61%。尤其是新民歌運動開展後，鋪天蓋地的新民歌作品大量湧現，在一定程度上也刺激了出版業的發展，幾乎所有的出版社都進行新民歌作品、詩集的出版。據不完全統計，1958 年全國省級以上出版的民歌集達 800 餘種，僅四川一省到 10 月底各地就編印了 3733 種民歌集，其中古藺一縣印了 600 餘種。江蘇省文藝出版社到 6 月份，已編輯出版大躍進民歌民謠選集 57 種的基礎上計劃還要編 60、70 種，全年要出一百餘種。〔註43〕

下面試以全國部分省級以上出版社在1958年出版的新民歌作品爲例，對新民歌通過出版的形式進行傳播的情況如下圖：

〔註43〕《現場編輯民歌，迅速發行推廣》，載《民間文學》1958年六月號。

省份	名　稱	編輯者	出版者	印量
江蘇	江蘇大躍進民歌集 第一集	江蘇省收集民歌民謠委員會	江蘇文藝出版社	
	江蘇大躍進民歌集 第二集	江蘇省收集民歌民謠委員會	江蘇文藝出版社	
	大躍進戰歌	中共常州市委宣傳部	中共常州市委宣傳部	
	南京民歌選	中共南京市委宣傳部編	南京人民出版社	
	江蘇民歌民謠 換來幸福萬萬年	江蘇文藝出版社編	江蘇文藝出版社	
	江蘇民歌民謠 田野戰鼓急急敲	江蘇文藝出版社編	江蘇文藝出版社	
	江蘇民歌民謠 人多心齊山也倒	江蘇文藝出版社編	江蘇文藝出版社	
	江蘇民歌民謠 趕常熟	江蘇文藝出版社編	江蘇文藝出版社	
	江蘇民歌民謠 十里好風光	江蘇文藝出版社編	江蘇文藝出版社	
	江蘇民歌民謠 春光似箭我如飛	江蘇文藝出版社編	江蘇文藝出版社	
	江蘇民歌民謠 斬龍王	江蘇文藝出版社編	江蘇文藝出版社	
	江蘇民歌民謠 社裏光景滿堂紅	贛江縣群眾文藝創作編輯委員會編	江蘇人民出版社	
	江蘇民歌民謠 兩豐收	常熟縣文化館	江蘇文藝出版社	
	江蘇民歌民謠 英雄面前無困難	江蘇文藝出版社編	江蘇文藝出版社	
	江蘇民歌民謠 人間勝天堂	中共南京市委宣傳部編	江蘇文藝出版社	
	江蘇民歌民謠 要叫河底見太陽	漢江縣群眾文藝創作委員會	江蘇文藝出版社	
	江蘇民歌民謠 一定趕蘇杭	徐州市文聯編	江蘇文藝出版社	
	江蘇民歌民謠 黨的恩情比海深	中共徐州市委宣傳部	江蘇文藝出版社	
	江蘇民歌民謠 花開全憑甘露雨	泰州市洋橋鄉鄉黨委	江蘇文藝出版社	
	江蘇民歌民謠 兩朵蓮花一條根	江蘇文藝出版社	江蘇文藝出版社	
	江蘇民歌民謠 落雨晴天稱人心	江蘇文藝出版社	江蘇文藝出版社	
	江蘇民歌民謠 麥熟收割忙	江蘇文藝出版社	江蘇文藝出版社	
	江蘇民歌民謠 人換思想地換裝	中共豐縣縣委宣傳部編	江蘇文藝出版社	
	江蘇民歌民謠 山溝太陽永不落	江蘇文藝出版社	江蘇文藝出版社	
	江蘇民歌民謠 豐收氣象新	江蘇文藝出版社	江蘇文藝出版社	
	江蘇民歌民謠 哪兒來的鑼鼓聲	江蘇高郵縣文化館	江蘇文藝出版社	
	江蘇民歌民謠 青山不老水長流	江蘇武進縣文化館	江蘇文藝出版社	
	江蘇民歌民謠 文武兩狀元	江蘇文藝出版社	江蘇文藝出版社	

省份	名　稱	編輯者	出版者	印量
江蘇	江蘇民歌民謠 飛機經過要繞道	江蘇文藝出版社	江蘇文藝出版社	
	江蘇民歌民謠 當心蘋果碰著頭	江蘇文藝出版社	江蘇文藝出版社	
	江蘇民歌民謠 鐵鍬一揮成地河	江蘇文藝出版社	江蘇文藝出版社	
	江蘇民歌民謠 鑼鼓喧天鞭炮響	邳縣文化館編	江蘇文藝出版社	
	江蘇民歌民謠 馬達聲音破長空	江蘇文藝出版社	江蘇文藝出版社	
	江蘇民歌民謠 新農村的春天	江蘇文藝出版社	江蘇文藝出版社	
	江蘇民歌民謠 今天人人是神仙	江蘇文藝出版社	江蘇文藝出版社	
	江蘇民歌民謠 溧水躍進歌	江蘇文藝出版社	江蘇文藝出版社	
	江蘇民歌民謠 一個社的詩歌	江蘇文藝出版社	江蘇文藝出版社	
安徽	大躍進民歌選 第一集	蚌埠專區民歌編輯部	蚌埠專區人民出版社內部出版	
	安徽民歌選 幸福生活步步高		文字改革出版社	
	安徽民歌選 大躍進民謠 第一集	安徽群眾藝術館	安徽人民出版社	
	安徽民歌 歌唱新農村 第一集	安徽群眾藝術館	安徽人民出版社	
	安徽民歌 歌唱大躍進 第二集	安徽群眾藝術館	安徽人民出版社	
	安徽民歌 歌唱大躍進 第三集	安徽群眾藝術館	安徽人民出版社	
	蕪湖民歌集 第二集	蕪湖市文聯	蕪湖市人民出版社	3000
	安徽民歌選集（油印資料）	上海音樂學院民族音樂研究室	上海音樂學院民族音樂研究室	
	大躍進民歌 第二分冊 千里淮北變江南	安徽人民出版社	安徽人民出版社	
	紅日東升火光閃	阜陽縣萬光農業社俱樂部編	安徽人民出版社	5100
	安徽大躍進民歌集	安徽群眾藝術館編	上海文藝出版社	
	群眾創作選 歌唱大躍進專輯	中共宣城縣委宣傳部	中共宣城縣委宣傳部	
河南	河南大躍進民歌選 第一輯	河南民歌整理編輯組	河南人民出版社	
	河南大躍進民歌選 第二輯	河南民歌整理編輯組	河南人民出版社	
	河南大躍進民歌選 第三輯 總路線光芒照心窩	河南民歌整理編輯組	河南人民出版社	
	河南大躍進民歌選 第四輯 麥垛堆上白雲間	河南民歌整理編輯組	河南人民出版社	10000
	河南大躍進歌謠	河南人民出版社	河南人民出版社	6000
	民歌選 第一集	中共新鄉市郊區委員會	中共新鄉市郊區委員會	

省份	名　稱	編輯者	出版者	印量
河南	河南省 1958 年小麥豐產展覽會民歌彙集 小麥豐收頌		河南人民出版社	
	河南小麥大豐收文藝叢書萬民歌唱慶豐收		河南人民出版社	
	山區民歌	中共林縣委員會宣傳部選編		
	民歌	河南省群眾藝術館	河南人民出版社	
	河南民歌選	河南省群眾藝術館	河南人民出版社	
	河南民歌選 幸福花兒遍地開	河南民歌整理編輯組	作家出版社	
	河南省民歌快板選集（2）	中共河南省委書記處辦公室編		
	河南省民歌快板選集（5）	河南民歌整理編輯組	河南民歌整理編輯組	
	河南省民歌快板選集（6）	河南民歌整理編輯組	河南民歌整理編輯組	
	河南省民歌快板選集（12）	河南民歌整理編輯組	河南民歌整理編輯組	
	河南省民歌快板選集（19）	河南民歌整理編輯組	河南民歌整理編輯組	
	南陽民歌六百首 第一輯	南陽專署文教局	南陽新華書店	
	河南新民歌	「奔流」文學月刊社編	通俗文藝出版社	
	上海民歌選	中共上海市委宣傳部	新文藝出版社上海文化出版社	50000
上海	1959 上海民歌選	中共上海市委宣傳部	上海文藝出版社	25000
	上海歌謠	上海群眾藝術館	上海文化出版社	6500
	上海之歌		上海文化出版社	
	上海歌謠（油印本）	中國作家協會上海分會	中國作家協會上海分會	
	大家來唱新民歌 第一輯 泰山之土誰敢動	上海文藝出版社	上海文藝出版社	40000
	民歌三十首	陳義德 編曲	上海音樂出版社	
	民歌小曲五十首	黎英海 編曲	上海文藝出版社	
	上海民歌選	中共上海市委宣傳部	新文藝出版社	50000
	上海新民歌 總路線像紅太陽	上海文化出版社	上海文化出版社	
	上海新民歌 文化革命達高潮	上海文化出版社	上海文化出版社	
	上海新民歌 黨和人民心連心	上海文化出版社	上海文化出版社	50000
	上海新民歌 官兵幹勁衝破天	上海文化出版社	上海文化出版社	
	上海新民歌 保衛上海緊握槍	上海文化出版社	上海文化出版社	
	上海新民歌 不准侵略黎巴嫩	上海文化出版社	上海文化出版社	

省份	名　稱	編輯者	出版者	印量
上海	上海新民歌 開展技術大革命	上海文化出版社	上海文化出版社	
	上海新民歌 文化革命大高潮	上海文化出版社	上海文化出版社	
	上海新民歌 農業綱要明又明	上海文化出版社	上海文化出版社	
	上海新民歌 眞正英雄看今朝	上海文化出版社	上海文化出版社	100000
	上海新民歌一 天等於二十年	上海文化出版社	上海文化出版社	
	上海歌謠集三 乘風破浪趕英國	上海民歌編輯委員會編	上海文藝出版社	9000
	上海歌謠集五 敢把皇帝拉下馬	上海民歌編輯委員會編	上海文藝出版社	800
	上海歌謠集六 盤盤葵花朝太陽	上海民歌編輯委員會編	上海文藝出版社	8000
	上海歌謠集七 萬條扁擔把山挑	上海民歌編輯委員會編	上海文藝出版社	
	上海歌謠集八 銅澆肩膀鐵打腰	上海民歌編輯委員會編	上海文藝出版社	7000
	上海歌謠集九 好比老虎長翅膀	上海民歌編輯委員會編	上海文藝出版社	8000
	上海歌謠集十 婦女力量半邊天	上海民歌編輯委員會編	上海文藝出版社	7000
	上海歌謠集十一 千年封建連根拔	上海民歌編輯委員會編	上海文藝出版社	7500
	上海歌謠集十二 戰士百鍊才成鋼	上海民歌編輯委員會編	上海文藝出版社	4500
	上海歌謠集十三 條條里弄滿春風	上海民歌編輯委員會編	上海文藝出版社	7000
	上海歌謠集十四 紅透專深爭上游	上海民歌編輯委員會編	上海文藝出版社	11000
	上海歌謠集十五 反美浪潮萬丈高	上海文藝出版社	上海文藝出版社	10000
	上海歌謠集十六 光芒萬丈總路線	上海民歌編輯委員會編	上海文藝出版社	
	上海歌謠集十七 知心話兒對黨講	上海民歌編輯委員會編	上海文藝出版社	10000
	上海歌謠集十八 好比老虎長翅膀	上海民歌編輯委員會編	上海文藝出版社	8000
	上海歌謠集十九 盡頭掀起黃浦潮	上海民歌編輯委員會編	上海文藝出版社	

省份	名　　稱	編輯者	出版者	印量
雲南	雲南民歌 歌唱恩人毛主席	雲南人民出版社	雲南人民出版社	
	雲南各族大躍進民歌選 第一集	雲南人民出版社	雲南人民出版社	
	昆明民歌 第一集	中共昆明市委宣傳部	中共昆明市委宣傳部	
	雲南民歌 第一輯 耍山調	林之音	雲南人民出版社	
	雲南民歌 第三集	谷青	上海文化出版社	
	雲南民歌卅首（雲南全省第一次民歌演唱會專輯）	雲南群眾藝術館編	雲南人民出版社	
四川	四川民歌選 第一輯	中共四川省委宣傳部	四川人民出版社	50000
	成都民歌選	中共成都市委宣傳部	四川人民出版社	
	四川民歌（對折油印本）	西南師範學院 58 年採風隊	西南師範學院 58 年採風隊	
	躍進民歌 第一集	重慶市委宣傳部	重慶市委宣傳部	
	人民公社好	紅旗人民公社井口人民公社合編	重慶人民出版社	
	成都民歌選 第一輯	中共成都市委宣傳部編	四川人民出版社	
	洪雅民歌選	中共洪雅縣委宣傳部	四川人民出版社	5000
	瀘州民歌	中共瀘州地委宣傳部編	四川人民出版社	4000
	內江民歌選集 第一輯	中共內江地委宣傳部編	四川人民出版社	
	四川藏族新民歌選		四川民族出版社	3000
吉林	長春民歌選 第一集	中共長春市委宣傳部	吉林人民出版社	10000
	延邊民歌 第一集	延邊地區民歌收集委員會編	延邊人民出版社	1500
	延邊民歌 第二集	延邊地區民歌收集委員會編	延邊人民出版社	1270
	十月的長春（上）	長春市文聯	吉林人民出版社	
	吉林新民歌 1 黨比太陽還光亮	吉林省民間文學工作委員會輯	吉林人民出版社	
	吉林新民歌 2 總路線是紅太陽	吉林省民間文學工作委員會輯	吉林人民出版社	5000
	吉林新民歌 3 掄起鐵獨錘快如風	吉林省民間文學工作委員會輯	吉林人民出版社	
	吉林新民歌 6 勞動人民有智慧	吉林省民間文學工作委員會輯	吉林人民出版社	

省份	名　稱	編輯者	出版者	印量
吉林	吉林新民歌 8 鐵水遍地流	吉林省民間文學工作委員會輯	吉林人民出版社	
	吉林新民歌 9 高山低頭河讓路	吉林省民間文學工作委員會輯	吉林人民出版社	
	吉林新民歌 10 新立城要比十三陵	吉林省民間文學工作委員會輯	吉林人民出版社	
	吉林新民歌 11 綠水笑著上山坡	吉林省民間文學工作委員會輯	吉林人民出版社	5000
	吉林新民歌 13 雙肩挑乾三江水	吉林省民間文學工作委員會輯	吉林人民出版社	
	吉林新民歌 14 攢金積銀	吉林省民間文學工作委員會輯	吉林人民出版社	
	吉林新民歌 19 豐收小曲村村唱	吉林省民間文學工作委員會輯	吉林人民出版社	
	吉林新民歌 20 中國人個個有學問	吉林省民間文學工作委員會輯	吉林人民出版社	
	吉林新民歌 24 前郭爾羅斯蒙古族自治縣歌謠	吉林省民間文學工作委員會輯	吉林人民出版社	
	吉林新民歌 27 臨江歌謠	吉林省民間文學工作委員會輯	吉林人民出版社	
	吉林新民歌 29 農安歌謠	吉林省民間文學工作委員會輯	吉林人民出版社	
	吉林新民歌 30 安廣歌謠	吉林省民間文學工作委員會輯	吉林人民出版社	
廣西	壯族民歌選集	廣西壯文工作委員會 廣西民族學院	廣西人民出版社	
	壯族民歌選集	廣西壯族自治區歌舞團編	音樂出版社	3700
	桂林區民歌曲集	桂林專區人民出版社	桂林專區人民出版社	
	廣西民歌選集 第一輯農村大躍進山歌（1）	廣西民歌編選委員會	廣西人民出版社	60000
	廣西民歌選集 第一輯農村大躍進山歌（2）	廣西民歌編選委員會	廣西人民出版社	20000
	廣西民歌選集 第一輯農村大躍進山歌（3）	廣西民歌編選委員會	廣西人民出版社	10000
	廣西民歌選集 第一輯農村大躍進山歌（4）	廣西民歌編選委員會	廣西人民出版社	10000

省份	名　稱	編輯者	出版者	印量
廣西	廣西民歌選集 第一輯農村大躍進山歌（25）	廣西民歌編選委員會	廣西人民出版社	50000
	廣西民歌選 第一集	中國作家協會廣西壯族自治區分會	廣西壯族自治區人民出版社	2100
廣東	廣東民歌 第一集	中共廣東省委宣傳部	廣東人民出版社	11000
	廣東民歌選 第一輯 歌唱農業大躍進	廣東人民出版社	廣東人民出版社	
	廣東民歌選 第二輯	廣東人民出版社	廣東人民出版社	5000
	廣東民歌選 第五輯 歌唱人民公社	廣東人民出版社	廣東人民出版社	
	廣東民歌選 第七輯 豐收特大歌特多	廣東人民出版社	廣東人民出版社	
	大躍進民歌 眾口歌聲動乾坤	潮安縣文化館	廣東人民出版社	3000
	大躍進民歌 送子出門修運河		廣東人民出版社	3000
	海南民歌 第二集	廣東人民出版社	廣東人民出版社	
	汕頭大躍進民歌集	汕頭專區工農業生產評比展覽會編		12000
	海豐民歌選	海豐縣民歌工作委員會	廣東人民出版社	
山西	山西民歌選 人民離不開共產黨		文字改革出版社	
	大躍進民歌	山西日報社山西農民報社	山西人民出版社	
黑龍江	哈爾濱市中學生 詩歌選集	哈爾濱市教師進修學院	哈爾濱市教師進修學院	
	歌唱大躍進（民歌集）		黑龍江人民出版社	14000
	歌頌大躍進 新民歌集之一		黑龍江人民出版社	10000
	歌唱大躍進 新民歌集之二		黑龍江人民出版社	
	歌唱大躍進 新民歌集之三		黑龍江人民出版社	6500
	歌唱大躍進 新民歌集之四		黑龍江人民出版社	7000
	歌唱大躍進 新民歌集之五		黑龍江人民出版社	
	歌唱大躍進 新民歌集之六		黑龍江人民出版社	
	黑龍江大躍進民歌選之一 紅花開放萬里香	黑龍江省民歌編選委員會編	黑龍江人民出版社	
	牡丹江展覽館 民歌選集	黑龍江省文藝躍進展覽會牡丹江館	牡丹江館印	

省份	名　　稱	編輯者	出版者	印量
陝西	陝北民歌獨唱集	白秉權 編曲	音樂出版社	19770
	陝西民歌三百首	中共陝西省委宣傳部	東風文藝出版社	4000
	陝西民歌演唱集	陝西群眾藝術館	長安書店	
	民歌 山歌 詩 陝西群眾創作選輯（一）	陝西群眾藝術館	陝西群眾藝術館	
河北	邯鄲民歌選		百花文藝出版社	5000
	灤城新民歌	灤城縣委編	河北人民出版社	1000
	暖泉民歌集	河北懷來暖泉鄉民歌編輯委員會	百花文藝出版社	56000
	大躍進民歌選	張家口地委	張家口地委	
	河北民歌選 茉莉花	河北群眾藝術館	河北人民出版社	
	河北新民歌 第一集	中共河北省委宣傳部文教部編	河北人民出版社	
	河北新民歌 第二集	中共河北省委宣傳部	百花文藝出版社	
	河北新民歌 第三集	河北民間文學會編	百花文藝出版社	
貴州	貴州民歌 桂花生在貴石岩		貴州人民出版社	
福建	福建民歌 第一集	中共福建省委辦公廳	福建人民出版社	
	福建民歌 第二集	中共福建省委辦公廳	福建人民出版社	5090
	福建民歌 第三集	「熱風」編輯部	福建人民出版社	5090
湖南	湖南民歌選 大躍進歌謠 第一集	中共湖南省委會辦公廳	湖南人民出版社	2000
	湖南民歌選 大躍進歌謠 第二集	中共湖南省委會辦公廳	湖南人民出版社	
	湖南民歌選 大躍進歌謠 第二集	中共湖南省委會辦公廳	湖南人民出版社	20000
	湖南民歌 幸福多從手上來		文字改革出版社	23300
內蒙古	人民公社好	范衣 編著	湖南人民出版社	50000
	民歌選集 第一 二輯	呼和浩特市委宣傳部文化局	呼和浩特市委宣傳部文化局	
	內蒙古民歌	奧其 松來合譯	通俗文藝出版社	
	昭烏達民歌集	呼爾查	內蒙古人民出版社	
	內蒙古民歌選	內蒙古百萬民歌展覽歌唱運動月委員會編	內蒙古人民出版社	1500
	躍進民歌 第二集	中共重慶市委宣傳部	重慶人民出版社	

省份	名　稱	編輯者	出版者	印量
江西	井岡山地區的民歌	井岡山報編輯部整理	井岡山報編輯部	
	油印資料第 2 號 江西民歌選集	上海音樂學院音樂研究室編	上海音樂學院音樂研究室印	
	江西民歌選 躍進火焰衝天空	中共江西省委宣傳部	江西人民出版社	
	江西民歌選 千軍萬馬鬧春耕	中共江西省委宣傳部	江西人民出版社	
	江西民歌選 工業花兒遍地開	中共江西省委宣傳部	江西人民出版社	20000
	江西民歌選 鋼鐵鮮花朵朵紅	中共江西省委宣傳部	江西人民出版社	2000
	江西民歌選 公社花開千里香	中共江西省委宣傳部	江西人民出版社	2000
	江西民歌選 太陽怎比毛澤東	中共江西省委宣傳部	江西人民出版社	
	江西民歌選 坐上火箭來躍進	中共江西省委宣傳部	江西人民出版社	
	江西民歌選 技術文化大進軍	中共江西省委宣傳部	江西人民出版社	20650
	江西民歌選 歌唱總路線	中共江西省委宣傳部	江西人民出版社	
天津	海河工地民歌三百首	天津市海河建閘指揮政治部中國作家協會天津分會合編	百花文藝出版社	
	天津民歌選 第一集	天津市民歌編選委員會編	百花文藝出版社	10000
	天津民歌選 第二集	天津市民歌編選委員會編	百花文藝出版社	
	天津民歌選 第三集	天津市民歌編選委員會編	百花文藝出版社	
	新民歌百首	天津市委宣傳部	天津市委宣傳部	
湖北	湖北民歌選集之一 太陽出來滿天紅	湖北省採風委員會	湖北人民出版社	
	湖北民歌選集之四 鴿子翻身地變大	湖北省採風委員會	湖北人民出版社	3500
	湖北民歌選集之五 人人賽過諸葛亮	湖北省採風委員會	湖北人民出版社	
	湖北民歌選集之十六 萬里江山一片紅	湖北省採風委員會	湖北人民出版社	
	湖北民歌集 一人唱歌萬人和	華東師範學院中文系編		
	鄂北山歌	湖北人民出版社	湖北人民出版社	4000
	麻城民歌選	湖北省麻城縣文教局文化館合編	湖北省麻城縣文教局文化館合編	
	大躍進戰歌 第三集	中共湖北省武漢市委宣傳部編		
	江漢民歌集	荊州專署文教局	荊州專署文教局	

省份	名　稱	編輯者	出版者	印量
山東	山東地區部隊詩歌選 2 人民戰士愛人民	山東省民歌編輯組編	山東人民出版社	5000
	山東地區部隊詩歌選 4 北京燈塔照前程	山東省民歌編輯組編	山東人民出版社	3100
	山東地區部隊詩歌選 22 乘風破浪飛向前	山東省民歌編輯組編	山東人民出版社	1100
	山東農民歌謠選 高歌躍進	山東人民出版社	山東人民出版社	10000
	山東農民歌謠選（1）北京的太陽暖心房	山東省民歌編輯組編	山東人民出版社	
	山東農民歌謠選（3）山河讓路天地驚	山東省民歌編輯組編	山東人民出版社	5000
	山東農民歌謠選（4）躍進花紅果子甜	山東省民歌編輯組編	山東人民出版社	
	山東農民歌謠選（5）萬里禾苗一片青	山東省民歌編輯組編	山東人民出版社	
	山東農民歌謠選（6）銀龍搖尾盤高山	山東省民歌編輯組編	山東人民出版社	10100
	山東農民歌謠選（7）英雄時代英雄多	山東省民歌編輯組編	山東人民出版社	
	山東農民歌謠選（8）幹部群眾心連心	山東省民歌編輯組編	山東人民出版社	5000
	山東農民歌謠選（9）文化鮮花遍地開	山東省民歌編輯組編	山東人民出版社	5000
	山東農民歌謠選（10）山山油綠處處青	山東省民歌編輯組編	山東人民出版社	5000
	山東農民歌謠選（11）一步跨過九重天	山東省民歌編輯組編	山東人民出版社	5000
	山東農民歌謠選（12）徒駭河畔歌聲高	山東省民歌編輯組編	山東人民出版社	
	山東農民歌謠選（13）今日巧匠勝魯班	山東省民歌編輯組編	山東人民出版社	
	山東農民歌謠選（14）歌聲滾滾唱太陽	山東省民歌編輯組編	山東人民出版社	
	山東農民歌謠選（16）咱們才是活神仙	山東省民歌編輯組編	山東人民出版社	
	山東農民歌謠選（17）勤儉持家幸福長	山東省民歌編輯組編	山東人民出版社	
	山東農民歌謠選（18）幸福生活節節甜	山東省民歌編輯組編	山東人民出版社	8100

省份	名　稱	編輯者	出版者	印量
山東	山東農民歌謠選（19）高山頂上米糧川	山東省民歌編輯組編	山東人民出版社	8100
	山東農民歌謠選（20）總路線是紅太陽	山東省民歌編輯組編	山東人民出版社	8100
	山東農民歌謠選（22）旱神手裏奪豐年	山東省民歌編輯組編	山東人民出版社	5000
	山東農民歌謠選（25）一片稻花開雲霄	山東省民歌編輯組編	山東人民出版社	
	山東農民歌謠選（28）紅旗漫天卷東風	山東省民歌編輯組編	山東人民出版社	5100
	山東農民歌謠選（32）江河歡笑天地動	山東省民歌編輯組編	山東人民出版社	5100
	山東農民歌謠選（33）躍進戰鼓震天響	山東省民歌編輯組編	山東人民出版社	5100
	山東農民歌謠選（38）李禎堂的快板詩	山東省民歌編輯組編	山東人民出版社	5100
	山東農民歌謠選（39）鋼鐵姑娘賽桂英	山東省民歌編輯組編	山東人民出版社	
	山東工人歌謠選（1）躍進花開滿堂紅	山東省民歌編輯組編	山東人民出版社	5000
	山東漁民歌謠選（1）命令大海獻寶藏	山東省民歌編輯組編	山東人民出版社	
遼寧	遼寧民歌民謠選　大躍進快板集	遼寧人民出版社編輯	遼寧人民出版社	20000
	遼寧民歌民謠選　遼北一片米糧川	中共鐵嶺地委宣傳部	遼寧人民出版社	8000
	遼寧民歌民謠選　淩河兩岸起歌聲	中共錦州市委宣傳部	遼寧人民出版社	4000
	遼寧民歌民謠選　搬來泰山築長城	中共法庫縣委宣傳部	遼寧人民出版社	9000
	遼寧民歌民謠選　躍進歌聲像海潮	中共安東地委宣傳部	遼寧人民出版社	6000
	遼寧民歌民謠選　千山萬嶺換新裝	中共朝陽縣委宣傳部	遼寧人民出版社	
	遼寧民歌民謠選　英雄不怕萬重山	中共錦州地委宣傳部	遼寧人民出版社	
	遼寧民歌民謠選　春季到來遍地青	遼寧人民出版社編輯	遼寧人民出版社	
	遼寧民歌民謠選　不靠老天靠自家		遼寧人民出版社	
	遼寧民歌民謠選　遼河兩岸好風光	中共遼陽地委宣傳部編	遼寧人民出版社	6000
	遼寧民歌民謠選　勞動歌聲滿山崗	遼寧人民出版社編輯	遼寧人民出版社	10000
	遼寧民歌民謠選　總路線放光芒	遼寧人民出版社編輯	遼寧人民出版社	8000
	遼寧民歌民謠選　水壩彎彎十里長	中共蓋平縣委編	遼寧人民出版社	
	遼寧民歌民謠選　一棵果樹萬朵花	中共金縣縣委宣傳部編	遼寧人民出版社	5000

省份	名　稱	編輯者	出版者	印量
北京	北京民歌民謠 工人力量衝雲霄	北京文聯	北京出版社	3000
	北京民歌民謠 美好遠景在前頭	北京市文學藝術工作者聯合會	北京出版社	
	北京民歌民謠 車輪旋轉似火箭	北京市文學藝術工作者聯合會	北京出版社	
	北京民歌民謠 紅旗插在麥田裏	北京市文學藝術工作者聯合會	北京出版社	3000
	北京民歌民謠 誓把山河變良田	北京市文學藝術工作者聯合會	北京出版社	7000
	礦區山歌唱不完北京民歌門頭溝區專輯	北京文聯	北京出版社	2600
	大躍進中的北京民歌選集 第一輯	河北北京師院民歌編輯部	河北北京師院民歌編輯部	
	大躍進之歌	北京出版社	北京出版社	18000

從上表可以看出，1958 年全國各家出版社在出版新民歌作品時，有以下幾個特點：

一是出版詩集、作品集的種類之多，每一種又分爲多種系列，每一系列又包含了多冊叢書。如山東省人民出版社出版的《山東民歌民謠選》分爲工人、農民和部隊三種，每一種有包含多種圖書系列，其中山東農民歌謠包括：「北京的太陽暖心房」、「河讓路天地驚」、「躍進花紅果子甜」、「萬里禾苗一片青」、「英雄時代英雄多」、「幹部群眾心連心」等 39 個系列叢書。在每一單行本詩集裏面，出版社的編者對所選的民歌又進行分類，分爲若干輯，大致分爲頌歌（對國家、對共產黨、對領袖、對社會主義建設、對湧現出來的英雄模範人物的歌頌或者歌頌總路線，歌頌人民公社，歌頌大煉鋼鐵等）、工業躍進之歌、農業躍進之歌、部隊詩歌、農具改革民歌、傳統民歌、新情歌等。

二是詩集出版數量之大。大部分詩集的出版量都在 5000 冊以上，有的發行量達到 2 萬冊。還有的詩集在第一版發行後，供不應求在短短幾個月後，不得再重新出版發行，以滿足讀者的需求。如《山東農民歌謠選》中的大部分系列詩集，如「河讓路天地驚」、「躍進花紅果子甜」、「萬里禾苗一片青」、「英雄時代英雄多」、「幹部群眾心連心」等，在 5 月份每種發行 5000 冊後，爲滿足讀者的需求，不得在 7 月份，又進行出版，每冊再發行 5000 冊。新民歌在當時以出版的形式極大的推動了新民歌在民眾間的廣泛傳播。

（四）圖書發行

圖書發行是緊接著圖書出版之後的一道程序，印刷出來的圖書必須靠圖書發行部門，如新華書店、郵局等機構通過一定的形式，發行到群眾中去。在「大躍進」運動期間，全國圖書發行部門也大搞躍進運動，開展報刊、書籍發行競賽，提出了「放衛星」、「爭第一」、「奪冠軍」的口號。1958 年 9 月初，新華書店總店在西安召開全國現場會議，提出「人人買書」、「人人賣書」的口號，推廣陝西被稱爲圖書發行第一顆「衛星」的長安縣一個月發行農村讀物 86 萬冊的經驗。會上，很多省提出放「衛星」的規劃，如福建省提出「堅決壓倒陝西，誓奪全國第一」的發行口號，決定 9 月份在全省發行 6000 萬冊書，使全省平均每人有 4 冊多書。河北省提出山區平均每月買 4 冊書，平原平均每人買 5 冊書的「衛星」標準。隨後，全各地都全力做好圖書的發行工作，「衛星」也越放越高。福建惠安由縣委掛帥，出動 1600 名文教幹部、教師，苦戰十天，發行和徵訂圖書 180 萬冊，全縣平均每人購 3.6 冊。廣西桂平縣書店大幹二十天，發行 378 萬冊圖書。河南、陝西等省店則分別在 1958 年第 4 季度發行圖書 5000 萬冊。

1958 年 5 月 20 日，第一家民建書店——廣西陽朔縣白沙鄉民辦書店正式開業。7 月 30 日，新華書店總店《圖書發行》報頭版頭條以《民辦書店——圖書發行的好形式》爲題，報導了廣西建立民辦書店的消息，同時發表了《大膽試驗民辦書店》的評論文章。到 8 月底，全區就建起了民辦書店 340 個，有 10 個縣實現了「鄉鄉有書店」。8 月 19 日，《人民日報》報導了廣西、浙江建民辦書店的消息，並發表了《民辦書店好處多》的編後話。1958 年 8 月，在中共中央北戴河會議上，通過了《關於在農村建立人民公社問題的決議》以後，隨著人民公社的成立，各地的民辦書店統統改爲「公社書店」。瞬間，全國「人民公社」辦的「公社書店」遍地開花，很快發展到 2 萬餘處，建成了「鄉鄉有書店，社社（農業社）有發行站，隊隊有發行員」的完整的發行網。到 1958 年底，廣西基本上實現了社社有書店，全區 808 個人民公社，建立了 993 個公社書店，發行員達 1058 人。

另外，在每個省、市、專區、縣所指定的文藝躍進規劃中，都明確的規定了新華書店等圖書銷售部門全年圖書的發行量。就縣一級新華書店來說，全年圖書銷售量都定在 100 萬冊以上。每個縣、鄉還對各農業社的農村俱樂部、文化館（站）的圖書訂閱量都有具體規定。爲推進圖書、報刊的發行銷售，各縣郵政部門還在各農業社設立網點，方便報刊的破月、破季訂閱。農村俱樂部、文化館（站）都將新到的報刊、圖書擺放在閱覽室，供農民利用農閒或勞作休息時間閱讀，在一定程度上推動了新民歌等文藝作品在民眾間的傳播。同時，在各農業社還開展建設社圖書室、圖書館活動。如河南許昌專區規定在全區每個農業社要做到「社社建立圖書室，隊隊成立借閱組，每個圖書室藏書在1958年上半年要達到500冊，下半年達到700～1000冊。」〔註44〕河南密縣也要求全縣「每個俱樂部要有一個圖書室，平均每個圖書室圖書要達到1000至2000冊。」〔註45〕爲滿足社員學習要求，發揮圖書的流動率，河南輝縣還以鄉爲單位還建立圖書互借互換關係，每室至少建立5～7個互借單位，以滿足社員閱讀的需求。〔註46〕到1958年底，河南省農村圖書室由1957年的7000多個，發展到32211個。〔註47〕這些圖書發行措施的實施，在一定程度上擴大了圖書的發行數量、發行範圍，增加了群眾讀者的數量，更好的促進了新民歌作品在群眾間更大範圍的傳播。

〔註44〕《許昌專區1958年文化意識工作躍進規劃（草案）》，存河南省檔案館，文化局1958年卷。

〔註45〕《密縣人民文化館1958年工作規劃（草案）》，存河南省檔案館，文化局1958年卷。

〔註46〕《輝縣58年文化工作躍進規劃》，存河南省檔案館，文化局1958年卷。

〔註47〕《河南省文化局關於河南省群眾文化工作發展情況的報告》，存河南省檔案館，文化局1958年卷。

第五章　新民歌的影響和評價

1958 年在全國範圍內轟轟烈烈開展的、全民共同參與的新民歌運動，雖然在中國詩歌或者中國新詩的發展史上，只是曇花一現，是一個短暫的文學的存在，但在詩歌的研究上終究是難以迴避的存在，畢竟是中國文學、中國新詩發展到共和國時期，所走過的一種極其特殊的一種文學歷程，對當時的社會、政治生活、民眾心理，乃至文化理念都產生了廣泛影響，尤其在文學史上，對「五四」以來的中國新詩的發展帶來了極大影響，並且在當時文藝評論家們已將「新民歌與中國新詩的關係」分割成「詩歌下放」、「新詩如何民歌學習」、「何爲中國詩歌的主流」、「革命現實主義與革命浪漫主義相結合」等問題進行了廣泛的探討與爭論，詩歌的理論家紛紛從不同的角度發表自己對新民歌的見解，以不同的文學期刊爲載體，提出各自的主張，在當時都產生了較爲廣泛的影響。雖然，新民歌運動時期的這些批評家、理論家對於「新民歌與中國新詩關係」的論述，還無法脫離當時極「左」的政治環境的影響，但還是代表著如何看待兩者關係的一種聲音。

一、新民歌的「新」

1958 年的新民歌運動，所謂的新民歌是相對而言的，是相對於中國舊民歌，或者說是相對於中國傳統民歌相區別而言的，從時間上來看，新舊民歌的創作界限大致範圍可以共和國成立爲參照點，將中國民歌的創作做分爲新舊兩個時期，也就是通常所說的傳統民歌與新民歌。但共和國的成立，也就是人民當家作主的民主政權的建立爲界限，也並不是嚴格的界限，其實在 1942 年延安文藝座談會之後的解放區文學時期，一些來自延安解放區的作家，已經用「信天遊」、「順口溜」、「打油詩」、「街頭詩」等形式創作出一些民歌作品，如李季的《王貴與李香香》、阮章竟《漳河水》，以及田間創作的大量街頭詩等。顯然，這些民歌作品與傳統的民歌作品相比，無論在思想內容、還是創作形式上，已經有了很大不同，無非是在當時還沒有新民歌的稱呼，仍然被稱作民歌作品。

新民歌運動時期，民歌作者創作出來的作品，之所以被稱作新民歌，顯然，對於「新」的解釋，大致是從以下兩方面爲視角，一是內容，二是形式。從內容上來看，新民歌作品與傳統民歌作品相比，已經有了較大區別，表現的主題和思想內涵，發生了很大變化。舊民歌是「勞動人民被剝削的痛苦生活的反映」，如在《詩經》的《國風》中，大量的民歌反映了統治階級對勞苦大眾殘酷剝削和壓榨現實，記述了被剝削者的反抗意識和鬥爭精神，如《伐檀》，它以辛辣的語言，諷刺和詛咒了剝削階級的不勞而獲；《碩鼠》，更把剝削階級比作貪得無厭的老鼠，刻畫出勞動人民對奴隸主的切齒痛恨和對於「樂土」、「樂園」的嚮往。被譽爲南北朝「樂府雙璧」之一的民歌作品《孔雀東南飛》，用無可辯駁的事實，反映了封建禮教對女性的摧殘，以及封建家長制度統治下女性婚姻家庭生活的痛苦。唐代詩人白居易創作的新樂府民歌《賣炭翁》等，也表達了底層勞動人民生活的艱辛和統治階級的殘暴無道。苦難的民眾，通過這些民歌的創作，表達了內心的痛苦與哀怨，抒發出強烈的控訴和憤怒之情。

1958 年的新民歌雖繼承了舊時代民歌、民謠的現實主義傳統，但在表現主題上，已經大大拓延了傳統民歌的創作領域，在新時代下有了新的表達。新中國成立後，人民成了國家的主人，以當家作主的新姿態歌頌黨，歌頌社會主義，歌頌幸福的新生活，從民眾中不斷湧現出的新民歌、新民謠，尤其是新民歌運動之初創作出來的新民歌作品，充分表達了勞動者在勞作中的興奮心情，眞實地反映出勞動者抗旱奪豐收的喜悅心理，及其在勞作中你追我趕、不甘而後的竟進精神和勞動者開天闢地、征服自然的豪邁氣魄，從而使新民歌在新的時代下，有了更爲豐富、更爲充實的思想內容，大大推進了中國民歌創作的新發展。隨後湧現的的新民歌作品，也全面反映出「大躍進」時期農業豐收、興修水利、抗旱除害、大煉鋼鐵等激動人心、熱火朝天的社會主義建設勞動場景。

從形式上看，新民歌作品的創作形式已經更爲靈活、自由，傳統民歌作品一般都是以五言、七言的創作形式爲主，講究一定的詩歌創作格律，講究對仗與押韻，並經過歷代文人、民間文學、文藝愛好者的反覆修改、完善而成爲優秀的作品在民眾中流傳，在一定程度上已經和文人創作的詩歌共發展。而 1958 年的新民歌作品的形式，已變得比較靈活、多樣，在語言上已不僅限於五言、七言，每句有更多語言形式，在創作上也沒有嚴格的格律，只要押韻、上口，就可以算作新民歌作品，一些快板詩、順口溜、打油詩、標語詩、口號詩、街頭詩等都納入了新民歌的創作範圍，大大擴展了民歌的形式。再者，在新民歌的創作過程中，「物物皆可入詩」、「事事皆可入詩」，詩歌創作與生產勞動緊密結合，「詩歌勞動化」，「勞動詩歌化」，各種藝術手法都得到充分運用，尤其是浪漫主義表現手法被運用的空前絕後。

另外，在一定意義上來說，新民歌與傳統民歌相比，其「新」還體現在以方面：

一是新民歌運動參與人員之多。1958 年，整個中國幾乎是全民都參與這項運動，也就是通常所說的六億人民皆詩人，六億人民都參與進去。顯然，從第二章作者創作群體分析，六億人民不可能都進行新民歌創作，進行新民歌創作的僅僅是工農兵中的一部分人員在創作，但在新民歌創作時期，大部分的民眾雖然沒有直接進行新民歌的創作，但還是有很大一部分人員參與進去，爲新民歌的創作人員提供創作素材，參與新民歌的搜集、征集和傳播活動等，在此意義上也可以說是參與進去了新民歌運動。的確，新民歌運動時期，全國人民都被發動起來，創作出歌頌新時代、新生活的社會主義建設新民歌作品。

二是新民歌運動的開展範圍之大。1958 年新民歌運動時期，全國從中央到地方都轟轟烈烈地開展新民歌創作，尤其是中國最廣大的農村地區，處處都開展新民歌的創作。從職業上來分，中國新民歌創作的主體爲工農兵的創作；從行業上看，全國的各行各業都把新民歌的創作工作當成一項政治任務來保質保量地完成，在全國每個行業都成立了新民歌創作、搜集、整理小組，全面開展新民歌運動。

三是創作量之大。新民歌的創作量，前幾章已經詳細敘述，不再多談。

二、新民歌的影響

任何一種文學運動，都會在運動開展期間，以致運動開展之後的較長時間裏，都會對社會生活、民眾心理以及文學發展產生一定的影響。當然，所產生的影響既有良性的，也有不利的。新民歌運動也是如此。1958 年新民歌對以上提及的各方面都產生了較大的影響。

談到 1958 年新民歌的影響，可以從兩個方面來分析，即在 1958 年新民歌運動開展期間，對社會生活、民眾心理以及文學發展的影響和其對 1958 年後中國文學，尤其是對中國新詩的發展所帶來的深遠影響。

（一）新民歌對社會生活、民眾心理的影響

眾所周知，詩歌產生於人們的日常勞動中，勞動爲詩歌的創作提供了創作的源泉，也可以說是勞動創作了詩歌。民間歌謠，原本就是勞動人民在日常勞動或勞動之餘進行抒情言志的口頭創作。在舊時代，生活在社會底層的勞動大眾，用吟唱民歌的形式表達自己內心的苦楚和哀怨，抒發自己的反抗、憤怒之情和對理想生活的嚮往。新中國成立後，勞動人民成了國家的主人，因而新的民歌有了新的表現主題和內涵，在繼承中國民歌民謠優良的現實主義傳統的同時，以站起來了的的聲音，歌頌黨，歌煩社會主義，歌頌幸福的新生活。

從第一章的論述中，我們已知，1958 年的新民歌運動源於 1957 年冬季的農田水利建設和 1958 年春季的生產積肥活動，人們在水利建設、積肥過程中，對 1957 年已取得的豐收成果，發自內心由衷地高興。「詩，緣事而發」，人們開始用創作詩歌的方式，表達內心的喜悅，因而，新民歌最初的創作是人民自發的，從內心裏對社會主義建設進行熱情歌頌。新民歌運動的初期，剛進入共和國的人們，在經濟、政治上翻身、翻心，尤其是在中國共產黨的領導下，取得了一些列的政治、經濟上的成就，工人獲得了眞正的生產資料的所有權，農民獲得了盼望已久的土地的擁有權。因此，人們對新政權的無限擁護，紛紛用創作詩歌的形式表達內心的無比喜悅之情。尤其是一五計劃提前完成，並且取得了巨大的成就，更大地鼓舞了廣大人民進行社會主義建設的激情，積極性、主動性獲得極大地提高。因而，在新民歌運動初期，新民歌作者創作出來的民歌作品，極大多數都是對共和國、對黨、對領袖、以及對社會主義建設過程中湧現出來的新人、新事的歌頌，通過這些新民歌的創作和在群眾之間傳誦，來鼓舞生產的熱情。從當時全國報刊發表的民歌作品來看，情況也是如此。眞正從群眾中創作出來的新民歌，優美動人，是人民心聲的自然流露。在周揚、郭沫若編選的《紅旗歌謠》中，常被人們稱道和引用的優秀民歌，多半是產生在這個時期。比如：反映抗旱奪豐收的《千條龍，萬條龍》（四川民歌）、《端起

巢湖當水瓢》（安徽民歌），表現豐收忙碌景象的《千把鐮刀沙沙響》（湖北民歌）、《送糧人馬行對行》（貴州民歌），表現忘我愉快的勞動情操的《送糞曲》（河北民歌），表現植樹造林綠化荒山的《白雲看見不想走》（四川民歌）、《南山松柏青又青》（山西民歌），表現新時代男女愛情的《搭瓜架》、《井臺上》（河北民歌）、《妹挑擔子緊緊追》（湖北民歌），還有表現勞動人民開天闢地征服自然的豪邁氣魄的《天塌我們頂》、《我來了》（陝西民歌）等等，展現出六億人民「讓高山低頭，讓河水讓路」，進行社會主義建設，征服和改造自然的偉大決心、自強不屈的氣魄。正如毛澤東在《介紹一個合作社》中所說，「共產主義精神在全國蓬勃的發展，廣大群眾的覺悟迅速提高。……從來沒有看到人民群眾像現在這樣，精神振奮，鬥志昂揚，意氣風發。」〔註 1〕新民歌的確鼓舞了幹勁，促進了生產。如河南西平縣王司莊青年隊在 6 月 1 日晚上，四十個青年，冒著風雨，一邊搶收麥子，一邊嘗著「社會主義好」、「拿出革命幹勁來」等歌曲，一夜搶收了 60 畝麥子。〔註 2〕魯山縣開展「生產到哪裏，創作就到南里」活動，在宗莊鄉雷扒水庫進程中，民歌創作者擺下文化宣傳陣，用生動活潑，健壯有力、有政治意義的口號詩，快板詩來鼓舞情緒，極大地調動群眾的積極性，促進了生產，五百多個民工鼓足了幹勁，生產效率由原來的一天一人運土七方，提高到十一方，倉頭水庫原計劃三個月的任務，由於文藝活動的鼓舞和促進，僅用了半個月時間了。〔註 3〕

誠然，1958 年進行社會主義建設的熱火朝天的局面，給新民歌的創作帶來源源不斷的創作素材；同時，新民歌作者總是圍繞每一時期的中心工作，創作出氣勢豪邁的作品，給當時民眾的心理給以極大鼓舞，激發進行社會主義生產的積極性、主動性。

（二）新民歌與新詩的關係

1958 年，隨著新民歌運動的蓬勃開展，並在其發展的進程中，由於政治等原因，對「五四」以來的中國新詩的發展產生了較大的影響，或者說新民歌的發展必然會給中國新詩的發展帶來一定的影響和衝擊。

從中國新詩在「五四」時期誕生以來，圍繞新詩的現代化與民族化問題，

〔註 1〕《建國以來毛澤東文稿》（第七冊），中央文獻出版社，1992 年版，第 177 頁。

〔註 2〕《西平縣邵莊鄉紅光農業社俱樂部在夏收夏種工作中開展活動的經驗總結》，存河南省檔案館，文化局 1958 年卷。

〔註 3〕《魯山縣 1958 年文藝創作總結》，存河南省檔案館，文化局 1958 年卷。

一直在學術界爭論不休，並在二者的爭論中，推動著新詩的向前發展。進入20世紀50年代，隨著文化政策、文化觀念、文化秩序的轉向與調整，新詩的現代化路徑受到極大的壓制，而詩歌的民族化、大眾化道路卻被過度地張揚，以《王貴與李香香》、《漳河水》等作爲典範的詩歌的民族化發展方向，被視爲新詩發展的正途，獲得了前所未有的發展機遇和空間。當時，雖然大多數詩人都認識到詩歌爲工農兵服務的重要性，然而在如何服務，形式和語言如何適應大眾等問題，從「五四」以來三十餘年的爭論，還沒有形成一致的看法，仍存在著眾多的、潛在的分歧。在這個意義上，1958 年新民歌的出現，以及其所產生的衝擊波，就必然會把原來的分歧暴露出來，並將詩歌的發展道路問題擺在詩歌界面前。

其實，關於民歌與新詩的關係，也就是有關詩歌的發展問題，共和國成立後，在詩人、學者之間已經做過了多次探討。如 1950 年 3 月，《文藝報》就發表過田間、蕭三、馬凡陀、馮至、鄒荻帆、彭燕郊、賈芝、林庚、力揚、沙鷗、王亞平等人的簡短筆談〔註4〕，就新詩的內容、形式、詩人的學習與修養等問題進行了探討，形成了一些有關新詩發展問題的初步見解：如中國新詩應該注重格律，不能在形式上表現的太「自由」；應創造新的格律，以適應新時期新詩發展的需要；新詩應學習舊詩歌的簡潔、精鍊和高度集中；創作詩歌要研究內容，但形式和技術也不容忽視。1953 年底和 1954 年初，中國作協創作委員會詩歌組，召開了三次有關詩歌形式問題的探討會，在進行廣泛的討論後，在新詩的發展問題上，形成不同意見：一種是在新詩的發展上主張格律詩，應以五言、七言爲基礎創作格律詩；一種意見主張自由詩，只要和諧，不必在字數和排列上定型化；還有意見認爲格律詩、自由詩都可以發展，形式愈多愈好。1956 年下半年，《光明日報》等報刊也討論過詩歌的發展問題，針對舊體詩詞是否能夠表現現代社會生活、如何評價「五四」以來的中國新詩等問題，朱光潛、馮至、郭沫若等人都發表了自己的理解。

〔註 4〕蕭三《談談新詩》，田間《寫給自己和戰友》，馮至《自由體與歌謠體》，馬凡陀《詩歌與傳統的關係》，鄒荻帆《關於頌歌》，賈芝《對於詩的一點理解》，林庚《新詩的「建行」問題》，彭燕郊《詩質和詩的語言》，王亞平《詩人的立場問題》，力揚《關於詩》，沙鷗《談詩的偏向》，均載《文藝報》1950 年 12 期。

1958 年，在新民歌得到了最大限度、最充分的發展的同時，「五四」以來新詩的發展上受到了一定的阻滯。在新詩的發展問題以及新詩與民歌的關係上，詩人、評論家們又有了新的思索，並就「新民歌與新詩的關係」展開了廣泛的探討。

關於「新民歌與新詩的關係」這一問題的論爭，最初是由公木發表在 1958 年《人民文學》第 5 期上的一篇題爲《詩歌的下鄉上山問題》的文章引起的。在公木的這篇文章中，對何其芳的文章《關於新詩的「百花齊放」問題》和卞之琳的文章《對於新詩發展問題的幾點看法》進行了批評。何其芳、卞之琳的這兩篇文章均發表在 1958 年《處女地》第 7 期上，何其芳在《關於新詩百花齊放問題》一文中認爲「民歌體雖然可以成爲新詩的一種重要形式，未必就可以由它來統一新詩的形式，也不一定就會成爲支配的形式，因爲民歌體有限制」，這限制「首先是指它的句法和現代口語有矛盾」，「其次，民歌體的體裁是很有限制的」。〔註 5〕卞之琳在《對於新詩發展問題的幾點意見》中談到，「我們學習新民歌，除了通過它在勞動人民的感情裏受教育外，主要學習它的風格，它的表示方式，它的語言，以便拿它們作爲基礎，結合舊詩詞的優良傳統。『五四』以來的新詩的優良傳統，以致外國詩歌的可吸取的長處，來創造更新的更豐富多彩的詩篇。」〔註 6〕這兩位從「五四」走來的著名詩人在 1958 年新民歌運動蓬勃開展之際，發表了多少有點似乎「不合時宜」的言論，並很快受到其他評論家的關注，從而引出對新民歌與新詩關係、詩歌發展道路等問題的持續探討。

在詩歌評論家進廣泛探討的同時，一些當時在全國較有影響的文學期刊也紛紛開闢「新民歌與新詩關係」問題的欄目，發表一些評論者對這一問題的爭論和見解。關於詩歌的發展問題，《星星》詩刊率先在全國展開探討，從第 6 期到 11 期，以「詩歌下放」爲欄目，即「詩歌如何到群眾中去」爲主題展開探討。《星星》詩刊編輯部在編者按中談到：「我刊發表了一些關於『詩歌下放』的文章，文章中已經有了不同意見。這是正常的。我們希望大家展開討論，經過討論，認識一致，有利於詩歌創作更健康的發展。」由此，就「詩歌下放」這一問題在詩人、評論家中進行了廣泛討論，提出自我見解。詩人雁翼在《星星》6 月號《對詩歌下放的一點看法》一文中認爲「詩歌下放

〔註 5〕何其芳《關於新詩的「百花齊放」問題》，載《處女地》1958 年 7 月號。
〔註 6〕卞之琳《對於新詩發展問題的幾點看法》，載《處女地》1958 年 7 月號。

的提出，是爲了更好的、更具體的發展過去詩歌的主流。它不僅首先肯定了過去詩歌的成績，而且也正是爲了更好的、更積極的發展這種成績」，「過去詩歌的成績是主要的，方向是正確的，發展也是基本健康的，但仍有些脫離群眾的傾向。」還認爲，「詩歌下放，主要是指詩歌的思想內容，至於形式，它只是表現思想內容的一種手段。」〔註 7〕評論家沙裏金在 7 月號針對雁翼的觀點，發表論文《我不同意雁翼通知的看法》，提出「民歌的內容和形式，是統一的整體，不可分割」，「過去的詩歌有成績，要承認，要肯定。但過去的詩歌有嚴重的脫離群眾的傾向。不但表現在思想內容上，同時也表現在形式上。」還認爲雁翼的觀點表明對過去詩歌的成績的肯定是主要的，對「詩歌下放」、「向民歌學習」等口號表現出消極、抱怨情緒，從而對過去詩歌創作上的成績和缺點做出不全面不確切的評價。〔註 8〕隨後，其他的評論家也基本上是圍繞這兩種觀點對新詩的發展、新民歌與新詩的關係進行探討。如紅百靈指出，「民歌有不少優點」，但不能認爲是在詩歌發展上的「唯一的途徑」，是「當代詩歌不可逾越的頂峰」。〔註 9〕益庭認爲「詩歌的主流應當是勞動人民自己創作的民歌」，「詩歌的內容和形式是一個統一的不可分割整體」，「當形式和內容相適應時，它會使內容表現得更爲精確、突出；反之，會使內容的表現受到一定損害。」〔註 10〕10 月 11 日，《星星》詩刊在成都專門召開了這些詩人、評論家參與的座談會。在座談會上，時任四川省文聯黨組書記的李亞群作了《我對詩歌道路問題的意見》的發言，1958 年《星星》11 月號和《紅岩》12 月號都進行了刊載，主要圍繞詩歌發展中的三個問題，即「關於形式問題的爭論，還是一個誰跟誰走的問題」，「關於誰是主流之爭，實際上是知識分子要在詩歌戰線上爭正統，爭領導權的問題」，「對『五四』以來的詩歌應該怎樣評價」進行總結。在新詩發展中的「內容與形式的關係」爭議中，他不同意雁翼的觀點，將內容與形式截然分開，「形式無關緊要論調，實質上是掩飾自己不願放棄自己熟悉的那種形式的擋箭牌，也即是不願向新民歌學習的擋箭牌。」「從表面上看，好像是單純的文藝理論問題，其實還是有關文藝方針的問題，亦即願不願爲工農兵服務的問題，也就是誰跟誰走的問

〔註 7〕雁翼《對詩歌下放的一點看法》，載《星星》1958 年 6 月號。
〔註 8〕沙裏金《我不同意雁翼的看法》，載《星星》1958 年 7 月號。
〔註 9〕紅百靈《讓多種風格的詩去受檢驗》，載《星星》1958 年 8 月號。
〔註 10〕益庭《我對詩歌下放的意見》，載《星星》1958 年 10 月號。

題。」「關於主流之爭」的問題，李亞群認爲問題的本質就是知識分子要在詩歌戰線上爭正統，爭領導權的問題。〔註 11〕

針對何其芳、卞之琳在《處女地》7 月號上，對新詩的發展問題提出的見解，1958 年，《詩刊》從 10 月號起也開展了關於詩歌發展問題的討論，相繼發表了宋壘的《與何其芳、卞之琳同志商榷》、《分歧在這裡》，蕭殷的《民歌應當是新詩發展的基礎》，張永善的《民歌在發展著》，李曉白的《民歌體有無限制？》等文章。宋壘在文章中反駁了何其芳、卞之琳關於詩歌發展道路的觀點，認爲「他們都流露著輕視新民歌的特點，而把我國詩歌的前途寄託在一種虛無縹緲中的『新格律』或『現代格律詩』上。」〔註 12〕之後卞之琳作出回應，寫了《分歧在那裡？》一文，認爲分歧的中心就是宋壘認爲「要發展我們的社會主義詩歌就得把五四以來的新詩傳統完全否定，拋開不管」的觀點。徐遲也在《談格律》一文中，不同意宋壘把新民歌與「五四」以來的新詩對立起來的看法。接著《人民日報》、《文藝報》、《萌芽》、《文學評論》、《長江文藝》等刊物紛紛發表評論家的討論文章，盛況空前。

總之，在新詩的評論家對民歌、新詩發展的評論，以及一些期刊通過開設欄目所進行的有關新詩發展問題的探討，在這些探討過程中，評論家們所爭論的核心問題大致有：新民歌有無限制？新民歌能否成爲新詩的主流？新民歌的內容和形式是否都值得學習？以及如何對五四以來中國新詩的評價等問題。

關於新民歌有無限制，能否表現重大題材、偉大場面和複雜感情？何其芳在《關於新詩的「百花齊放」問題》中認爲，民歌體是存在限制的，「首先是它的語法和現代口語有矛盾。」「其次，民歌體的體裁是很有限的，遠不如我所主張的現代格律詩變化多，形式豐富。」〔註 13〕在有關詩歌的形式問題上，卞之琳在《對於新詩發展問題的幾點看法》一文中談到，詩歌的民族形式不應瞭解爲只是民歌的形式，新詩既然是我國的民族傳統，新詩的形式也應是我國的民族形式。〔註 14〕很多批評家不同意何其芳的意見，認爲民歌體是沒有限制的。《萌芽》期刊編輯部就「新民歌的形式有無限制」這一問題，

〔註 11〕李亞群《我對詩歌道路問題的意見》，載《星星》1958 年《星星》11 月號、《紅岩》12 月號。

〔註 12〕宋壘《與何其芳、卞之琳同志商榷》，載《詩刊》1958 年第 10 期。

〔註 13〕李亞群《我對詩歌道路問題的意見》，載《星星》1958 年《星星》11 月號、《紅岩》12 月號。

〔註 14〕卞之琳《對於新詩發展問題的幾點看法》，載《處女地》1958 年 7 月號。

還專門組織了一次評論家的筆談，並在 1958 年第 24 期上，發表了一組評論家的筆談，如李根寶的《不是形式限制問題》、仇學寶的《不同意何其芳、卞之琳兩同志的意見》、黎汝清的《光從形式上打圈子是不能解決問題的》、沈國梁的《民歌的形式是千變萬化的》等文章。這些文章的作者都認爲新民歌的形式是完全可以表現社會主義建設中的重大題材和偉大場景的；新民歌有無限制，其實「這不是個什麼形式限制的問題，而是個思想問題，是要不要走群眾路線的問題，是不是要眞正的民族風格問題，是爲什麼人唱什麼歌的問題，是個『什麼時代唱什麼歌』的問題」。〔註 15〕

另外，在這一問題上，一些評論家也在其他報刊上闡述自己的觀點。公木在文章中談到，「陝西的王老九，內蒙古的爬傑，創作了許多熱情洋溢的詩篇，歌頌領袖，歌唱新生活，都得心應手，沒有任何障礙。」〔註 16〕丁力在《詩話》中認爲，堅持「民歌體有局限性，不能表現現代生活和複雜的思想內容」的觀點，是不能令人信服的，「今天的民歌形式也正在大力發展，而且比任何時代都要多樣化」，「民歌除固定的形式外，還有許多非固定的形式，字句的長短、多少，都沒有限制，歌手和詩人完全可以運用自如。」〔註 17〕張先箴在《談新詩與民歌——與何其芳同志商榷》一文中也談到，「民歌是不能脫離人民自己語言的」，「民歌是發展的，活躍的，新鮮的，民歌的語言是和人民口頭語言相一致的。」〔註 18〕蕭殷也談到，「民歌有多種多樣，各地的民歌都有各不相同的形式，有句子較整齊的，也有長短句的，不管形式如何不同，但他們都是音韻鏗鏘，節奏分明；念起來平易清晰，朗朗上口的。這明明給新詩提供了極其豐富的形式和多方面表現生活的可能性。」〔註 19〕賀敬之也認爲，民歌的形式問題並不是小問題，內容離開形式是不可能的，新民歌的形式是十分多樣的。〔註 20〕但也有的評論家也承認民歌是有限制的，如郭沫若談到，「任何東西都有它的局限性」，「新民歌的好處就在於它的局限性」，「作者能在局限中表現的恰到好處，妙就妙在這裡。」〔註 21〕唐再興、

〔註 15〕李根寶《不是形式限制問題》，載《萌芽》1958 年第 24 期。

〔註 16〕公木《詩歌的下鄉上山問題》，載《人民文學》1958 年 5 月號。

〔註 17〕丁力《詩話》，載《文藝報》1958 年第 20 期。

〔註 18〕張先箴《談新詩和民歌——與何其芳同志商榷》，載《處女地》1958 年 10 月號。

〔註 19〕蕭殷《民歌應當是新詩發展的基礎》，載《詩刊》1958 年 11 月號。

〔註 20〕賀敬之《關於民歌和「開一代詩風」》，載《處女地》1958 年 7 月號。

〔註 21〕郭沫若《就當前新詩中的主要問題答本社問》，載《詩刊》1958 年 1 月號。

鄭乃臧在《也談新詩與民歌——與張先箴同志商榷》一文中，認爲「民歌體是有它的限制的」，「我們這一代詩風應該有新民歌來開拓。但是，是不是因此而說民歌完美無缺，已經達到登峰造極的地步呢？」「事實上民歌體是存在缺點的」，「民歌體有限制，但不等於說民歌體不好」，「指出缺點的目正是爲了發揚優點克服缺點。」〔註 22〕這些探討，實際上就是民歌在表現重大意義主題上有無局限性的問題。

關於新民歌能否成爲詩歌的主流，很多批評家在當時都認爲，新民歌就是詩歌的主流。丁力認爲「民歌體詩是新詩的主流，這是客觀存在的事實，誰想否定是否定不了的」，「新詩必須在古典詩和民歌的基礎上發展起來。」〔註 23〕蕭殷也認爲「在新詩歌的發展道路上，新民歌無意地應當成爲主流，應當成爲新詩發展的基礎。」「民歌無論在內容上或表現方法上，都給新詩歌的發展，提供了異常可貴的方向。」〔註 24〕宋壘文章的題目就是《新民歌是主流，詩歌的發展應當以民歌體爲主要基礎》。郭沫若的意見則與此有所不同，認爲「工農文化水平提高了，生活習慣必然有所改變，難道詩歌的形式就不會改變？」「自由詩只要能表達今天的精神，還是會被公平的眼光肯定的。所以與其說新民歌是詩歌運動的主流，不如說新民歌運動的精神史詩歌運動的主流。」〔註 25〕力揚提出詩歌發展的道路，雖然「有寬有窄，有長有短」，但至少有三條：「一、在民歌和古典詩歌的基礎上發展新詩；二、新民歌的道路，也就是在民歌的傳統上吸收新詩和古典詩歌的優點而向前發展的道路；三、革新的舊體詩、詞的道路，也就是在舊體詩、詞的傳統上汲取新詩和民歌（包括新民歌）的優點向前發展的道路。」徐景賢在《關於詩歌發展的基礎和主流問題》中，認爲「民歌是今後詩歌發展的主流」、「新民歌是詩歌百花齊放中的主花」的提法具有片面性，「把所有的新詩一概排除在外，只有民歌才算主流、主花，那就未免有點說不過去了。」「假如要提詩歌發展的主流的話，難麼社會主義內容和民族形式的詩歌就是主流，包括民歌，也包括這些民族化、群眾化的新詩在內。」〔註 26〕

〔註 22〕唐再興、鄭乃臧在《也談新詩與民歌——與張先箴同志商榷》，載《文藝紅旗》1959 年 1 月號。

〔註 23〕丁力《詩話》，載《文藝報》1958 年第 20 期。

〔註 24〕蕭殷《民歌應當是新詩發展的基礎》，載《詩刊》1958 年 11 月號。

〔註 25〕郭沫若《就當前新詩中的主要問題答本社問》，載《詩刊》1958 年 1 月號。

〔註 26〕徐景賢《關於詩歌發展的基礎和主流問題》，載《文藝月報》1959 年 3 月號。

對於如何評價「五四」以來的新詩問題。雁翼等人認爲，「五四」以來新詩的成績是主要的。但有的批評家不同意雁翼等人對新詩所持的肯定，認爲「過去的新詩恐怕可以說成績大，但缺點也大，主要表現就是它們並沒有多少傳到工農群眾中去。」詩人柯仲平也談到：「新詩新民歌好比兩臺戲，對臺對唱對比：新民歌如同海起潮，新詩如同水在滴，你把幾滴水來嘗一嘗，嘴裏嘗著碎玻璃。」〔註 27〕周揚認爲，「五四以來的新詩打碎了舊體格律詩的鐐銬，實現了詩體大解放，產生了不少優秀的革命詩人，郭沫若就是其中最傑出的代表。新詩有很大成績，爲了同群眾接近，革命詩人做了很多努力。但是新詩也有很大缺點，最根本的缺點就是還沒有和勞動群眾很好的結合起來。」「詩人們只有到群眾中去，和群眾相結合，拜群眾爲師，向群眾自己創作的詩歌學習，才能夠創作出爲群眾服務的作品來。」〔註 28〕馮至也談到，「新詩的收穫是有成績的。但是和我們的時代相比，新詩還是落在時代的後面，不能滿足時代和人民對它的期待和要求。」〔註 29〕在高度讚揚新民歌的同時，也出現過度貶低五四以來新詩成就的傾向，對「五四」以來的新詩持完全否定的態度，認爲主要問題是脫離人民群眾，與西方文化接軌。如方冰在《貫徹工農兵方向，認眞學習新民歌》一文中，爲迎合群眾低水平閱讀水平而批評新詩，「總的說起來，新詩的名譽是不怎麼好，群眾不喜歡它，說的苛刻一點，只有幾個知識分子寫給知識分子看，群眾不買賬、不承認作者是自己的詩人。」〔註 30〕歐外鷗也認爲，「五四以來的新詩，本來是一次劃時代的革命。可這個革命，越革命越糊塗，儘管他的流派不少，五花八門，但大多數都是進口貨的仿製品。如果不是簽上中國人的姓名，幾乎教人認爲是翻譯過來的東西。」〔註 31〕

誠然，新民歌運動引起了當時一場關於詩歌發展道路的討論，雖然在詩歌的主流，詩歌的發展道路、方向等問題上，評論家們各有不同的見解，但這些問題在熱烈爭論的同時，其實已經是很明確的。正如學者李新宇所說，「1958 年的文藝大躍進有兩個重要成果：一是明確了詩歌發展道路，二是產生了『兩結合創作方法』。」〔註 32〕

〔註 27〕中國民間文藝研究會編《向新民歌學習》，作家出版社，1959 年，第 6、7 頁。
〔註 28〕周揚《新民歌開拓了詩歌的新道路》，載《紅旗》1958 年創刊號。
〔註 29〕馮至《漫談新詩的努力方向》，載《文藝報》1958 年第九期。
〔註 30〕方冰《貫徹工農兵方向，認眞向民歌學習》，載《處女地》1958 年第 7 期。
〔註 31〕歐外鷗《也談是詩風的問題》，載《詩刊》1958 年 10 月號。
〔註 32〕李新宇《現代中國文學》，南開大學出版社，2009 年，第 33 頁。

1958 年的新民歌運動，在一定意義上，可以說是毛澤東所倡導的，並得到全國上下所充分可定的。其實，作爲詩人大家的毛澤東，對於中國新詩的發展一直有自己的主張和見解。1957 年 1 月 12 日，《詩刊》創刊之際，毛澤東在致主編臧克家的信中卻說：「詩當然應以新詩爲主，舊詩可以寫一些，但不宜在青年中提倡，因爲這種體裁束縛思想，又不易學。」〔註 33〕1957 年 1 月 14 日，毛澤東在中南海約見詩人袁水拍和減克家，就文藝界關於新詩的討論和新詩的發展談了自己的看法，關於詩，有二條：精練、有韻；一定的整齊，但小是絕對的整齊。要從民間的歌謠發展。過去每一個時代的詩歌形式，都是從民間吸收來的。從毛澤東的這些談話來看，他並沒有完全否定新詩，但對於新詩發展的成就，評價是不高的。在 1958 年 3 月的成都會議上，毛澤東明確地發表自己對詩歌發展的看法，在充分肯定新民歌的基礎上提出，「中國新詩的出路，第一條民歌，第二條古典，在這個基礎上產生出新詩來」，並提出「形式是民歌的，內容應該是現實主義與浪漫主義的對立統一」。〔註 34〕由此來看，毛澤東對於詩歌發展的看法，認爲中國詩歌發展的基礎應該以古典詩歌和民歌爲基礎，發展的方向、主流是民歌。誠然，他也已經把「五四」以來的中國新詩排斥在詩歌發展之外了。

因此，《詩刊》，作爲中國詩歌界的權威期刊，在 1958 年 10 月號上「關於詩歌發展問題討論」的編者按中，已經對評論家們關於新詩發展的核心問題給出了明確的答案：新民歌沒有什麼局限性，能夠表現重大題材和偉大的場面，許多新民歌已經證明了這一點；新民歌無論從思想內容、藝術去看，都超過了歷史上任何時代的詩歌，是共產主義萌芽，是革命現實主義與革命浪漫主義高度的結合，民歌是新詩的主流，是最好的民族形式；新民歌的內容和形式都應該學習，不能把內容和形式機械分開；等等。

顯然，在新民歌運動蓬勃開展期間，在全民族陷入「狂歡話語」的特殊時代裏，1958 年的新民歌對新詩發展的巨大衝擊是完全可以想像的。「新民歌被認爲是中國新詩的發展方向，新詩只有向民歌學習，向民歌靠攏，在民歌的基礎上去提高，才是唯一的道路。」〔註 35〕在一定程度上，新民歌抑制了新詩的正常發展，將新詩排斥出詩歌的發展軌道，使中國新詩的發展在此期間受到嚴重挫折，並且以新民歌爲主流的詩歌發展方向，對中國詩歌的發展

〔註 33〕《建國以來毛澤東文稿》（第六冊），中央文獻出版社，1992 年，第 296 頁。
〔註 34〕《建國以來毛澤東文稿》（第七冊），中央文獻出版社，1992 年，第 124 頁。
〔註 35〕李新宇《現代中國文學》，南開大學出版社，2009 年，第 33 頁。

產生了深遠的影響，一直到「文革」期間，逐步被推向頂峰，使從 20 世紀 50 年代開始的「頌歌」、「戰歌」成爲近三十年的詩歌主流。

三、新民歌的評價

1958 年的新民歌運動，毫無疑問，是當代文學運動中的重要事件，是一場全國範圍、自上而下的大型群眾性詩歌運動。新民歌運動的出現，顯然是當時的政治、經濟形勢催生了這場運動，並在其開展過程中，又構成了對 1958 年大躍進運動有力配合和支持，對當時的社會、政治生活以及新詩的發展都產生了深遠影響。無論在新民歌運動開展的當時，還是 20 世紀 80 年代後的新時期，評論家們都已經對這場運動做出了一些評價，但我們站在新世紀之初，再去回顧這場已經過去 50 餘年的詩歌運動，必然還會有更多的學術思索，以更加科學的姿態對新民歌及其這場全民造詩運動作出客觀、公正的評價。

無論從什麼角度談到「五四」以來中國新詩的發展，1949 年是我們無法迴避的時間點。從史學的角度而言，它是一個新時代、新歷史的開端，翻身、翻心的人們從這個時間點以勝利的姿態，走進徹底改變命運的新時代，並且這些開始當家作主的勞動人民也開始以自己方式，去改變社會、改變生活，從而建構起自我理想的新社會、新生活。顯然，進入新時代的中國文學，也必然會受到這種改變的影響。因爲，任何一種文學形式，都無法脫離它所屬的時代而獨立發展，它的前進與發展，必然會與這個時代的脈搏緊緊聯繫在一起。因而，進入新時代的中國文學，必然會面臨新的發展環境：當代新的文學規範和文學體制。如學者李新宇所言，從「五四」以來已經形成自我創作傳統的中國新詩，在當代新的文學規範和文學體制下，必然會「走上一條非常特殊的道路」，「詩的各個方面都會發生一系列變化」，並「形成特有的藝術規範。」〔註 36〕誠然，進入新時代的中國詩歌，開始了以「歌頌」爲核心的大合唱時代，歌頌黨，歌頌領袖，歌頌新時代，歌頌進行社會主義建設中的新人、新事。從而，頌歌成爲了新中國成立後的文學主題，成爲了 20 世紀 50～70 年代三十年中國文學的主旋律。顯然，1958 年的新民歌運動的蓬勃開展，從創作主題和思想內容上看，新民歌也是在延續和發展著頌歌這一時代主題。

1958 年，新民歌一出現就引起了人們的最大關注與重視，並獲得了至高

〔註 36〕李新宇《現代中國文學》，南開大學出版社，2009 年，第 38 頁。

無上的評價。作爲當時文藝界的主要領導周揚在《紅旗》雜誌創刊號上著文，認爲新民歌「是一種新的社會主義民歌，它開拓了民歌發展的新紀元，同時也開拓了我國詩歌發展的新道路。」〔註 37〕後在他與郭沫若合選編的《紅旗歌謠》的前言中，更把新民歌上昇到「社會主義新時代的新國風」的高度，稱「在它們面前，連詩三百篇都要顯得遜色了。」〔註 38〕在第一屆全國人民代表大會第五次會議上，各省市黨的領導都把當地創作的新民歌，帶到的會場上宣讀，老詩人蕭三搜集、精選了其中一部分發表在 2 月 11 日的《人民日報》上，並稱這些新民歌爲「最好的詩」〔註 39〕；徐遲聽過這些新民歌，也談到「好像一座最豐富的礦藏突然被打開了一樣，我們在懷仁堂上聽到了最生動、最美麗的歌謠。」〔註 40〕《人民日報》在《大規模地搜集全國民歌》的社論中，肯定「數以萬計的工農兵所創作的新民歌，就是共產主義文藝的萌芽」,「這樣的詩歌是促進生產力的詩歌，是鼓舞人民，團結人民的詩歌。」〔註 41〕郭沫若也認爲「今天的民歌民謠，今天的新國風，是社會主義的東風。這風吹解了任何可能有的凍結。人民的心都開出繁花，吐放芬芳」,「爲今天的新國風，明天的新楚辭歡呼。」〔註 42〕詩人臧克家輯錄了報刊上一些群眾的創作，稱之爲「大躍進的號角」。丁景唐將新民歌成爲「生產大躍進的戰鼓和號角」。〔註 43〕袁水拍在《全國唱起來了！》一文中，開篇就談到，「在社會主義建設的高潮中，各地湧現了數以萬計，數以億計的民歌民謠，內容豐富，氣勢雄壯，充滿了社會主義的思想感情。這種群眾創作的規模，和這些作品的思想內容，可以說，都是超過了過去的時代的。」〔註 44〕還有的人把這些新民歌成爲「共產主義文學藝術的萌芽」。〔註 45〕

面對 1958 年創作出來的新民歌曾經獲得的至高無上的殊榮和美譽，我們

〔註 37〕周揚《新民歌開拓了詩歌的新道路》，載《紅旗》1958 年創刊號。
〔註 38〕郭沫若、周揚主編《紅旗歌謠「編者的話」》，人民文學出版社，1979 年。
〔註 39〕蕭三《最好的詩》，載《人民日報》1958 年 2 月 11 日。
〔註 40〕徐遲《人民的聲音多嘹亮》，載《文藝報》1958 年第 4 期。
〔註 41〕《大規模地搜集全國民歌》，載《人民日報》1958 年 4 月 14 日。
〔註 42〕郭沫若《爲今天的新國風，明天的新楚辭歡呼》，載《中國青年報》1958 年 4 月 16 日。
〔註 43〕丁景唐《民歌——生產大躍進的戰鼓和號角》，載《文匯報》1958 年 4 月 17 日。
〔註 44〕袁水拍《全國唱起來了！》，載《民間文學》1958 年 6 月號。
〔註 45〕劉芝明《共產主義文學藝術的萌芽》，載《文藝報》1958 年 14 期。

也承認，在新民歌運動中創作的數以萬計的新民歌作品，其中不乏有有一定思想內涵和藝術價值的作品存在，各地開展的民間民歌、民謠的搜集、整理、出版和研究工作，也具有一定的意義，同時新民歌也反映出了當時的政治、經濟、文化生活，給後人提供了大量瞭解當時政治、經濟形勢和社會思潮的珍貴文獻資料，但這一時期的大量詩歌作品，若要從美學和藝術價值上去評價，實際上已經失去了作爲「民歌」、「民間文學」的性質。在新民歌的創作過程中，新民歌創作者「以『工農兵』、『民間』、『人民』的名義，徹底否定了中國新詩自五四以來所形成的價值觀、審美要求，否定了幾代詩人創造的文學成就，從而，把新詩的發展引向災難深重的歧途。」〔註 46〕詩歌反映的內容過度浮誇與虛假，詩歌的語言極其誇張，以非常相似的創作手法、創作方式，按照統一的思想、藝術風格進行批量生產，並在創作、發表和傳播的過程中，歷經各級不同幹部、文人根據政治運動形式的需要進行了重新加工，從而已很難展現傳統民間詩歌單純、質樸、清新的特點。

在已經過去五十餘年後的今天，對中國詩歌史上這場罕見的新民歌運動，究竟作如何作出評價？它對中國新詩的發展到底產生了怎樣的影響？尤其是當我們再次探索新詩發展道路的時候，這必然是一個值得研究，而且無法迴避的糾結。

筆者試從以下幾個角度，談談自我對 1958 年新民歌的看法與見解：

一是在新民歌運動時期，全國各地雖然創作出來大量的新民歌作品，尤其是運動之處創作出來的一些作品，雖不乏在內容、形式以及審美風格上比較優秀的作品，但總的來說，這些新民歌作品質量不高，甚至還無法將這些作品納入文學作品的內涵。

的確，我們無法用文學的審美標準和文學的規範去衡量這些新民歌作品，畢竟這些追求高速度、高產量的急就章式的新民歌作品，已經失去了作爲一種文學的意義和價值。雖然每天都有大量的作品創作出來，但這已經是完全違背了文學作品的生產規律，這些作品其實是一種計劃創作的產物，在高額計劃的壓制下，去創作新民歌，毋庸質疑，便可知道作品本身的質量。另外，新民歌作品是一種「應制文學」，或者說「應命文學」、「遵命文學」，是「歌德詩」、「頌德詩」，是文學極力配合政治運動的產物。創作出來的新民歌作品，雖在名義上被冠以「工農兵作品」，並口稱「六億人民皆詩人」，「人

〔註 46〕程光煒《中國當代詩歌史》，中國人民大學出版社，2003 年，第 113 頁。

人是作者，人人搞創作」，其實，從第二章的分析，以及一些學者研究出的論斷，這些作品都是當時的所謂文人以工農兵的名義進行加工和創作，顯然這些文人是歷經 1957 年反右運動之後，經過政治化淘汰之後的精英，也就是當時所言的「又紅又專的無產階級知識分子」，但這些知識分子創作出來的新民歌顯然是代表了政治的需要，從一定意義上，是無法表達，也不能代表工農兵的眞正心聲。這些新民歌已經完全失去了像《詩經》、「漢樂府」等傳統民歌的文學意義。中國傳統的新民歌作品，都是來自民間的勞苦大眾在歷經眞實的生命、生活的人生體驗之後，發自內心情感的流露，表達了眞實的呼聲，是一種毫無掩飾、毫無政治目的的歌唱，是一種自在、無拘束的創作。誠然，新民歌和傳統民歌相比較而言，已經完全失去了作爲民歌、民謠或者民間文學的價值與意義。也就是說，1958 年對新民歌的宣傳和提倡，已離開了發展新詩的本來意義，而把創作新民歌作爲一場政治運動來開展了，成爲 1958 年的「大躍進」運動的鼓動工具。它產生於浮誇風，反過來又助長了浮誇風的發展。作爲文藝運動，它已脫離了民間歌謠的現實主義傳統，喪失了詩歌應有的職能。誠如作家李廣田在雲南昆明舉辦的「萬人賽詩會」期間，面對張貼滿城的詩畫，所說的，「我仔細琢磨了三天三宵，這裡面確實沒有一首可以稱之爲詩的東西。」〔註 47〕「由於這種『民間化』與政治權威的結合，或者說，政治權威借助民間的力量來翦滅非主流的文學，是要用『多數』、『群眾』的輿論擠壓，乃至徹底清除正常的詩歌創作的生存空間。那麼，誕生於大躍進運動中的新民歌，實際上已經失去了民歌、民間文學原來的價值和性質，變成了政治的工具。」〔註 48〕從這一視角來看，「新民歌運動的出現不單是國家權力話語的直接結果，還應該被編織在現代文化史預期之外的複雜脈絡當中。」〔註 49〕

二是新民歌破壞了「五四」以來中國新詩發展的正常秩序，造成中國新詩在新民歌運動期間發展受到極大的挫折，並且使在共和國成立後近十年來已經形成的當代詩人隊伍走向無奈分化。

「五四」以來的中國新詩，不管是在形式上，還是內容上，都取得了一定的成就，這種成績也是無可否認的；而且在不斷的探索和創作實踐中，培

〔註 47〕李少群《李廣田傳論》，山東文藝出版社，1990 年，第 262 頁。
〔註 48〕程光煒《中國當代詩歌史》，中國人民大學出版社，2003 年，第 114 頁。
〔註 49〕程光煒《中國當代詩歌史》，中國人民大學出版社，2003 年，第 113 頁。

養和造就了大批詩人，並形成了各自較爲成熟的創作、藝術風格。雖然其中的部分詩人，在詩的形式、風格上，可能還不爲工農兵讀者所喜愛，但在中國知識分子群體中，還是有接受者的。然而，在新民歌運動之初，新詩就被徹底的給予否定，被認爲長期以來嚴重脫離傳統，脫離群眾，脫離現實主義傾向，失掉了民族固有的風格，如同有的人所說，「這種歐化的長句詩的讀者，只能是少數的知識分子，與廣大工農兵是不相干的」，因爲工農兵「看不懂，聽不懂」，〔註50〕以致被排除在詩歌範疇之外。從而，在中國新詩的發展上，遭受了重大挫折，受到來自新民歌的強勢衝擊，所帶來的沉重後果，是完全可以想像的。這種嚴重的歷史後果，在「文化大革命」中得到全面的體現。

眾所周知，1957年的反右派鬥爭，使在1956年「雙百」文藝政策的指引下一度活躍起來文藝界已經受到了沉重打擊。同樣，「這種挫折從詩人的個人處境波及到創作心理，從藝術的自信心波及到對新詩發展的認識，不能不對下一階段新詩發展的產生重大影響。」〔註51〕正如艾青所言，「提倡百花齊放，但在具體的實踐中，沒有達到理性的，有時甚至是完全相反的結果。」〔註52〕最直接的影響就是，詩歌界知識分子對新詩發展所作的藝術探索的收斂、退縮，中國新詩的創作走向幾乎中斷的困境。反之，中國詩歌表現形式的民間化獲得急劇高揚，新民歌獲得了充分的發展空間。但是，1958年的新民歌已用它自己發展的歷史表明：它脫離了現實生活，背離了我國民歌、民謠的優良傳統，違背了文學藝術的創作、生產規律，並給新詩的發展帶來極大的消極影響，短暫的輝煌是走向歧途發展的必然結果。

在第二章中我們已經談到的，一部分詩人、作家失去了創作文學作品的權利，失語的知識分子；一部分因不能適應大躍進形勢，或者無法失去知識分子的良知和文人意識去迎合政治的需要，而逐漸退出文壇，一時成爲創作上的失語者；當然還有一部分的詩人、作家，適應了這種政治干預文學的狀況，創作出一些迎合政治的新民歌作品，發出違心無奈的聲音。從而，使建國後已經形成的來自不同境況、重新聚集在一起的詩人隊伍，再度分化。我們不得不去思索，新民歌運動對作爲作家、詩人的知識分子創作命運的干預。誠然，文學是一種獨立的意識存在，它的使命就是眞實地反映社會生活，是

〔註50〕丁力《詩風雜談》，載《人民日報》1958年5月27日。
〔註51〕程光煒《中國當代詩歌史》，中國人民大學出版社，2003年，第119頁。
〔註52〕艾青《艾青全集》，第3卷，花山文藝出版社，1991年，第496頁。

知識分子人生經歷、社會感悟和精神體驗與社會生活形結合的流露。因而，作家、詩人的創作，是其本人生命、生活體驗的藝術結晶，是其一種自爲、自在的創作。新民歌運動時期，所謂的工農兵創作出來的新民歌，大部分是迎合政治的需要，創作出來的急就章式作品。無論從質量，還是從藝術上來說，根本談不上是文學、文藝作品，更不用說是作者的人生體驗與感悟。另外，從當時來看，政治對文學創作的急劇干涉，無論從中央到地方的文學管理機構，還是理論批評家對新民歌創作的無限提倡，毫無疑問，是讓新民歌成爲文學創作的主流，成爲文學的正統，對五四以來所形成的中國新詩進行打壓。也就是說，提倡新民歌，反對新詩。因此，一些從「五四」創作著新詩走來的作家，受到了來自延安唱著《王貴與李香香》、《漳河水》的詩人的批評，要求這些寫作新詩的作家、詩人積極向民歌學習，放下知識分子的臭架子，上山下鄉向民歌作者學習，向工農兵學習創作。艾青、蔡其矯等作家創作的新詩作品，被攻擊和批評，甚至上昇到政治思想的範疇給予抨擊，創作不出工農兵喜愛的作品，被認爲「爲工農兵服務的文藝方針，就沒有很好的貫徹」，「不僅是語言、形式問題，同時，也是作者是否有勞動人民的思想情感和群眾觀點的問題」，〔註 53〕無奈這些作家只得虛心學習民歌創作，或者長期不語，或者勉強創作出一些四不像的新民歌作品。

從文學的發展上來看，中國詩歌的發展，一直存在著兩條道路：一種是一些知識分子創作出的文人詩歌作品；另外一種就是生活在民間的勞苦大眾創作出來的民歌作品。二者之間本來就是在相互影響，相互學習的過程中共同發展，都創作出一些優秀的詩歌作品，歷代相傳誦。而且，在文人詩歌與民間詩歌共同發展的過程中，沒有人去關注何爲詩歌的正統，何爲詩歌的主流。而在新民歌運動時期，何爲主流？何爲正統？卻成爲了爭論的核心。爲此，我們不得不再來思索文學與政治的關係。誠然，每個時代文學都無法脫離於與政治的糾結，政治或多、或少地都在干預著文學的創作，如秦代的「焚書坑儒」，漢代的「罷黜百家，獨尊儒術」，明代的「八股取仕」，清代的「文字獄」等等，都對文學、文化的發展進行了干預，產生了一定影響。但雖然有這些歷史現象的存在，整體上中國文學還是向前發展，創作出了大量的優秀文學作品。而新民歌運動時期，在政治的干預下，對文學發展的內在規律和正常機製造成了極大破壞，人爲地提倡一種文學，壓制另外一種文學，也

〔註 53〕丁力《詩風雜談》，載《人民日報》1958 年 5 月 27 日。

就是新民歌獲得至高無上的地位，「五四」以來的中國新詩受到冷漠與歧視。在一定意義上來說，新民歌運動的蓬勃開展似乎緣於一些人對政治意思的誤解。從新民歌運動的興起來看，就十分荒唐。成都會議本來是研究即將進行的經濟大躍進運動，是和文學毫無關係的一次會議。只是在會議的休會期間，毛澤東似乎沒有事先準備地談到民間文學的發展問題，建議多搜集、整理一些民間民歌、民謠，並沒有談到讓全國人民去創作新民歌。而一些人卻對毛澤東的意思的誤讀，發動了這場轟轟烈烈、全民參與的群眾性創作運動。毫無疑問，文藝是要爲無產階級政治服務的，但文藝爲政治服務只是其功能之一，並不是文藝的全部作用。當時，把搜集新民歌作爲「當前的一項重要政治任務」，要求文藝界「寫中心，演中心，唱中心」，使新民歌運動代替了文藝創作的一切，甚至提出要「五十萬噸鋼，五十萬首民歌」等口號，目的在於達到新民歌運動發展規模與整個「大躍進」運動發展的平衡，而忽視了文藝創作的特殊規律，政治完全干預了文學的正常運行規律，大躍進民歌完全成爲大躍進政治路線的附屬品。

三是在新民歌的創作過程中，「革命現實主義與革命浪漫主義相結合」的創作方法被極力地提倡，「現實主義」與「浪漫主義」本來是共同運用的創作方法，但在新民歌創作過程中，爲適應經濟上的「浮誇風」、「大躍進」形式，浪漫主義的創作方法得到充分的發揮，現實主義的創作原則被掩蓋，成爲新民歌創作中的附屬品。由於當時正在掀起的生產大躍進熱潮，使整個國家的社會生活都處於極度的興奮和狂熱之中，「人有多大膽，地有多大產」的荒謬意識使不少人形成這樣的錯覺：任何事情，不怕做不到，就怕想不到，新民歌創作，沒有任何神秘性，只要全民上陣，大家動手，就完全可以推動文學的新發展，從而，在新民歌的創作中，以誇張爲主要形式的浪漫主義表現手法被超乎想像力地運用的淋漓盡致。

1958 年的新民歌是中國特定時期政治、經濟形勢下的產物，有很大的創作時代局限性，「它產生於大躍進，服務於大躍進，也推動當時大躍進形勢的發展。作爲一個詩歌運動，它歷經了由自發到人爲，由健康發展到泛濫成災的過程。」〔註 54〕因而，在分析它與傳統民歌、民謠，尤其是與「五四」以來中國新詩的關係時，應採取客觀、科學、實事求是的態度。「大躍進」新民

〔註 54〕全國當代詩歌討論會編《新詩的現狀與展望》，廣西人民出版社，1981 年，第 237 頁。

歌，在過度誇張與出格想像的創作意識下，無限誇大的詩歌語言大量充斥在新民歌作品中，過度地渲染了詩歌的浪漫主義成份，在一定程度上脫離了民歌的現實主義傳統，失去了作爲詩歌這一文藝形式的應有的功能，即詩歌應是作者心靈世界的眞實反映，應是社會現實生活的眞實折射和縮影。新民歌在創作中，雖然繼承了傳統民歌「詩言志」的傳統，但過於誇大了對「志」的抒寫，將政治、生產口號歌謠化，使新民歌的創作過度的遵從於政治的需要，是一種十分典型的「八股詩」、「命題詩」〔註 55〕，因而難以達到傳統民歌創作中出於創作者眞正的生活體驗和發自肺腑的自然吟唱。「由此可見，大躍進民歌運動是一個全面地推進民族化和大眾化的運動，是權威話語借助民間話語全面覆蓋知識分子話語的一個運動。是徹底否定五四新文學傳統而回到民間傳統上來的一個文學運動。它意味著知識分子被迫放棄自己的話語立場和話語形式而向民間大眾話語無條件徹底歸順。」〔註 56〕然而，從其思想內容上而言，「大躍進」新民歌畢竟較大地拓延了中國民歌創作的取材範圍和創作意境，在藝術手法上，做到了現實主義和浪漫主義的自覺結合，使民歌的創作手法更趨成熟、完善，在一定長度上推動了中國詩歌的新發展。尤其是新民歌運動的早期，新民歌作者還是創作出來一些在思想內容和審美藝術上具有一定價值的作品，只是隨著大躍進形式的發展，走行了「浮誇」、「虛假」。正如學者張炯所言，「一九五八年的大躍進民歌運動，在極『左』的政治和文藝思潮的引導下，從前期比較健康走向後期的崇尚『假大空』話和粗製濫造。」〔註 57〕

〔註 55〕程光煒《中國當代詩歌史》，中國人民大學出版社，2003 年，第 114 頁。

〔註 56〕李新宇《「早春天氣」裏的突圍之夢——五十年代中國文學的知識分子話語》，載《黃河》1998 年第 5 期。

〔註 57〕全國當代詩歌討論會編《新詩的現狀與展望》，廣西人民出版社，1981 年，第 3 頁。

參考文獻

1. 文學史、專著、論文集

A

1. 安旗《論詩與民歌》，北京：作家出版社，1959 年。

B

1. 薄一波《若干重大決策與事件的回顧》，北京：中共中央黨校出版社，1993 年。

C

1. 程光煒《中國當代詩歌史》，北京：中國人民大學出版社，2003 年。
2. 陳思和《中國當代文學史教程》，上海：復旦大學出版社，1999 年。
3. 陳思和、李平《中國當代文學》，北京：中國廣播電視大學出版社，2001 年。

D

1. 董健《中國當代文學史初稿》，北京：人民文學出版社，2001 年。

F

1. 費正清、羅德里克、麥克法誇爾主編《劍橋中華人民共和國史》，上海：上海人民出版社，1992 年。

H

1. 河南人民出版社編輯《新民歌雜談》，鄭州：河南人民出版社，1959年。
2. 洪子誠《1956：百花時代》，濟南：山東教育出版社，1998年。
3. 洪子誠《中國當代文學史（修訂版）》，北京：北京大學出版社，2007年。
4. 洪子誠、劉登翰《中國當代新詩史》，北京：北京大學出版社，2005年。
5. 胡喬木《胡喬木回憶毛澤東》，北京：人民出版社，1994年。

L

1. 李晨主編《中華人民共和國實錄》，第一卷，長春：吉林人民出版社，1994年。
2. 李平、陳林群《20世紀中國文學》，上海：上海三聯出版社，2004年。
3. 李銳《「大躍進」親歷記》，上海：上海遠東出版社，1996年。
4. 李新宇《中國當代詩歌藝術演變史》，杭州：浙江大學出版社，2000年。
5. 李新宇《中國當代詩歌潮流》，濟南：山東大學出版社，1993年。
6. 李新宇主編《現代中國文學（1949～2008）》，天津：南開大學出版社，2009年。
7. 李岳南《與初學者談民歌與詩》，上海：上海文藝出版社，1959年。
8. 林蘊暉《中國20世紀全史 奠基創業》，第7卷，北京：中國青年出版社，2001年。
9. 劉國新主編《中華人民共和國實錄》，第一卷，長春：吉林人民出版社，1994年。
10. 劉友於《中國20世紀全史 曲折探索》，第8卷，北京：中國青年出版社，2001年。
11. 路工《白茆公社新民歌調查》，上海：上海文藝出版社，1960年。
12. 羅平漢《牆上春秋——大字報的興衰》，福州：福建人民出版社，2001年。
13. 羅平漢《1958～1962年的中國知識界》，北京：中共中央黨校出版社，2008年。

M

1. 麥克法誇爾《文化大革命的起源 大躍進（1958～1960）》，第二卷，北京：求實出版社，1990年。
2. 毛澤東《毛澤東選集》，第5卷，人民出版社，1977年。

3. 毛澤東《毛澤東文集》，第7卷，人民出版社，1996年。

Q

1. 全國當代詩歌討論會編《新詩的現狀與展望》，南寧：廣西人民出版社，1981年。

S

1. 上海文化出版社編《民間文學集刊》（1～10），上海：上海文化出版社，1958年。
2. 上海文藝出版社編輯《論新民歌》，上海：上海文藝出版社，1958年。
3.《詩刊》編輯部編《新詩歌的發展問題》，第一集，北京：作家出版社，1959年。
4.《詩刊》編輯部編《新詩歌的發展問題》，第二集，北京：作家出版社，1959年。
5.《詩刊》編輯部編《新詩歌的發展問題》，第三集，北京：作家出版社，1959版。
6.《詩刊》編輯部編《新詩歌的發展問題》，第四集，北京：作家出版社，1961年。
7. 沙鷗《學習新民歌》，北京：北京出版社，1959年。

T

1. 天鷹《1958年中國民歌運動》，上海：上海文藝出版社，1959年。
2. 天鷹《揚風集》，上海：上海文藝出版社，1959年。

W

1. 王慶生《中國當代文學》，北京：高等教育出版社，2004年。
2. 王萬森、吳義勤、房福賢《中國當代文學50年》，青島：中國海洋大學出版社，2006年。
3. 吳秀明《中國當代文學史寫眞》，杭州：浙江大學出版社，200年。

X

1. 謝春濤《大躍進狂瀾》，鄭州：河南人民出版社，1990年。
2. 蕭甘牛《採風小記》，上海：上海文藝出版社，1959年。

3. 謝冕《共和國的星光》，瀋陽：春風文藝出版社，1993年。
4. 謝冕、孫紹振、劉登翰、孫玉石、殷晉培、洪子誠《回顧一次寫作——〈新詩發展狀況〉的前前後後》，北京：北京大學出版社，2007年。
5. 謝冕《謝冕詩歌論》，南昌：江西高校出版社，2002年。

Y

1. 有林、鄭新義、王瑞璞主編《中華人民共和國國史通鑒》，第二卷，北京：紅旗出版社，1999年。
2. 於可訓、李遇春《中國文學史編年（當代卷）》，長沙：湖南人民出版社，2006年。

Z

1. 中國民間文藝研究會編《大規模地收集全國民歌》，北京：作家出版社，1958年。
2. 中國民間文藝研究會編《向新民歌學習》，北京：作家出版社，1958年。
3. 中國民間文藝研究會編《民歌與詩風》，北京：作家出版社，1958年。
4. 中國民間文藝研究會編《民歌作者談民歌創作》，北京：作家出版社，1960年。
5. 中共中央文獻研究室編《建國以來重要文獻選編》，第十一冊，北京：中央文獻出版社，1993年。
6. 張建主編《新中國文學史》，北京：北京師範大學出版社，2008年。
7. 張炯《新中國文學五十年》，濟南：山東教育出版社，1999年，第63頁。
8. 周揚、郭沫若《紅旗歌謠》，北京：紅旗出版社，1959年。
9. 朱寨主編《中國當代文學思潮》，北京：人民文學出版社，1987年。

2. 論文

A

1. 艾青《在汽笛的長鳴聲中》，《讀書》1979年第1期。

B

1. 卞之琳《對於新詩發展問題的幾點看法》，《處女地》1958年7月號。
2. 卞之琳《分歧在那裡？》，《詩刊》1958年10月號。
3. 卞之琳《談詩歌的格律問題》，《文學評論》1959年第2期。

C

1. 程光煒《解讀桂冠詩人郭沫若的內心世界：無奈與荒誕》,《南方周末》2001 年 11 月 30 日。
2. 常辰《全黨全民收集民歌》,《民間文學》1958 年月號。

D

1. 丁景唐《民歌——生產大躍進的戰鼓和號角》,《文匯報》1958 年 4 月 17 日。
2. 丁力《詩，必須到群眾中去》,《文藝報》1958 年第 7 期。
3. 丁力《詩風雜談》,《人民日報》1958 年 5 月 27 日。
4. 丁力《詩話》,《文藝報》1958 年第 20 期。
5. 杜希唐《讓我省文藝工作也來一個大躍進》,《奔流》1958 年第四期。

F

1. 方冰《貫徹工農兵方向，認眞向民歌學習》,《處女地》1958 年第 7 期。
2. 方厚樞《「大躍進」年代的出版工作》,《出版史料》2004 年第 4 期。
3. 方紀《詩人們以遠行》,《詩刊》1958 年第 1 期。
4. 馮至《漫談新詩的努力方向》,《文藝報》1958 年第九期。
5. 馮至《自由體與歌謠體》,《文藝報》1950 年 12 期。

G

1. 郭澄《1958 年新民歌運動再評價》,《新疆大學學報（哲學社會科學版）》1981 年第 5 期。
2. 公木《詩歌的下鄉上山問題》,《人民文學》1958 年 5 月號。
3. 郭沫若《遍地皆詩寫不贏》,《詩刊》1958 年第 6 期。
4. 郭沫若《大躍進之歌序》,《詩刊》1958 年 7 月號。
5. 郭沫若《關於大規模收集民歌問題——郭沫若答〈民間文學〉編輯部問》,《人民日報》1958 年 4 月 21 日。
6. 郭沫若《就當前新詩中的主要問題答本社問》,《詩刊》1958 年 1 月號。
7. 郭沫若《爲今天的新國風，明天的新楚辭歡呼》,《中國青年報》1958 年 4 月 16 日。
8. 郭小川《我們需要最強音》,《文藝報》1958 年第 9 期。
9. 郭小川《詩歌向何處去？》,《處女地》1958 年 7 月號。

H

1. 韓鬱《詩歌下放眞正的涵義是什麼》，《星星》1958 年 8 月號。
2. 何季民《中國作家在 1958》，《中華讀書報》，2008 年 7 月 30 日。
3. 賀敬之《關於民歌和「開一代詩風」》，《處女地》1958 年 7 月號。
4. 何其芳《關於新詩的「百花齊放」問題》，《處女地》1958 年 7 月號。
5. 何其芳《再談詩歌的形式問題》，《文學評論》1959 年第 2 期。
6. 赫牧寰《作爲文學話語的 1958 年「新民歌運動」》，《齊齊哈爾大學學報（哲學社會科學版）》，2008 年第 5 期。
7. 胡亦仁《和下放幹部談勞動鍛鍊和群面鍛鍊》，《山西日報》1958 年 4 月 19 日。
8. 紅百靈《讓多種風格的詩去受檢驗》，《星星》1958 年 8 月號。

J

1. 賈芝《對於詩的一點理解》，《文藝報》1950 年 12 期。
2. 賈芝《搜集民歌的新局面》，《民間文學》1958 年 5 月號。
3. 賈振勇《「遍地皆詩寫不贏」——郭沫若大躍進時代的詩歌創作和詩學理念》，《郭沫若學刊》2005 年第 2 期。
4. 江波《「大躍進」時期的「新民歌運動」》，《黨史縱覽》2007 年第 5 期。

K

1. 柯仲平《新民歌如同海潮起》，《延河》1958 年第 6 期。

L

1. 李根寶《不是形式限制問題》，《萌芽》1958 年第 24 期。
2. 李霽野《一封關於新民歌和新詩的信》，《新港》1958 年 3 月號。
3. 莉麗琴《論新民歌運動的生成發展》，《遼寧行政學院學報》2007 年第 4 期。
4. 李新宇《迷失的代價（上）——20 世紀中國文藝大眾化再思考》，《文藝爭鳴》2001 年第 1 期。
5. 李新宇《迷失的代價（下）——20 世紀中國文藝大眾化再思考》，《文藝爭鳴》2001 年第 2 期。
6. 李新宇《1958：「文藝大躍進」的戰略》，《文藝理論批評》，2000 年第 5 期。

7. 李新宇《「早春天氣」裏的突圍之夢——五十年代中國文學的知識分子話語》,《黃河》1998年第5期。
8. 力揚《關於詩》,《文藝報》1950年12期。
9. 李亞群《我對詩歌道路問題的意見》,《星星》1958年《星星》11月號、《紅岩》12月號。
10. 林庚《新詩的「建行」問題》,《文藝報》1950年12期。
11. 劉白羽《對詩的希望》,詩刊》1958年第1期。
12. 羅平漢《大躍進中的文藝界》,《椰城》2008年第4期。
13. 羅平漢《趕超思想與「大躍進」的發動》,《河北學刊》2008年第4期。
14. 羅平漢《文藝大躍進:村村要有李白》,《半月選讀》2009年第9期。
15. 路工《拜民歌爲師》,《民間文學》1958年6月號。
16. 劉延年《毛澤東與新民歌運動》,《江淮文史》2002年第2期。
17. 劉芝明《共產主義文學藝術的萌芽》,《文藝報》1958年14期。

M

1. 馬凡陀《詩歌與傳統的關係》,《文藝報》1950年12期。
2. 毛志雄《評我國「大躍進」時期的新民歌運動》,《湖南師範大學學報》(社科版)1987年第6期。

N

1. 徐桑榆《奧秘越少越好》,《詩刊》1958年第5期。

O

1. 歐外鷗《也談是詩風的問題》,《詩刊》1958年10月號。

P

1. 彭燕郊《詩質和詩的語言》,《文藝報》1950年12期。

R

1. 冉欲達《關於民歌和新詩》,《文學青年》1959年3月號。
2. 阮章竟《群眾對詩人的要求是什嗎》,《詩刊》1958年8月號。

S

1. 沙裏金《我不同意雁翼的看法》,《星星》1958 年 7 月號。
2. 沙鷗《談詩的偏向》,《文藝報》1950 年 12 期。
3. 邵荃麟《門外談詩》,《詩刊》1958 年 4 月號。
4. 邵荃麟《民歌・浪漫主義・共產主義風格》,《詩刊》1958 年第 18 期。
5. 宋壘《分歧在這裡》,《詩刊》1958 年 12 月號。
6. 宋壘《與何其芳、卞之琳同志商榷》,《詩刊》1958 年第 10 期。

T

1. 唐再興、鄭乃減《也談新詩與民歌——與張先箴同志商榷》,《文藝紅旗》1959 年 1 月號。
2. 田間《乘東風 唱民歌——讀民歌小記》,《河北日報》1958 年 5 月 25 日。
3. 田間《寫給自己和戰友》,《文藝報》1950 年 12 期。
4. 田間《寫在「給戰鬥者」的末頁》,《詩刊》1958 年第 1 期。
5. 田間《談詩風》,《蜜蜂》1958 年 7 月號。
6. 天鷹《新詩的自由體與民歌自由體》,《文匯報》1959 年 3 月 2、4 日。

W

1. 王亞平《詩人的立場問題》,《文藝報》1950 年 12 期。
2. 王帥、陳聖強《「我來了」氣壯山河：誰在陝西留下這樣的詩句——中國當代民歌史上的疑案解密》,《陝西日報》2010 年 2 月 5 日。
3. 王永華《百萬幹部下放勞動始末》,《黨史縱覽》2009 年第 12 期。
4. 聞山《漫談詩風》,《詩刊》1958 年 4 月號。
5. 文外《門外談詩》,《處女地》1958 年 12 月號。
6. 吳繼金《毛澤東對 1958 年新民歌創作的影響》,《甘肅理論學刊》2009 年第 3 期。
7. 武劍青《無限春光話躍進》,《紅水河》1958 年第四期。

X

1. 謝保傑《1958 年新民歌運動的歷史描述》,《中國現代文學研究叢刊》,2005 年第 1 期。
2. 薛冰《大躍進中的「新民歌運動」》,《讀書文摘》2010 年第 2 期。
3. 徐遲《暖泉民歌大家評》,《詩刊》1958 年 9 月號。

4. 徐遲《暖水泉詩會發言》,《蜜蜂》1958 年 7 月號。
5. 徐遲《人民的聲音多嘹亮》,《文藝報》1958 年第 4 期。
6. 徐景賢《關於詩歌發展的基礎和主流問題》,《文藝月報》1959 年 3 月號。
7. 夏衍《多快好省 量中求質——在戲劇音樂界創作大躍進會上的發言》,《文藝報》1958 年第 6 期。
8. 蕭三《最好的詩》,《人民日報》1958 年 2 月 11 日。
9. 蕭三《談談新詩》,《文藝報》1950 年 12 期。
10. 蕭殷《民歌應當是新詩發展的基礎》,《詩刊》1958 年 11 月號。

Y

1. 雁翼《對詩歌下放的一點看法》,《星星》1958 年 6 月號。
2. 雁翼《對新詩歌發展問題的幾點看法》,《紅岩》1959 年 5 月號。
3. 楊景春《毛澤東對民歌情有獨鍾緣由探析》,《藝海》2009 年第 1 期。
4. 益庭《我對詩歌下放的意見》,《星星》1958 年 10 月號。
5. 愚公《詩歌下放是指什麼》,《星星》1958 年 8 月號。
6. 愚公《必須向民歌學習》,《星星》1958 年 10 月號。
7. 袁水拍《寫中國作風,中國氣派的詩》,《民間文學》1958 年 5 月號。
8. 袁水拍《全國唱起來了!》,《民間文學》1958 年 6 月號。
9. 袁水拍《詩歌中的現實主義與浪漫主義的結合》,《文藝報》1958 年 9 期。
10. 袁勃《把民族民間文學工作推向一個新階段》,《邊疆文藝》1958 年 10 月號。
11. 袁勃《做一個無愧於心時代的文藝戰士》,《邊疆文藝》1958 年 2 月號。

Z

1. 臧克家《跳進民歌的海洋裏吧》,《中國青年報》1958 年 4 月 29 日。
2. 鄒荻帆《關於頌歌》,《文藝報》1950 年 12 期。
3. 張國星《關於右派的人數和性質》,《黨史博覽》2005 年第 6 期。
4. 張先箴《談新詩和民歌——與何其芳同志商榷》,《處女地》1958 年 10 月號。
5. 鄭祥安《寫什麼,怎麼寫,寫得怎樣——大躍進民歌再認識》,《西南師範大學學報(人文社科版)2006 年第 6 期。

6. 周冰《大躍進文藝發生論》,《東北大學學報（社會科學版）》2010 年第 2 期。
7. 周揚《新民歌開拓了新詩的新道路》,《紅旗》1958 年創刊號。
8. 朱樹鑫《爲新創辦的許多小型文藝報刊歡呼》,《文藝報》1958 年第 13 期。
9. 朱曉進《對大躍進民歌運動的幾點再認識》,《當代文藝思潮》1983 年第 5 期。
10. 朱寨《群眾的歌聲和隊伍》,《民間文學》1958 年五月號。

3. **檔案文獻**（均存河南省檔案館，文化局 1958 年卷）

A

1.《安陽縣 1958 年農村文化工作總結》

D

1.《打虎亭鄉民辦文化站是如何開展工作和輔導各社隊俱樂部的》
2.《登封縣關於 1958 年文化藝術全面大躍進方案（草案）》

G

1.《各縣市農村群眾文化工作全年總結》
2.《關於召開業餘創作會議的有關準備工作的通知》
3.《關於召開農村業餘創作者座談會的通知》
4.《關於召開業餘文藝創作躍進會議的通知》

H

1.《1958 年潢川縣文化藝術工作躍進規劃》
2.《1958 年淮濱縣文化藝術工作大躍進規劃 20 條》
3.《輝縣 58 年文化工作躍進規劃》
4.《1958 年河南省文化藝術躍進工作規劃》
5.《河南省 1958 年文化藝術工作大事記》
6.《河南省大躍進以來文化工作總結（草案）》
7.《河南省各專區及所轄市縣群眾文化躍進規劃》
8.《河南省民辦文化館》
9.《河南沁陽縣 1958 年文化工作總結》

10.《河南省群眾業餘創作》
11.《河南省文化局發出的指示、通知、通報、總結》(一)
12.《河南省文化局發出的指示、通知、通報、總結》(二)
13.《河南省文化局關於河南省群眾文化工作發展情況的報告》
14.《河南省文化局關於河南省群眾文化工作發展情況的報告》
15.《河南省文化局關於開展春節群眾藝術活動的幾點意見》
16.《河南省直轄市文化工作計劃、總結》

J

1.《汲縣文化館五八年工作總結》
2.《焦作市文化局 1958 年文化工作躍進規劃》
3.《俱樂部材料》

K

1.《開封市文化局 1958 年文化工作躍進規劃》

L

1.《靈寶縣文化館 1958 年工作總結》
2.《魯山縣文教局關於實現群眾文化工作躍進規劃情況總結》
3.《盧氏縣群眾文化藝術工作基本總結》
4.《洛陽市文化局 1958 年文化工作躍進規劃》
5.《洛陽專區一九五八年文化藝術工作躍進規劃(草案)》

M

1.《密縣牛集鄉豐收俱樂部是如何配合中心服務生產作好今年的夏收夏耕工作的》
2.《密縣人民文化館 1958 年工作規劃(草案)》
3.《密縣文化館 1958 年工作總結》

N

1.《南陽專區一九五八年文化藝術工作躍進規劃(草案)》

P

1.《蓬勃開展的禹縣業餘創作活動》
2.《平頂山市文化局 1958 年文化工作躍進規劃》

S

1.《三門峽市文化局 1958 年文化工作躍進規劃》
2.《商丘市人民文化館 1958 年工作總結》
3.《商丘縣群眾文化藝術工作基本總結》
4.《商丘專區一九五八年文化藝術工作躍進規劃（草案）》
5.《商丘專區文化藝術工作全面大躍進誓師代表會議總結》
6.《生產到哪裏，俱樂部活動到哪裏》
7.《嵩縣文化普及工作總結》

T

1.《湯陰縣人民文化館五八年工作規劃》

X

1.《西平縣邵莊鄉紅光農業社俱樂部在夏收夏種工作中開展活動的經驗總結》
2.《新安縣 1959 年文化工作躍進規劃》
3.《滎陽縣 1958 年文藝創作躍進規劃指標》
4.《滎陽縣人民公社周村紅星管理區文化宮創作股工作總結》
5.《滎陽縣人民公社周村紅星管理區 關於建立勞動人民文化宮的總結》
6.《信陽專區一九五八年文化藝術工作躍進規劃（草案）》
7.《新鄉市文化局 1958 年文化工作躍進規劃》
8.《新鄉專區文化藝術全面大躍進的意見（草稿）》
9.《新鄉專區一九五八年文化藝術工作躍進規劃（草案）》
10.《許昌專區一九五八年文化藝術工作躍進規劃（草案）》

Y

1.《1958 年登封縣創作和採風情況介紹》
2.《1958 年禹縣開展全民創作運動的初步總結報告》

3.《1958 年上半年滎陽文藝大躍進總結》
4.《偃師縣人民委員會關於召開業餘創作會議的通知》
5.《葉縣文化局群眾文化工作總結及今後意見》
6.《禹縣 1958 年開展全民創作運動的初步總結》
7.《躍進中的滎陽縣文化工作》

Z

1.《柘城縣群眾文化藝術工作在新形勢下的開展情況與今後意見》
2.《鎮平縣安子營鄉元明寺「寫作齊開花，文盲變詩家」》
3.《鄭州市郊區 1958 年群眾文藝創作評獎及收集群眾創作評獎辦法》
4.《鄭州市文化局 1958 年文化工作躍進規劃》
5.《中共汲縣縣委宣傳部 關於如何辦好農村文化站的幾點意見》

4. **報刊**（1958 年～1960 年，以 1958 年爲主）

《北京日報》《奔流》《邊疆文藝》《《長春》《長江文藝》《處女地》《河南日報》《海燕》《紅水河》《紅旗》《火花》《解放軍文藝》《萌芽》《蜜蜂》《民間文學》《青海湖》《人民日報》《人民文學》《四川日報》《山花》《陝西日報》《山西日報》《詩刊》《天山》《文匯報》《文學評論》《文學青年》《文藝報》《文藝月報》《新苗》《星星月刊》《新港》《星火》《延河》《雲南日報》《雨花》《中國青年報》《作家通訊》《作品》

後　記

時光如梭。

三年，又三年，彈指間，時光悄然逝去。其間有歡笑，有淚水；既有奮進的辛酸，亦有收穫的喜悅，這一切記憶必將隨著時光的流失而變得更爲豐富而生動。同時，我要感謝很多人，是他們把無私的愛心默默地奉獻於我，支持我順利進行學術研究！

感謝我的恩師。恩師李怡先生治學嚴謹，性情寬厚，爲文與爲人的精神，都使我受益無窮，讓我在內心深處體味和懂得了「學人」的眞正內涵。感謝先生在四川大學讀博三年對我不懈的鼓勵與教誨。每次聆聽先生的講說，總能在其鬆弛有度、幽默風趣言語中學業受益，以及其敏銳的洞察力、開闊的學術視角，常常給我意想不到的啓發，讓我的爲學生涯避免了乾澀與枯燥，時時刻刻感到的是融融暖意，濃厚平淡而又無以言表的師生情誼！

感謝我的父母。寬和仁慈的父親在德、能、勤、績上雖已爲我樹起終生傚仿的楷模，但仍時時給我以鞭策與警勵，使我在人生坎坷的征途上，處處高揚拓進的激情和飽滿的熱忱；目不識丁的母親用最樸實的語言，把勤勞、善良化作至美無私的愛，澆灌於我奮進征程上疲憊的心田，用最憨淳的行動爲我闡釋著「天道酬勤」的眞正人生意蘊！

感謝全體學友。三年共同度過的美好讀書時光，在我漫漫的生命長河中留下永恒的閃光追憶，至今回味深邃——年輕眞好！

感謝我的妻兒。的確，近十年來，我能順利完成學業，以及所謂的每一次成功，都與她的善解人意和默默支持難以分開。在我離家求學的日子裏，她全力擔負理家教子的同時，還處處給予我最至眞的鼓勵，使我能夠以全精力地走進學術而無他憂，並時時體味到不僅僅是愛情的愈來愈濃於水的親情！還有我最親密的小夥伴，初入學堂的兒子每每帶給我的難以置換的幸福與歡樂——父子情深！

「路漫漫其修遠兮」，逝者已去，來者可追。我將銘記父訓、母囑、師教始行於新的起點，前行於未知的坎途，無悔於人生的拼搏……